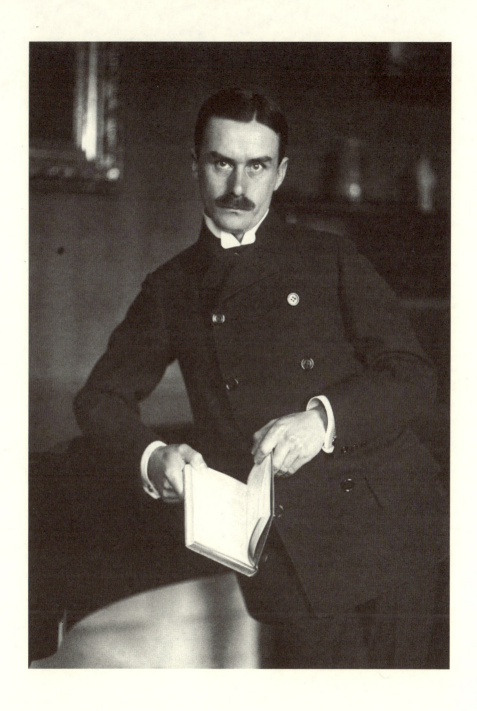

A morte em Veneza
Tonio Kröger

COLEÇÃO THOMAS MANN
Coordenação
Marcus Vinicius Mazzari

A morte em Veneza e *Tonio Kröger*
Doutor Fausto
Os Buddenbrook
A montanha mágica
As cabeças trocadas
Confissões do impostor Felix Krull

Thomas Mann
A morte em Veneza
Tonio Kröger

Tradução
Herbert Caro
Mário Luiz Frungillo

Ensaios
Anatol Rosenfeld

6ª reimpressão

PRÊMIO NOBEL
COMPANHIA DAS LETRAS

Copyright © 1960 by S. Fischer Verlag GmbH,
Frankfurt am Main
Copyright dos ensaios © 1994 by Editora Perspectiva

*Grafia atualizada segundo o Acordo Ortográfico
da Língua Portuguesa de 1990, que entrou em vigor
no Brasil em 2009.*

TÍTULO ORIGINAL
"Der Tod in Venedig" e "Tonio Kröger"
O texto desta edição foi estabelecido a partir
da *Große kommentierte Frankfurter Ausgabe*,
publicada pela S. Fischer Verlag em 2007 (vol. 2.1)

CAPA E PROJETO GRÁFICO
Raul Loureiro

CRÉDITO DA FOTO
Retrato do autor em 1906 por Philipp Kester/
ullstein bild via Getty Images

PREPARAÇÃO
Mariana Delfini

REVISÃO
Huendel Viana
Isabel Jorge Cury

Dados Internacionais de Catalogação na Publicação (CIP)
(Câmara Brasileira do Livro, SP, Brasil)

Mann, Thomas, 1875-1955.
    A morte em Veneza ; Tonio Kröger / Thomas
Mann; tradução Herbert Caro, Mário Luiz Frungillo ;
ensaios Anatol Rosenfeld — 1ª ed. — São Paulo:
Companhia das Letras, 2015.

    Título original: Der Tod in Venedig ; Tonio Kröger.
    ISBN 978-85-359-2645-3

    1. Ficção alemã I. Rosenfeld, Anatol. II. Título.
III. Título: Tonio Kröger.

15-08023   CDD-833

Índice para catálogo sistemático:
1. Ficção : Literatura alemã 833

Todos os direitos desta edição reservados à
EDITORA SCHWARCZ S.A.
Rua Bandeira Paulista, 702, cj. 32
04532-002 — São Paulo — SP
Telefone: (11) 3707-3500
www.companhiadasletras.com.br
www.blogdacompanhia.com.br
facebook.com/companhiadasletras
instagram.com/companhiadasletras
twitter.com/cialetras

SUMÁRIO

A morte em Veneza 9

Tonio Kröger 85

Ensaios —
Thomas Mann e *Um esteta implacável*,
Anatol Rosenfeld   147

Cronologia   189

Sugestões de leitura   193

A morte em Veneza

Tradução
Herbert Caro

I.

Gustav Aschenbach — ou von Aschenbach, como figurava seu nome nos registros oficiais desde o dia em que fez cinquenta anos — acabava de dar um longo passeio. Numa tarde primaveril daquele ano de 19..., que por muitos meses mostrou ao continente europeu um cenho tão carregado, o escritor saíra sozinho do seu apartamento na Prinzregentenstrasse, em Munique. Sentindo os nervos irritados pelo árduo e delicado trabalho das horas matinais, e que justamente a essa época requeria o máximo de prudência, ponderação, perseverança e meticulosidade, não conseguira deter, nem sequer depois do almoço, a ininterrupta vibração do mecanismo produtor que lhe agitava o espírito, aquele *motus animi continuus*, o qual, de acordo com Cícero, é a essência da facúndia. Não conciliara o sono restaurador, de que muito necessitava ao menos uma vez por dia em face do constante decréscimo de suas forças. Assim se explica que, após ter tomado o chá, abandonasse o recinto fechado, na esperança de que o ar livre e o movimento pudessem restaurá-lo, proporcionando-lhe uma tarde amena.

Mal começara o mês de maio. Depois de algumas semanas frias e úmidas, aparecera um veranico falaz. O Englischer Garten, escassamente frondoso, estava abafado como se já fosse agosto. As proximidades da cidade pululavam de veículos e transeuntes. Perto do Aumeister, para onde o haviam conduzido veredas cada vez mais solitárias, Aschenbach ficara durante algum tempo a contemplar o animado ambiente do jardim do restaurante, ao lado do qual estacionavam vários landaus e fiacres. Ao pôr do sol, afastara-se do local, a fim de regressar pelo lado de fora do parque, através dos campos abertos. No entanto sentia-se cansado, e como na direção de Föhring se avistassem prenúncios de temporal, estacou junto ao Cemitério Norte para aguardar o bonde que o levasse diretamente ao centro.

Casualmente não havia ninguém, nem na parada nem nos arredores. No asfalto da Ungererstrasse, cujos trilhos vazios e brilhantes se estendiam até o bairro de Schwabing e também na estrada de Föhring, não se via carro algum. Nada se mexia atrás das cercas das marmorarias, onde cruzes, placas e monumentos sepulcrais se ofereciam aos compradores, formando um segundo campo-santo, por ora desabitado. A capela mortuária, de estilo bizantino, erguia-se, silenciosa, ao arrebol do dia que findava. Sua frontaria enfeitada de cruzes gregas e pinturas hieráticas de cores claras ostentava, além disso, inscrições simetricamente distribuídas, que apresentavam em letras douradas uma seleção de versículos bíblicos relacionados com a vida do além, tais como "Eles entrarão na casa de Deus" ou "Oxalá os ilumine a luz eterna!". Durante alguns minutos de espera, o escritor passou austeramente o tempo com a leitura dessas frases, permitindo que o seu espírito se entregasse àquele misticismo translúcido. Mas, ao se arrancar de seus devaneios, deparou subitamente, no pórtico, logo acima dos dois animais apocalípticos que vigiavam a escadaria, com um homem cuja aparência invulgar deu rumos completamente diversos aos seus pensamentos.

Aquele vulto acabara de sair do interior da capela pelo portão de bronze, ou ali subira, chegando despercebidamente de fora? Aschenbach, sem se aprofundar muito nessa dúvida, inclinou-se para a primeira alternativa. De estatura mediana, macilento, imberbe, o homem tinha o nariz singularmente achatado. Pertencia ao tipo ruivo, com a tez leitosa e sardenta que lhe é peculiar. Evidentemente não era bávaro, e o chapéu de palha, de abas largas e retas, que lhe cobria a cabeça, dava-lhe a aparência exótica de quem vinha de longe. É bem verdade que trazia nas costas a mochila típica daquela região. O vestuário cinturado, pardacento que o homem trajava era de fazenda grossa e felpuda. Por cima do braço esquerdo, que ele fincava no quadril, pendia uma capa impermeável de cor cinza. Na mão direita tinha uma bengala com ponta de ferro. Cravando-a no chão, obliquamente, escorava-se no castão, de pernas cruzadas. Mantinha a cabeça tão erguida que o pomo de adão sobressaía, forte e nu, do pescoço magro, que a camisa esportiva largamente aberta deixava à mostra. Os olhos incolores, de pestanas arruivadas, fitavam atentamente o horizonte. Entre eles desciam duas rugas pronunciadas, perpendiculares, que harmonizavam estranhamente com o nariz chato, arrebitado. Tudo isso provocava a impressão — para a qual talvez contribuísse a posição alta e altiva do homem—de uma atitude sobranceira, atrevida e mesmo feroz. Pois, fosse devido ao sol poente que o cegasse e fizesse caretear, fosse em virtude de uma deformação congênita de seu rosto, os lábios pareciam excessivamente curtos e recuavam dos dentes a tal ponto que estes ficavam visíveis até as gengivas, brancos, compridos e como que arreganhados.

Podia ser que Aschenbach, ao examinar o vulto estranho com curiosidade distraída e, todavia, inquiridora, ultrapassasse os limites da discrição. Em todo caso, percebeu subitamente que o outro lhe devolvia o olhar, e isso de maneira tão agressiva, à queima-roupa, com tão manifesta intenção de levar a coisa ao extremo e de obrigar o indiscreto a desviar os olhos, que Aschenbach, constrangido, virou-se. Em seguida, pôs-se a caminhar ao longo da cerca, resolvendo ao mesmo tempo não mais se preocupar com aquele indivíduo. De fato, esqueceu-se dele no minuto seguinte. É, contudo, possível que sua imaginação tenha sido influenciada pelo aspecto peregrino do estranho ou que tenha entrado em jogo qualquer outra interferência física ou psíquica. Fosse como fosse, Aschenbach deu-se conta, com surpresa total, de uma singular expansão de seu íntimo, de uma espécie de inquietação nômade, de uma saudade juvenil, ardente, de terras longínquas, de uma sensação tão viva, tão veemente e, todavia, a tal ponto olvidada ou desaprendida desde tempos imemoriais, que ele, cativado, com as mãos nas costas e os olhos pregados no chão, imobilizou-se, a fim de analisar a essência e a finalidade de tal sentimento.

Era o desejo de viajar, nada mais, mas que o acossava com a força de um acesso, intensificando-se às raias de uma paixão e mesmo de uma alucinação. E sua ânsia tornava-o vidente. A imaginação, ainda não sossegada depois de tantas horas de labuta, criava para seu uso exemplos de todos os prodígios e terrores da Terra multiforme, no afã de visualizá-los em sua totalidade. Ele via, via realmente uma paisagem, pantanosa região tropical, sob um céu brumoso, pesado, paisagem úmida, exuberante, monstruosa, espécie de selva primordial, entrecortada por cursos d'água a formarem ilhas, lodaçais, nesgas barrentas; via como, em meio a luxuriantes fetos, se elevavam aqui e acolá cabeludos troncos de palmeiras, brotando de solos cobertos de uma vegetação farta, túmida, esdruxulamente florida; via árvores excêntricas, disformes, a estenderem suas raízes através do ar em direção ao chão ou a águas estagnadas, nas quais se espelhava o verdor sombrio; via, por entre flores aquáticas, brancas como leite e enormes como bacias, aves exóticas, de ombros altos e bicos enormes, a quedarem-se nos bancos de areia, mirando a seu redor, imóveis; via a confusão das hastes nodosas de um bambual, os olhos de um tigre agachado, e sentia como o seu coração palpitava de pavor e misterioso desejo. Então desvaneceu-se a visão. Sacudindo a cabeça, Aschenbach reiniciou a caminhada ao longo das cercas das marmorarias.

Sempre, ou pelo menos desde que dispunha dos recursos necessários para valer-se das vantagens da circulação internacional, considerara as viagens apenas como uma medida higiênica que de vez em quando lhe convinha tomar, contrariando assim as suas inclinações e vontades. Por demais absorvido pelos problemas que lhe impunham o próprio eu e a alma europeia, excessivamente amarrado pelo dever de produzir e ainda demasiado avesso a quaisquer distrações para ser capaz de amar o colorido mundo exterior, dera-se por satisfeito com a opinião que cada um, sem jamais se distanciar muito do seu ambiente habitual, pode formar a respeito da superfície da Terra. Nunca lhe viera a menor tentação de sair da Europa. E sobretudo desde que sua vida começara a entrar num lento declínio; desde que o medo de não conseguir terminar sua obra lhe acossava a alma de artista; desde que o receio de que o relógio pudesse parar, antes que seu dono, realizando o que lhe cabia, tivesse dado o melhor de si, cessara de ser mera fantasia, sua vida exterior restringira-se quase exclusivamente à bela cidade que chegara a lhe oferecer um lar e ao sítio rústico que ele construíra na serra e no qual costumava passar os verões chuvosos.

Realmente, a razão e a disciplina praticada desde a juventude conseguiram logo refrear e chamar à ordem aquele impulso tardio e repentino. Aschenbach tivera a intenção de adiantar até certo ponto a obra pela qual vivia, antes ainda de se mudar para a casa de campo. A ideia de um passeio pelo mundo, que durante alguns meses o afastasse de seu trabalho, parecia-lhe muito frívola e por demais contrária a seus propósitos. Não era possível levá-la em séria consideração. E, todavia, não ignorava de modo algum o motivo que dera origem a essa tentação inopinada. Tratava-se do ímpeto de fugir — era preciso confessá-lo a si mesmo! —, da saudade de coisas novas, longínquas, da ânsia de liberdade, exoneração, esquecimento. Era o afã de distanciar-se da obra, do costumeiro local de um serviço rígido, frio, fanático. É bem verdade que Aschenbach gostava daquele serviço, como também sentia uma espécie de amor por aquela luta enervante, diariamente reiniciada entre a sua vontade tenaz, altiva, tantas e tantas vezes posta à prova, e o cansaço crescente, que tinha de permanecer despercebido de todos e que nem o menor sinal de malogro ou de fraqueza devia aparecer no produto definitivo. Mas parecia-lhe de bom alvitre não se impor excessiva coerção. Melhor seria não reprimir obstinadamente uma necessidade que se manifestava com tamanha força. Aschenbach rememorava o seu trabalho. Pensou no trecho no qual tivera de abandoná-lo tanto nesse dia como no anterior, e que parecia não querer se acomodar nem ao paciente esforço e tampouco à súbita improvisação. Examinou-o mais uma vez, empenhando-se em vencer ou arredar o obstáculo. Mas, com um arrepio de nojo, desistiu da tentativa. Não havia propriamente nenhuma dificuldade extraordinária: o que o paralisava eram os escrúpulos do fastio, que se manifestavam sob a forma de uma impertinência crítica à qual absolutamente nada era capaz de agradar. Verdade é que desde a sua juventude Aschenbach considerara a pouca satisfação consigo mesmo a essência e íntima natureza do talento. Por causa dela, tinha o hábito de reprimir e temperar o sentimento, sabendo que este tende a se contentar com a aproximação feliz e a perfeição parcial. Vingava-se então nesse instante a sensibilidade escravizada? Abandonava-o? Recusava-se a prosseguir fomentando e alando a sua arte? E privava-o ao mesmo tempo de todo o prazer e entusiasmo que a forma e a expressão habitualmente lhe causavam? Não que ele produzisse obras de má qualidade. Seus anos propiciavam-lhe, pelo menos, a vantagem de sentir a cada instante a tranquila certeza de sua maestria. Mas ele próprio, não obstante a admiração que seu povo lhe tributava, não conseguia regozijar-se com ela. Tinha a impressão de que sua produção carecia daqueles sinais de ardor e gênio brincalhão que resultam da alegria e, mais do que qualquer valor íntimo, por mais grave que seja, provocam, por sua vez, a alegria do mundo apreciador. Temia o verão no sítio rústico, em cuja casinha estaria a sós com a empregada que lhe preparava a comida e o criado que a servia; temia os contornos familiares dos cumes e dos paredões da serra, que voltariam a circundar o seu tédio insaciável. Em face disso, era preciso intercalar algo diferente, um pouquinho de vida levada a esmo, uma pitada de vadiagem, ares de terras distantes, uma injeção de sangue novo, para que o verão chegasse a ser suportável e fecundo. Viajar, portanto! Ele não se opunha à ideia. Mas não muito longe. Nada de tigres! Uma noite no vagão-dormitório e uma sesta de três ou quatro semanas em qualquer um dos lugares onde todos costumavam passar as férias, lá no ameno sul...

 Assim meditava, enquanto o ruído do bonde se aproximava pela Ungererstrasse. Ao embarcar, resolveu dedicar a noite ao estudo do mapa e do guia ferroviário. Na plataforma, lembrou-se de olhar em torno de si, à procura do homem de chapéu de palha, companheiro daquela espera, que, afinal de contas, tivera consequências bastante graves. Não logrou localizá-lo, porém, nem no local onde o avistara, nem nos arredores da parada, nem no próprio carro.

II.

O autor da lúcida e imponente epopeia em prosa sobre a vida de Frederico da Prússia; o paciente artista que com incansável assiduidade teceu o romance *Maja*, cuja abundância de figuras reúne numerosos destinos humanos à sombra de uma ideia; o criador da vigorosa novela intitulada *Um miserável*, a qual indicou a toda uma geração de jovens agradecidos a possibilidade de decisão moral, além dos limites do mais profundo conhecimento; e, finalmente (para terminarmos a lista das suas obras de maturidade), o escritor ao qual se deve o fervoroso tratado sobre *O espírito e a arte*, cujas força classificadora e eloquência antitética induziram alguns críticos sérios a igualá-la ao ensaio de Schiller sobre *A poesia ingênua e a poesia sentimental* — Gustav Aschenbach, numa palavra, nascera em L., centro distrital da província da Silésia, filho de um alto magistrado. Seus antepassados eram militares, juízes, funcionários públicos, homens que levaram uma vida austera, honrada, de parcos recursos, a serviço do rei e do Estado. Uma única vez a espiritualidade mais profunda encarnara-se em sua estirpe, na pessoa de um pastor. Uma dose de sangue mais ágil e mais quente fora injetada na geração anterior da família pela mãe do escritor, filha de um regente de orquestra, natural da Boêmia. Dela derivavam os sinais de uma raça estranha na aparência de Aschenbach. A combinação de uma prosaica consciência profissional e de enigmáticos impulsos fogosos dava origem a um artista e, precisamente, àquele artista inconfundível.

Como toda a sua natureza se norteasse pela fama, Aschenbach mostrou-se desde cedo, posto que não precocemente, maduro e hábil no contato com outras pessoas, graças à determinação e à precisão do seu estilo. Já tinha certo renome quando ainda cursava o colégio. Dez anos mais tarde, sabia muito bem manter-se em foco a partir da sua escrivaninha, administrando a própria glória e aparecendo bondoso ou imponente em qualquer período das suas cartas, que necessariamente eram breves, porquanto são múltiplos os pedidos que importunam personalidades dignas de confiança ou bafejadas pela sorte. O quarentão, por exausto que andasse pelas fadigas e vicissitudes acarretadas por seu trabalho, devia ainda dar conta de uma correspondência diária que trazia selos de todos os países do mundo.

Igualmente distante da banalidade e da excentricidade, o seu talento nascera para conquistar não só a adoração do grande público senão também o interesse admirado, estimulante, dos conhecedores exigentes. Desde a adolescência, tudo e todos o impeliam a realizar a sua obra, essa obra que tinha de ser extraordinária, e, assim, nunca chegara a conhecer a ociosidade ou a leviana despreocupação, peculiares da juventude. Aos trinta anos, aproximadamente, adoeceu em Viena. Foi nessa época que um observador sagaz disse a seu respeito numa reunião de amigos: "Pois é, o Aschenbach sempre viveu assim" — a isso, o orador cerrou em punho os dedos da esquerda — "e nunca assim" — deixou a mão pender confortavelmente pelo braço da poltrona. Tinha razão, e o que havia de mais corajoso e decente na atitude que ele acabava de descrever era o fato de Aschenbach não ser robusto por índole e submeter-se a esse constante esforço não por vocação, senão apenas à custa de suas energias.

A conselho médico, o menino fora dispensado da frequência de uma escola, ficando restrito ao ensino na casa paterna. Criara-se solitário, sem companheiros, e, todavia, percebera muito cedo, pela força das circunstâncias, que pertencia a uma estirpe na qual o talento era menos raro do que aptidão física necessária para desenvolvê-lo. Essa estirpe oferecia cedo o que nela havia de melhor e, em geral, seus membros mais dotados consumiam-se antes do tempo. Pois a palavra favorita de Aschenbach era "perseverar". No seu romance sobre Frederico não via outra coisa senão a apoteose desse imperativo que se lhe afigurava a quinta-essência da virtude ativa e passiva. Também desejava ardentemente ficar velho, já que sempre tivera a convicção de que nenhuma arte podia ser considerada genuinamente grande, universal e mesmo honesta se não fosse capaz de se mostrar caracteristicamente fecunda em todas as fases da vida humana.

Querendo levar nos ombros delgados as tarefas que lhe impunha o seu talento e, apesar disso, ir muito longe, precisava de disciplina em alto grau, e felizmente herdara-a por parte do pai. Aos quarenta ou cinquenta anos, como já fizera numa idade em que outras pessoas se desperdiçam, devaneiam e adiam otimistamente a realização de vastos projetos, ele costumava começar o dia de madrugada, derramando jatos de água fria pelo peito e pelas costas. Em seguida, à luz de um par de círios altos colocados em castiçais de prata, imolava à musa, no curso de duas ou três horas matinais de quase religioso fervor, as energias acumuladas durante o sono. Era perdoável — e no fundo significava um autêntico triunfo do seu procedimento consciencioso — que pessoas mal informadas considerassem produto de concentradas forças e longo fôlego o panorama que ele pintara dos maias ou a vasta epopeia em cujas páginas se desenrolava a vida heroica de Frederico, quando, na realidade, tratava-se de obras elaboradas em minúscula progressão cotidiana, edificadas à base de centenas de inspirações avulsas até tornarem-se grandes, e que somente chegavam a ser magníficas, perfeitas em todos os seus pormenores, porque o autor, com paciência e tenacidade comparáveis àquelas que levaram tal rei à conquista de sua província natal, aguentara por anos e anos a tensão originada por um e o mesmo trabalho, dedicando exclusivamente à própria elucubração os momentos mais lúcidos e mais dignos.

Para que uma obra intelectual de algum valor consiga produzir de imediato efeitos amplos e profundos, carece existir uma afinidade secreta, e mesmo uma harmonia íntima, entre o destino individual de seu criador e o destino coletivo de seus contemporâneos. Os homens ignoram a razão por que cingem a obra de arte de glória determinada. Longe de serem peritos, creem descobrir nela um sem-número de qualidades que justifiquem tamanhos elogios. Mas o verdadeiro motivo de seus aplausos é algo incomensurável, é a simpatia. Certa feita, num trecho pouco conspícuo, Aschenbach afirmara com toda clareza que quase tudo quanto existia em matéria de grandeza nascera, apesar dos pesares, não obstante as mágoas, os tormentos, a pobreza, a solidão, a debilidade física, os vícios, as paixões e mil outros obstáculos. Ora, essa frase era mais do que um simples aforismo. Nela se resumia uma experiência pessoal. Ela oferecia, nada mais nada menos, a fórmula da vida e da glória de Aschenbach, a chave de sua obra. Não é, portanto, de admirar que nos seus personagens mais característicos nos deparemos com a mesma conduta moral e a mesma atitude.

Quanto ao novo tipo de herói, tão ao gosto desse escritor que se repetia sob os mais diferentes disfarces individuais, havia muito que um analista perspicaz verificara que nele se encarnava a concepção de "uma juvenil virilidade intelectual, que, numa mescla de pudor e altivez, cerra a boca e mantém-se imóvel enquanto flechas e dardos lhe trespassam o corpo". Belas e espirituosas palavras, e que não deixavam de ser exatas, se bem que acentuassem aparentemente em demasia a passividade manifestada em tal comportamento. Pois, a disciplina conservada em face do destino, a graça jamais abalada pelo sofrimento não é apenas passiva; nelas se patenteia um ato positivo, um triunfo genuíno, e a figura de Sebastião é o símbolo mais formoso, se não de toda a arte, ao menos da arte a que nos referimos. Quem olhasse de perto o mundo assim delineado perceberia o elegante domínio de si que escondia dos olhos dos espectadores até o último momento a decadência biológica, o fato de estar intimamente solapado; também notaria a fealdade amarelenta, prejudicada na sua vida sensual, e que todavia era capaz de atiçar as brasas do cio, a ponto de formarem labaredas puras e se apoderarem do próprio reino da beleza; não lhe escaparia nem a pálida impotência que tirava dos férvidos abismos do espírito a força necessária para prostrar, ao pé da sua cruz, a seus próprios pés, todo um povo arrogante, nem a posição condescendente, assumida ante o serviço vazio, austero, da forma, e tampouco a existência falsa, perigosa, os exaustivos desejos e artifícios do impostor nato. Quem examinasse todos esses destinos, e ainda muitos outros do mesmo quilate, facilmente chegaria a duvidar de que pudesse haver heroísmo que não fosse o da fraqueza. Mas que heróis condiriam melhor com a nossa época do que, precisamente, os débeis? Gustav Aschenbach era o bardo de todos aqueles que labutam à beira do colapso, dos sobrecarregados, dos triturados, dos que se mantêm de pé à custa de um esforço supremo, dos moralistas da proeza, que, não obstante o físico franzino e a escassez de recursos, conseguem, pelo menos temporariamente, criar a impressão de grandeza graças à força mística da vontade e à aplicação hábil dos meios. Deles há muitos. São os heróis da nossa era. E todos se reencontravam na obra de Aschenbach. Achavam-se justificados, enobrecidos, glorificados nessas páginas, e por isso demonstravam a sua gratidão, elogiando o autor.

    Este tivera a sua fase bronca e rude e, mal-aconselhado pelo espírito da época, tropeçara em público, cometera erros, comprometera-se, nos seus discursos e escritos manifestara falta de tato e ponderação. No entanto, alcançara aquela dignidade rumo à qual, segundo afirmava, todos os talentos verdadeiros se sentem naturalmente impelidos, como por um aguilhão. Pode-se até dizer que toda a sua carreira fora um progresso consciente e obstinado em direção à dignidade, e que deixava para trás quaisquer inibições baseadas no ceticismo e na ironia.

O que apraz à massa burguesa é a plasticidade viva, incomplexa, da obra. A juventude apaixonada, absoluta, por sua vez, somente adora o que é problemático, e Aschenbach tivera sua fase problemática, absoluta, como qualquer jovem. Fizera-se escravo do intelecto; abusara do conhecimento; moera o trigo destinado a servir de semente; revelara segredos; denegrira o talento; traíra a arte. Sim, enquanto os frutos da sua imaginação divertiam, edificavam, animavam aqueles que os saboreavam, depositando confiança no autor adolescente, este fascinava os rapazes de vinte anos com seus cinismos acerca do caráter equívoco da arte e da própria função do artista.

Parece, porém, que os espíritos nobres, valorosos, imunizam-se rápida e definitivamente contra o picante e amargo estimulante que é o conhecimento; e certo é que a meticulosidade do jovem, por mais abnegada e severa que seja, não passa de superficialidade quando comparada com a sólida decisão do mestre amadurecido, decisão que o faz negar o conhecimento, rejeitando-o, distanciando-se dele altivamente cada vez que haja perigo de que sua vontade, seu poder de ação, seu sentimento e mesmo a sua paixão possam ser de algum modo tolhidos, desanimados, humilhados por ele. Que outra interpretação poderíamos dar à famosa novela *Um miserável*, a não ser a de uma explosão de asco em face do indecente psicologismo à moda da época, encarnado na pessoa de um semipatife indolente, tolo, o qual indevidamente adquire personalidade ao atirar, por impotência, vício ou veleidade ética, sua esposa aos braços de um moço imberbe, e acredita que sua índole profunda lhe permite cometer ações abjetas? O vigor das palavras com que nessa obra se repelia o ato repulsivo evidenciava o abandono de quaisquer ceticismos morais, a rejeição da menor simpatia pelos abismos, a renúncia àquela mentalidade negligente que se manifesta no compassivo axioma de que "compreender tudo significa perdoar tudo". O que ali se preparava, e talvez já se consumasse, era esse "milagre da ingenuidade renascida", à qual se referia pouco depois, expressamente e com certa ênfase misteriosa, um dos diálogos do autor. Estranha coincidência! Não se podia atribuir às consequências espirituais de tal "renascimento", dessa nova dignidade e disciplina, o fato de ao mesmo tempo manifestar-se uma intensificação quase excessiva do senso estético de Aschenbach? A partir de então, percebiam-se na sua produção aquela pureza distinta, a singeleza e a harmonia da forma que imprimiam nela o cunho conspícuo e proposital de maestria e classicismo. Mas, a resolução ética, muito além dos limites do saber, do conhecimento analisador, inibitivo — não representa ela, por sua vez, uma simplificação, um empenho em tornar o mundo e a alma moralmente cândidos e em reforçar, precisamente por isso, o impulso que os leva ao mal, ao proibido, ao que é incompatível com a moral? E a forma não tem duas faces? Não é moral tanto como imoral — moral, como resultado e expressão da disciplina, porém imoral e mesmo antimoral, uma vez que implica por índole certa indiferença pela moral e procura, antes de mais nada, submeter a moral ao seu cetro soberbo e absoluto?

Seja como for, uma revolução é um destino, e aquela que decorrer bafejada pelo interesse e pela confiança coletiva de um vasto público obviamente tomará rumos diversos daquelas que se realizarem sem o esplendor e as obrigações acarretadas pela glória. Apenas os eternos boêmios se aborrecerão e zombarão cada vez que um grande talento, abandonando o libertino estado de crisálida, se habituar a conservar imponentemente a dignidade do intelecto e a assumir a etiqueta de um isolamento inicialmente desamparado, cheio de duros sofrimentos e solitários combates, e que todavia o conduziu ao poder e a uma posição de destaque entre os homens. Ora, quanto jogo, quanta obstinação, quanto prazer não se escondem na formação individual de um talento! Com o tempo, as apresentações de Gustav Aschenbach assumiam um quê de pedagógico, de oficial. Nos anos maduros, o seu estilo prescindia do arrojo espontâneo e dos matizes sutis, inéditos, e tendia para uma constância modelar, o tradicionalismo polido, o conservadorismo, a bela forma, e mesmo aí padronização. Assim como nos contam de Luís XIV, o escritor envelhecido acostumou-se a banir da sua linguagem quaisquer termos vulgares. Foi a essa época que o Ministério da Educação mandou incluir páginas seletas de suas obras nos livros de leitura adotados nas escolas. Isso condizia com as ambições do autor, e quando um príncipe alemão que acabava de subir ao trono conferia ao criador do *Frederico*, no seu quinquagésimo aniversário, os foros de nobreza, ele não os rejeitou.

Após alguns anos de intranquilidade e vários domicílios experimentais em diversas localidades, escolheu muito cedo Munique para sua residência permanente. Ali vivia num decente bem-estar, tal como o intelecto só raras vezes consegue. O matrimônio que contraíra ainda jovem com a filha de uma família erudita foi desfeito pela morte, depois de um breve lapso de felicidade. Restava-lhe uma filha já casada. Nunca teve um filho homem.

Gustav von Aschenbach era de estatura um pouco abaixo da média. Tinha a tez morena e o rosto escanhoado. Sua cabeça, um tanto grande em relação ao corpo quase franzino. A cabeleira penteada para trás, rala no topo, porém espessa e bem grisalha na parte lateral, emoldurava a testa alta, rugosa, como que sulcada por cicatrizes. A ponte dos óculos de ouro, com lentes sem aros, penetrava fundo na raiz do nariz curto, aristocraticamente adunco. A boca era grande, ora frouxa, ora, de súbito, estreita e crispada; a região das faces, magra e encarquilhada; o queixo, pronunciado e levemente partido. Tinha-se a impressão de que vicissitudes impressionantes deviam ter passado por essa cabeça que geralmente se inclinava para o lado, numa atitude de sofrimento, e todavia fora a arte que ali se encarregara daquela modelagem fisionômica que em outros casos é realizada por um destino áspero, acidentado. Atrás daquela testa haviam se originado as brilhantes réplicas do diálogo que Voltaire e o rei mantinham sobre a guerra. Esses olhos, a mirarem fatigados e insondáveis através das lentes, tinham enxergado o ensanguentado inferno dos hospitais da Guerra de Sete Anos. Também do ponto de vista pessoal, a arte é uma vida mais intensa. Causa profunda felicidade, porém consome rapidamente. Grava na fisionomia de seu servidor os sinais de aventuras imaginárias e espirituais, e, não obstante a calma monacal da existência exterior, produz no decorrer do tempo um quê de fastio, ultrarrefinamento, cansaço, curiosidade dos nervos, tais como uma vida cheia de orgiásticos prazeres e paixões dificilmente seria capaz de provocar.

III.

Em que pesasse a vontade de viajar que sentia Aschenbach depois daquele passeio, houve ainda vários assuntos de caráter literário e social que o retiveram aproximadamente quinze dias em Munique. Finalmente mandou aprontar a sua casa de campo para que pudesse ser habitada dentro de quatro semanas, e certo dia entre meados e fins de maio pegou o trem noturno para Trieste. Ali se demorou apenas vinte e quatro horas. Na manhã seguinte, embarcou para Pula.

O que procurava era um ambiente exótico, não relacionado com qualquer outro, mas que fosse de fácil alcance. Por isso foi alojar-se numa ilha do mar Adriático, situada nas proximidades da costa da Ístria, e que nos últimos anos adquirira alguma fama. Estava ela povoada por gente rústica, pitorescamente maltrapilha, que falava um dialeto totalmente estranho. Junto ao mar aberto, havia paisagens magníficas de alcantilados penhascos. Mas agastavam-no tanto a chuva e o ar pesado quanto um grupo coeso de austríacos provincianos que lotava o hotel. A falta de um contato sossegado, íntimo com o mar, tal como somente a suave praia de areia pode oferecer, não davam a Aschenbach a impressão de haver acertado na escolha do lugar de seu destino. Algum impulso do seu coração inquietava-o, sem que ele, por enquanto, soubesse dizer para onde tendia. Estudava então a lista das comunicações marítimas. Olhava a seu redor em busca de um objetivo, e de súbito este se apresentou diante dele, surpreendente, mas natural. Quem desejasse obter de um dia para outro algo que fosse incomparável, fabuloso, diferente, para onde devia se dirigir? Mas claro! Que fazia aí? Tomara o caminho errado. Era para outro lugar que quisera viajar. Sem demora pôs fim àquela estada errônea. Dez dias após sua chegada à ilha, numa madrugada brumosa, uma lancha veloz conduziu Aschenbach e sua bagagem pelas águas de volta ao porto militar. Apenas desembarcado, subiu por um pontilhão de tábuas ao convés úmido de um navio que estava pronto para zarpar rumo a Veneza.

Era uma embarcação gasta de nacionalidade italiana, um vaporzinho antiquado, sombrio, negro de fuligem. Num camarote cavernoso, artificialmente iluminado, para onde um marujo corcunda, pouco asseado, de solicitude caricatural, levou Aschenbach logo depois do embarque, encontrava-se sentado atrás de uma mesa um homem de cavanhaque cuja fisionomia recordava o diretor de um circo provinciano. Tinha o chapéu em cima da orelha e um toco de cigarro num canto da boca. Com um arremedo de elegância e desembaraço, preenchia as fichas dos passageiros e entregava-lhes as passagens.

— Para Veneza! — repetiu o pedido de Aschenbach, enquanto esticava o braço para fincar a caneta no resto do líquido pastoso que se encontrava no tinteiro inclinado. — Para Veneza, primeira classe! Às ordens, cavalheiro.

E meteu-se a rabiscar algumas garatujas enormes, espalhou sobre elas areia azul tirada de uma lata, que deixou em seguida escorrer para uma tigela de barro, dobrou o papel com os dedos amarelos e ossudos e voltou a escrever.

— Como o senhor escolheu bem o seu destino! — tagarelou. — Essa Veneza! Que cidade magnífica! Uma cidade de atração irresistível para qualquer pessoa culta, não só pela sua história como também pelos seus encantos atuais!

A rapidez mecânica dos seus gestos, tanto quanto o palavreado vazio que os acompanhava, quase que traíam o esforço de atordoar e distrair o futuro passageiro, como se o homem receasse que este pudesse ainda desistir da ideia de ir a Veneza. Apressadamente encaixou o dinheiro e com a graça de um crupiê deixou o troco cair no pano manchado que revestia a mesa.

— Divirta-se, cavalheiro! — disse com uma mesura teatral. — É uma honra para mim transportar vossa senhoria... Próximo! — exclamou, levantando o braço e fingindo-se de atarefado, muito embora não houvesse mais ninguém que quisesse ser atendido. Aschenbach voltou ao convés.

Apoiando o braço no parapeito, observou o povo vadio que se aglomerava no cais a fim de assistir à partida do navio. Também examinou os demais passageiros que se encontravam a bordo. Os da segunda classe, homens e mulheres, acocoravam-se na proa, usando fardos e caixotes como assentos. Um grupo de rapazes fazia companhia a Aschenbach no convés da primeira classe. Segundo parecia, eram empregados do comércio de Pula, que numa hora animada haviam resolvido dar um passeio pela Itália. Fazendo bastante estardalhaço de si e do seu empreendimento, pairavam, riam, envaideciam-se em face de seus próprios gestos e debruçados por cima da amurada lançavam gracejos joviais aos colegas que, passando pela rua do cais, com as pastas sobraçadas, encaminhavam-se aos seus escritórios. Estes, por sua vez, ameaçavam os folgazões humoristicamente com as bengalas. Um dos passageiros, que trajava um vestuário de verão amarelo-claro, de corte ultramoderno, gravata vermelha e chapéu de palha com a aba arrojadamente virada para cima, salientava-se entre os outros, gritando alegremente com voz esganiçada. Mas apenas Aschenbach o olhara melhor, percebeu com uma espécie de horror que era um falso jovem. Tratava-se de um velho, sem dúvida alguma! Rugas lhe circundavam os olhos e a boca. O suave carmesim das faces era maquiagem; a cabeleira castanha sob o panamá de fita multicor, uma peruca; o pescoço, flácido, macilento. O bigodinho como que colado e a mosca no queixo estavam pintados. A dentadura amarelada, completa, que ele exibia quando dava risadas, não passava de uma prótese barata, e as mãos, com anéis-sinetes em ambos os indicadores, traíam o ancião. Arrepiado de espanto, Aschenbach analisava a ele e a seus amigos. Não sabiam, não notavam os rapazes que o companheiro era velho, que usava impropriamente as mesmas roupas ajanotadas, de cores berrantes, que eles mesmos trajavam, e que não tinha o direito de passar por um do seu grupo? Parecia que toleravam a presença dele em seu meio como uma coisa natural, costumeira. Tratavam-no como seu igual e revidavam sem repulsa as cotoveladas brincalhonas do velhote. Não era possível! Aschenbach cobriu a testa com a mão. Cerrou os olhos, que ardiam porque dormira pouco. Tinha a impressão de que tudo isso era diferente do habitual, que um devaneio esquisito começava a tomar conta dele, que o mundo estava a ponto de assumir feições estranhas, e que tal evolução talvez pudesse ser sustada se ele tapasse a vista por um instante e logo depois tornasse a olhar a seu redor. Nesse momento, porém, acometeu-o a sensação do movimento. Levantando o olhar num sobressalto insensato, verificou que o pesado e escuro corpo do navio se afastava lentamente do cais murado. Polegada por polegada, com o movimento alternado das máquinas, alargava a nesga de água suja, cintilante, entre a terra firme e o casco da embarcação. Depois de algumas manobras morosas, o vapor apontava o gurupés para o alto-mar. Aschenbach dirigiu-se ao estibordo, onde o corcunda lhe preparava uma espreguiçadeira. Um taifeiro de casaca manchada veio logo lhe perguntar se desejava alguma coisa.

O céu estava cinzento, soprava um vento úmido. O porto e as ilhas tinham ficado para trás. Rapidamente, toda a terra perdia-se de vista. Flocos de pó de carvão caíam, impregnados de umidade, sobre o convés recém-lavado, que não queria secar. Uma hora depois, já se fez necessário armar um toldo, porque começou a chover.

Envolvido no sobretudo, com um livro no colo, o turista repousava, e as horas escoavam sem que se percebesse. Parara a chuva. Arredavam a lona do toldo. O horizonte estava completo. Sob a cúpula turva do céu estendia-se para todos os lados o enorme disco do mar deserto. Mas, no espaço vazio, informe também, falta ao nosso espírito a medida do tempo, e nós tateamos na imensidão. Excêntricos e sombrios vultos, tais como o ancião ajanotado e o homem de barba de bode, lá do interior do navio, percorriam com gestos vagos e murmúrios indistintos o espírito de Aschenbach, até que ele adormeceu.

Por volta do meio-dia, chamaram-no para que almoçasse no salão de refeições, que mais se parecia com um corredor e para o qual davam as portas dos camarotes. Na outra extremidade da mesa comprida em cuja cabeceira ele se instalava, estavam os empregados do comércio, inclusive o velhote, que ali encontravam-se desde as dez horas a se embebedarem em companhia do comandante pândego. A comida era pobre, e Aschenbach almoçou depressa. Ansiava por voltar ao ar livre, a fim de ver se o céu não ia clarear acima de Veneza.

Tivera certeza de que tal aconteceria, já que a cidade sempre o acolhera em todo o seu esplendor. Mas o firmamento, assim como o mar, conservava-se turvo e plúmbeo. De vez em quando caía uma leve garoa. Ele já se conformava com a ideia de chegar por via marítima a uma Veneza diferente de todas quantas já se lhe haviam deparado do lado terrestre. Encostando-se no traquete, deixava os olhos vaguearem ao longe, à espera da terra. Pensava no poeta melancólico, fervoroso, diante do qual as cúpulas e os campanários dos seus devaneios haviam outrora emergido dessas águas. De si para si, repetia alguns dos versos que naquela ocasião se tinham completado num canto harmonioso, a expressar reverência, felicidade e pesar. Facilmente emocionado pelos sentimentos descritos em outra época, examinava o seu coração austero, fatigado, para saber se novos entusiasmos e perturbações, tardias aventuras sentimentais, talvez aguardassem o turista ocioso.

Foi quando surgiu à sua direita a costa plana, barcos pesqueiros animavam o mar, apareceu a ilha dos banhistas, o vapor passou à esquerda dela, deslizando em marcha diminuída através do porto estreito que a ela deve seu nome, e na laguna, de onde se avistavam habitações miseráveis, porém pitorescas, o navio parou por completo, já que deviam aguardar a lancha do inspetor de saúde.

Decorreu uma hora até ela aparecer. Tinham chegado? Sim e não. Ninguém se apressava, e todavia a impaciência acossava-os. Os rapazes de Pula, provavelmente estimulados no seu patriotismo pelas clarinadas militares vindas dos jardins públicos que ressoavam por cima das águas, subiram ao convés e, arrebatados pelo Asti, deram vivas aos *bersaglieri* que lá se exercitavam. Era, no entanto, asqueroso ver o estado ao qual a falsa promiscuidade com a juventude levara o velho peralta. O cérebro idoso não resistira ao vinho com a mesma facilidade dos jovens robustos. Estava lastimavelmente bêbado. De olhar idiota, segurando um cigarro entre os dedos trêmulos, balançava-se no seu lugar, num penoso esforço para manter o equilíbrio, enquanto a embriaguez o impelia ora para a frente, ora para trás. Uma vez que cairia no primeiro passo que desse, não tinha coragem para afastar-se do seu paradeiro. Contudo, ostentava uma espécie de lamentável traquinice. A quem se aproximasse dele, segurava pelo botão do paletó. Tartamudeando, piscando o olho, dando risadinhas, levantava o indicador encarquilhado para acompanhar qualquer brincadeira insossa e, de um jeito tão ambíguo quanto repugnante, lambia com a ponta da língua os cantos da boca. Aschenbach observava-o com o cenho franzido. Mais uma vez sentiu-se tomado por uma sensação de atordoamento, como se o mundo demonstrasse leve e, todavia, irresistível inclinação para se desfigurar, assumindo feições estranhas, caricatas. Verdade é que as circunstâncias o impediram de analisar essa impressão, já que nesse instante recomeçava a atividade rítmica das máquinas. O navio reiniciou a viagem através do canal San Marco, interrompida nas proximidades de seu destino.

E Aschenbach tornou a vê-lo, o embarcadouro mais espantoso de todos, aquela deslumbrante combinação de edifícios fantásticos que a República oferecia aos reverentes olhares dos navegantes que se acercavam: a graciosa magnificência do palácio e a Ponte dos Suspiros, as colunas do leão e do santo à beira da água, o flanco pomposo, saliente, do lendário templo, a vista sobre a portada e o gigantesco relógio. Ao contemplar tudo isso, Aschenbach ponderou que chegar a Veneza por via terrestre, na estação ferroviária, era como que entrar num castelo pela porta dos fundos, e que essa cidade, a mais inverossímil do mundo, somente devia ser alcançada assim como ele o fazia dessa vez: de navio, vindo do alto-mar.

A máquina parou, diversas gôndolas aproximaram-se, a escada foi lançada, os funcionários da alfândega subiram a bordo e cumpriram os seus deveres; podia-se proceder ao desembarque. Aschenbach deu a entender que desejava uma gôndola que o transportasse com as bagagens até a estação dos vaporzinhos que trafegam entre a cidade e o Lido, pois tinha a intenção de se hospedar perto da praia marítima. Transmitindo a sua ordem, alguém comunicou-se aos gritos com os gondoleiros, que lá embaixo discutiam entre si no seu dialeto. Por ora, Aschenbach via-se impedido de descer. Estorvava-o a sua mala, que nesse momento era arrastada pelo portaló e, com certa dificuldade, carregada escada abaixo. Assim se lhe tornava impossível esquivar-se das importunações do velho nojento, o qual, singularmente impelido pela embriaguez, insistia em apresentar suas despedidas ao cavalheiro estranho.

— Desejamos-lhe uma estada feliz — falava ele, fazendo mesuras grotescas. — Recomendamo-nos à sua condescendente lembrança. *Au revoir, excusez* e *bonjour*, Excelência!

Ele se babava, pestanejava, lambia as comissuras da boca, enquanto no queixo de ancião se eriçava a mosca pintada.

— Nossos cumprimentos! — balbuciou, metendo entre os lábios as pontas de dois dedos. — Nossos cumprimentos à sua queridinha, à sua encantadora, formosíssima queridinha...

E subitamente lhe caiu a prótese superior sobre o lábio inferior. Foi quando Aschenbach conseguiu escapulir-se.

— À queridinha, à bela queridinha... — ouvia ainda aquela voz cava, tartamuda, que nas suas costas continuava a arrulhar, enquanto, segurando-se no corrimão de corda, descia pela escada do portaló.

Quem não terá de vencer um arrepio fugaz, um medo secreto, um quê de angústia, quando embarcar pela primeira vez ou depois de longos anos de desábito numa gôndola veneziana? Esses curiosos meios de transporte, que não sofreram nenhuma modificação desde que nos foram legados por uma era romanesca, esses barcos tão caracteristicamente negros como são, entre todos os objetos do mundo, apenas os caixões — eles provocam em nós a associação a aventuras clandestinas e perversas nas águas noturnas, e ainda mais à própria morte, a féretros, a sombrios enterros, ao silêncio da última viagem. Já notaram, por acaso, que o assento dessas embarcações, a cadeira de braços com sua pintura negro-esquife e suas almofadas negro-foscas, é o que há de mais fofo, mais macio, mais lânguido? Aschenbach percebeu-o ao se sentar aos pés do gondoleiro em frente às suas bagagens, cuidadosamente arrumadas na proa bicuda. Os remadores prosseguiam ralhando uns com os outros, proferindo frases rudes, incompreensíveis, ameaçadoras. Mas a calma peculiar da cidade aquática parecia acolher suavemente todo aquele vozerio, tirando seu volume e dispersando-o pelas águas. Fazia calor no porto. Sob o morno contato do siroco, o turista refestelado nos coxins sentia-se embalado pelo elemento líquido. Cerrando os olhos, saboreava essa lassidão tão doce quanto inusitada. "A travessia será breve" — pensava. — "Oxalá que durasse sempre e sempre!" Como que acalentado pela gôndola, percebia que aos poucos o alvoroço e a confusão dos rumores desapareciam.

Como se tornava cada vez mais profundo o silêncio a seu redor! Nenhum ruído, a não ser o chapinhar do remo e a pancada oca das ondas a baterem no bico do talha-mar que se erguia, reto, negro, acima delas, exibindo na ponta um enfeite em forma de alabarda. Não! Ouvia-se mais uma coisa: um murmúrio, palavras sussurradas, um monólogo apenas audível do gondoleiro, que falava de si para si, entre os dentes, proferindo sons entrecortados ao ritmo do movimento dos braços. Aschenbach levantou o olhar e verificou com algum espanto que a laguna se alargava à sua frente e a embarcação tomava o rumo do mar aberto. Com isso ficava evidente que não lhe seria dado abandonar-se inteiramente ao repouso, senão convinha cuidar um pouco mais da execução das suas ordens.

— Pois então, não vai me levar à estação dos *vaporetti*? — perguntou, meio virado para trás. Cessou o murmúrio, mas não veio nenhuma resposta.

— Ora, vamos à estação dos *vaporetti*! — insistiu Aschenbach, e dessa vez virou-se totalmente a fim de fitar o rosto do gondoleiro, que às suas costas, de pé na plataforma elevada, destacava-se da palidez do céu. Era um homem de fisionomia desagradável, quase brutal. Usava roupas azuis, à maneira dos marujos, e na cintura uma faixa amarela. Na cabeça, tinha um chapéu de palha surrado cujo trançado já começava a se desfazer. A julgar pelo tipo facial e pelo bigode crespo e loiro sob o nariz curto, arrebitado, não era de origem italiana. Muito embora fosse de compleição franzina, manejava o remo com grande energia, empenhando o corpo inteiro a cada remada. De vez em quando, o esforço fazia com que ele crispasse os lábios e desnudasse os dentes brancos. Franzindo a testa, olhava por cima de seu passageiro, enquanto respondia em tom categórico, mesmo rude:

— O senhor vai ao Lido.

— Pois é — respondeu Aschenbach —, mas tomei a gôndola somente até San Marco. Quero pegar o *vaporetto*.

— O senhor não pode pegar o *vaporetto*.

— Por que não?

— Porque o *vaporetto* não transporta bagagens.

Era verdade. Aschenbach lembrava-se. Permanecia calado. Mas o comportamento do homem, a sua aspereza arrogante, tão pouco usual nesse país, parecia-lhe insuportável.

— Isso não é da sua conta — replicou. — Pode ser que eu deixe as minhas coisas num depósito. Vamos voltar, e já!

Não veio resposta. O remo prosseguia chapinhando. A água dava pancadas surdas no casco da gôndola. E recomeçavam as palavras murmuradas entre os dentes. Novamente, o gondoleiro falava com os seus botões.

Que fazer? Sozinho na laguna, com esse indivíduo estranhamente insubordinado, teimoso, decidido, o passageiro não sabia como impor a sua vontade. De mais a mais, como era macio esse assento para quem não se revoltasse! Não desejara ele havia pouco que a travessia se prolongasse por muito tempo, que durasse mesmo sempre e sempre? O mais acertado seria não atar nem desatar. Afinal de contas, o passeio era sumamente ameno. Uma indolência mágica parecia emanar do seu assento, dessa cadeira de braços baixinha, com os coxins pretos, e que as remadas do tirânico gondoleiro embalavam suavemente. A hipótese de ter caído nas mãos de um criminoso passou fugazmente pelo espírito de Aschenbach, sem que tivesse força suficiente para alertar e ativar o seu cérebro. Mais antipática afigurava-lhe a possibilidade de que tudo isso redundasse apenas em mera exploração. Uma espécie de orgulho ou de senso de dever, talvez a lembrança de que convinha prevenir-se, induziu-o mais uma vez a reagir.

— Quanto cobra pela viagem? — perguntou.

E o gondoleiro respondeu, enquanto olhava fixamente por cima dele:

— O senhor pagará.

A réplica que se devia dar nesse caso era tão óbvia que Aschenbach disse automaticamente:

— Não pagarei nada, nenhum centésimo, se você não me levar aonde quero ir.

— O senhor quer ir para o Lido?

— Mas não com você.

— Sou bom gondoleiro.

"Isso é verdade", pensou Aschenbach, relaxando. "Realmente, você rema bem. Mesmo que estiver de olho na minha carteira e me mandar à casa de Hades com uma pancada traiçoeira na cabeça, terei feito uma boa viagem."

Nada disso aconteceu, no entanto. Pelo contrário: surgiram companheiros, um barco cheio de músicos ambulantes, homens e mulheres, a cantarem com acompanhamento de violões e bandolins. Conservando-se importunamente ao lado da gôndola, empestavam o silêncio das águas com seu lirismo venal. Aschenbach atirou algumas moedas no chapéu que lhe estendiam. Em seguida, calaram-se e foram embora. E de novo se ouvia o murmúrio do gondoleiro, que falava sozinho, abrupta e intermitentemente.

Até que enfim chegaram, movidos pela esteira de um vapor que se encaminhava à cidade. Na praia, dois fiscais da municipalidade iam de lá para cá, com as mãos nas costas e o rosto voltado para a laguna. Aschenbach desembarcou pela ponte, onde lhe acudiu um daqueles velhos que em todos os cais de Veneza acorrem com suas fateixas. Como não tinha troco, dirigiu-se a um hotel próximo da ponte dos *vaporetti* a fim de obter dinheiro miúdo com o qual pudesse pagar ao barqueiro o preço justo da travessia. Atenderam-no no saguão. Ao regressar, encontrou suas bagagens empilhadas num carrinho junto ao cais, ao passo que a gôndola e o remador haviam sumido.

— Ele deu o fora — disse o ancião. — Não presta. É um sujeito que não tem licença. Olhe, cavalheiro, é o único gondoleiro sem licença. Os outros telefonaram para cá, e quando notou que havia gente à sua espera, fugiu.

Aschenbach encolheu os ombros.

— O senhor viajou de graça — disse o velho, enquanto lhe apresentava o chapéu. Aschenbach lhe atirou uma moeda. A seguir deu ordem para que levassem as suas malas ao Hotel Balneário. Foi atrás do carrinho, ao longo da Aleia, essa alameda semeada de árvores em flor, com tavernas, lojas e pensões de ambos os lados, que passa por toda a ilha até a praia.

Vindo do terraço do jardim, entrou pela porta dos fundos no vasto hotel. Depois de atravessar o amplo saguão e o vestíbulo, encaminhou-se à recepção. Já que fora anunciado, acolheram-no com solicitude e presteza. O gerente, um homenzinho bigodudo que trajava sobrecasaca cortada à moda francesa, falou com ele submissa e cortesmente em voz suave. Acompanhou-o no elevador até o segundo andar, onde lhe mostrou o quarto. Era um aposento simpático, com mobília de cerejeira, enfeitado com flores muito cheirosas e de altas janelas que davam para o mar. Aschenbach acercou-se delas logo que se retirara o gerente. Enquanto as bagagens eram trazidas e arrumadas nos seus lugares, olhou para fora, por sobre a praia deserta a essa hora da tarde, em direção ao mar que nenhum raio de sol fazia brilhar. Num ritmo compassado, calmo, a maré alta lançava à areia compridas ondinhas.

As observações e as experiências de um indivíduo solitário, calado, são ao mesmo tempo mais vagas e mais intensas do que as de uma pessoa gregária. Seus pensamentos são mais graves, mais esquisitos, e jamais falta neles um quê de tristeza. Imagens e impressões que facilmente poderiam ser ofuscadas por um olhar, uma risada, uma troca de opiniões, aprofundam-se pelo silêncio, assumindo importância e transformando-se em acontecimentos, aventuras, sensações. A solidão produz a originalidade, a beleza ousada e singular, o poema. Mas também será a fonte de tudo quanto for errado, desproporcionado, absurdo, ilícito. Assim as visões da viagem, o horrível ancião ajanotado, com seus disparates sobre a "queridinha", ou o gondoleiro rejeitado pelos colegas e ainda por cima logrado continuavam a inquietar o espírito do turista. Sem apresentarem a menor dificuldade ao raciocínio calmo, sem fornecerem, propriamente, material algum para meditações, eram, todavia, bastante esquisitas, segundo lhe parecia, e bem perturbadoras, precisamente em virtude de tal contradição. Em meio a esses pensamentos, Aschenbach saudava o mar com os olhos, e o fato de saber que Veneza ficava facilmente acessível alegrava-o sobremodo. Finalmente, ele se voltou, lavou o rosto, deu algumas ordens à arrumadeira para completar o seu conforto e deixou-se conduzir ao andar térreo pelo suíço fardado de verde que cuidava do elevador.

Tomou o chá no terraço que dava para o mar. Depois desceu e caminhou um bom trecho pelo passeio do cais em direção ao Hotel Excelsior. Quando voltou, tinha a impressão de que já estava na hora de se vestir para o jantar. Fê-lo com vagar, meticulosamente, conforme o seu hábito, uma vez que se acostumara a trabalhar enquanto mudava de roupa. Mesmo assim, chegou um tanto cedo ao saguão, onde deparou com grande parte dos hóspedes, que ali se aglomeravam, estranhos entre si, fingindo indiferença, porém unidos pela ansiosa espera da refeição. Apanhando um jornal que estava na mesa, instalou-se numa poltrona forrada de couro para observar os companheiros. Verificou logo que eram muito mais simpáticos do que os da estada anterior.

Descortinava-se um horizonte amplo, que tolerantemente abrangia grande diversidade. Abafados, mesclavam-se os sons de todos os idiomas importantes. O traje que no mundo inteiro se usa de noite, como uma espécie de uniforme da civilização, harmonizava exteriormente quaisquer variantes do tipo humano, fazendo com que se fundissem na mais decorosa unidade. Viam-se as fisionomias oblongas e secas de americanos, a numerosa família russa, senhoras inglesas, crianças alemãs com babás francesas. Aparentemente predominava o elemento eslavo. Bem na vizinhança falava-se polonês.

Era um grupo de adolescentes e quase adultos, sob a proteção de uma governanta ou dama de companhia, e que se juntara em torno de uma mesinha de vime: três mocinhas, de quinze a dezessete anos, segundo parecia, e um garoto de cabeleira comprida, a aparentar uns catorze anos. Com alguma surpresa Aschenbach constatou a perfeita beleza desse rapazinho. O rosto pálido, fino, fechado, os cabelos ondulados cor de mel que o emolduravam, a boca meiga, o nariz reto, a expressão de suave e divina dignidade — tudo isso lembrava esculturas gregas dos melhores tempos e, ao lado da pureza ideal das formas, tinha um encanto tão raro, tão pessoal que o observador julgava jamais ter visto, nem na natureza nem nas artes plásticas, alguma obra igualmente perfeita. O que, fora isso, chamava-lhe a atenção era o contraste evidentemente proposital entre os princípios pedagógicos que norteavam os trajes e a educação geral dos irmãos. A aparência das três moças, a mais velha das quais já podia ser considerada adulta, era austera e casta, a ponto de quase enfeá-las. Uma farda de convento, de um cinza de ardósia, meio comprida, sóbria, intencionalmente deselegante, com golas brancas como único sinal de animação, reprimia e estorvava qualquer graça física. Os penteados lisos, energicamente colados às cabeças, davam aos semblantes um aspecto de freirinhas, tornando-os vazios e insignificantes. Sem dúvida alguma, o que nisso se manifestava era o espírito da mãe, mas, evidentemente, nunca lhe vinha a ideia de empregar, com relação ao menino, a mesma severidade pedagógica que se lhe afigurava necessária na educação das filhas. Era visível que a brandura e o carinho orientavam a vida do rapaz. Haviam evitado desbastar com a tesoura a formosa cabeleira. Como na estátua do *Spinario* [Tirador de espinho], os cachos caíam sobre a testa, as orelhas e a própria nuca. O blusão de marujo inglês, cujas mangas fofas se adelgaçavam mais para baixo e estreitavam os delicados pulsos logo acima das mãos finas, ainda infantis, esse blusão, com seus galões, laçadas e bordados, conferia ao delgado corpo um quê de riqueza e luxo. Estava ele ali sentado, de meio perfil para o observador, os pés calçados em sapatos de verniz postados um na frente do outro, um cotovelo apoiado no braço da poltrona de vime e a face aninhada no punho cerrado, em uma atitude correta, mas displicente, em que não se percebia nada da rigidez quase subalterna à qual suas irmãs pareciam acostumadas. Seria doente? Talvez, pois que a tez do rosto se destacava, branca como marfim, do ouro escuro dos cabelos que o cingiam. Ou se tratava simplesmente de uma criança mimada, favorita de seus pais, objeto de um amor parcial e excessivo? Aschenbach sentia-se inclinado para a segunda hipótese. A quase todas as naturezas artísticas é inerente a voluptuosa e pérfida tendência a reconhecer a iniquidade que cria a beleza e a acolher com simpatia e reverência os favores outorgados à aristocracia.

Um garçom passou pelo recinto, anunciando em inglês que o jantar seria servido. Aos poucos, os hóspedes dispersaram-se, passando pela porta envidraçada para a sala de refeições. Alguns retardatários vindos dos elevadores ou do vestíbulo atravessavam o saguão. Lá dentro, já tinham começado a comer, mas os jovens poloneses continuavam agrupados em volta da mesinha de vime, e Aschenbach, confortavelmente instalado na poltrona macia e ainda com os olhos fixos num objeto formoso, esperou com eles.

Finalmente, a governanta, uma mulherzinha corpulenta, de faces coradas, deu o sinal para que seus pupilos se levantassem. Alçando as sobrancelhas, empurrou a cadeira para trás e inclinou-se respeitosamente, enquanto uma senhora alta, de vestido cinza-claro, entrava no saguão. O porte dessa senhora, que ostentava pérolas em profusão, era reservado e comedido, o arranjo dos cabelos levemente empoados, tanto como o feitio do vestido, revelava aquela simplicidade peculiar das pessoas que consideram o espírito devoto um elemento da distinção. Poderia ser a esposa de um alto funcionário alemão. O que dava à sua aparência um cunho de luxo fantástico eram unicamente as suas joias, de valor realmente inestimável, que constavam de ricos brincos e de um colar triplo, muito comprido, de pérolas leitosas do tamanho de cerejas.

Os irmãos levantaram-se imediatamente. Curvaram-se para beijar a mão da mãe, cujo rosto cuidadosamente preservado, porém um tanto lânguido, de nariz pontudo, esboçava um sorriso discreto. Olhando por cima da cabeça dos filhos, a senhora dirigiu à governanta algumas palavras em língua francesa. Em seguida, encaminhou-se para a porta envidraçada. Seguiram-na as crianças, primeiramente as mocinhas na ordem das respectivas idades, depois a governanta e por fim o rapaz. Por um motivo qualquer, este virou-se antes de atravessar o limiar, e, como mais ninguém permanecesse no saguão, encontraram os seus olhos estranhamente velados os de Aschenbach, que, com o jornal a repousar nos joelhos, absorvido na contemplação, mirava o grupo.

O que ele acabava de ver nada tinha de extraordinário. Eles não haviam ido jantar antes que chegasse a mãe. Esperaram por ela; cumprimentaram-na respeitosamente e ao entrarem na sala de refeições observaram a etiqueta habitual. Mas tudo isso fora celebrado conspicuamente, com tão acentuada disciplina, solicitude e dignidade, que Aschenbach sentiu-se singularmente comovido. Após um instante de hesitação, foi, por sua vez, ao salão, onde pediu que lhe indicassem a sua mesa. Como verificou com uma pontada de pesar, esta ficava bem distante da família polonesa.

Cansado e todavia espiritualmente alerta, distraiu-se durante a demorada refeição, ponderando assuntos abstratos e mesmo transcendentais. Meditou acerca da misteriosa fusão que devia produzir-se entre a norma e a individualidade para que se originasse a beleza humana. Dali, enveredou para problemas gerais da forma e da arte, e por fim constatou que seus pensamentos e achados se pareciam com certas sugestões que nos vêm nos devaneios, insinuações aparentemente felizes, mas que, perante a razão sóbria, revelam sua natureza insípida, totalmente inaproveitável. Depois do jantar, permaneceu algum tempo no parque impregnado dos perfumes da noite, fumando, sentado ou caminhando, recolheu-se cedo e passou a noite num sono profundo, ininterrupto, porém animado por sonhos dos mais variados.

No dia seguinte, o tempo ainda não estava propício. Havia vento terrestre. Sob o céu coberto, lívido, o mar jazia calmo, inerte, como que encolhido, o horizonte parecia prosaico pela proximidade, ao passo que as águas recuavam da praia, a ponto de desnudarem diversas fileiras de bancos de areia. Ao abrir a janela, Aschenbach tinha a impressão de sentir o cheiro podre da laguna.

Desanimado, logo pensou em partir. Certa feita, fazia anos, um tempo como esse apresentara-se nesse mesmo lugar, depois de várias semanas primaveris e alegres, e naquela ocasião a sua saúde ficara tão prejudicada que ele se vira forçado a abandonar Veneza como um fugitivo. E não o acometiam novamente o mal-estar febril que então o incomodara, a mesma pressão nas fontes, o peso nas pálpebras? Certamente seria desagradável trocar mais uma vez de paradeiro, mas se o vento não mudasse, não poderia permanecer em Veneza. Por causa das dúvidas, não desfez totalmente as malas. Às nove horas, tomou o café da manhã na salinha reservada para esse fim, entre o saguão e o salão de refeições.

Ali reinava aquele silêncio solene que todos os grandes hotéis ambicionam. Os garçons atendiam os hóspedes a passo inaudível. O esporádico tinido da baixela, uma ou outra palavra sussurrada eram os únicos ruídos que se ouviam. Num canto diagonalmente oposto à porta, Aschenbach deparou, a duas mesas de distância da sua, com as mocinhas polonesas acompanhadas da governanta. Lá estavam sentadas em posição muito reta, com as cabeleiras louras cuidadosamente alisadas e os olhos vermelhos de sono. Trajavam vestidos engomados de linho azul, com golinhas e punhos brancos. Estavam passando o vidro de geleia umas às outras. Já tinham quase terminado a refeição. O rapaz não estava presente.

Aschenbach sorriu. "Vejam só esse pequeno feácio!", pensou. "Parece que você goza do privilégio de dormir à vontade, ao contrário de suas irmãs." Com súbita alegria, recitou de si para si o verso:

"As mudas de roupa, os banhos quentes e a cama."*

Sem nenhuma pressa, tomou o seu café, recebeu do porteiro que surgiu na salinha, com o boné engalado na mão, a correspondência que acabavam de remeter-lhe e abriu algumas cartas enquanto fumava um cigarro. Assim se deu que ainda presenciasse a entrada do dorminhoco, pelo qual esperavam lá do outro lado.

Passando pela porta envidraçada, o menino atravessou o recinto silencioso em direção à mesa de suas irmãs. No porte do tronco tanto quanto no movimento dos joelhos e no modo de assentar os pés calçados de sapatos brancos, o seu andar era de extraordinária graça e suma leveza. Macio e altivo ao mesmo tempo, ficava ainda embelezado pela timidez infantil com que, no seu caminho, virava por duas vezes a cabeça, a fim de lançar um rápido olhar para a sala, levantando e logo baixando os olhos. Enquanto proferia, sorrindo, algumas palavras murmuradas no seu idioma indistinto, instalou-se no seu lugar.

---

* Verso 249 do Canto VIII da *Odisseia*, de Homero (trad. Frederico Lourenço. São Paulo: Companhia das Letras, 2011), p. 244. (N.E.)

Foi precisamente nesse momento em que voltou o perfil modelar a seu observador que este se admirou de novo e sentiu genuíno espanto em face da beleza realmente divina daquela criatura humana. Na ocasião, o menino trazia um traje leve, de fazenda lavável listrada de azul e branco. No peito do blusão havia uma laçada vermelha, e uma gola branca bastante simples descia do pescoço. Acima dessa gola, porém, que nem sequer harmonizava bem com o caráter elegante do terno, descansava a corola da cabeça incomparavelmente formosa, a cabeça de Eros, a luzir com o brilho amarelado do mármore de Paros, com finos e sérios sobrolhos, as têmporas e as orelhas cobertas pela entrada retangular da cabeleira escura e suave.

"Ótimo, ótimo!", pensou Aschenbach, dando à sua aprovação aquela frieza de perito atrás da qual os artistas às vezes escondem o fascínio e o arrebatamento que lhes provoca uma obra-prima. "Deveras!", prosseguiu na sua meditação. "Se o mar e a areia não andassem à minha espera, ficaria aqui sentado enquanto você aí estivesse!" Mas então saiu da salinha. Entre manifestações de solicitude do pessoal, atravessou o saguão e desceu pelo vasto terraço rumo ao trapiche, de onde se encaminhou à praia reservada para os hóspedes do hotel. Fez com que o velhote descalço de blusa de marujo, calças de linho e chapéu de palha, que ali exercia as funções de almoxarife, lhe indicasse a barraca alugada a ele. Em seguida deu ordens para que levassem para fora a mesa e a cadeira de lona e as colocassem na plataforma de tábuas areentas. Refestelou-se na espreguiçadeira que ele mesmo puxara até a beira-mar através da areia cor de cera.

A paisagem da praia, esse panorama de despreocupada cultura, que, à margem do elemento, se entrega aos prazeres dos sentidos, distraía-o e deliciava-o como sempre. O mar cinzento, completamente liso, já pululava de crianças a chapinharem na água rasa, de adultos que nadavam, de vultos coloridos, deitados nos bancos de areia com os braços cruzados embaixo da cabeça. Outros remavam barquinhos sem quilha, pintados de azul e vermelho, e davam risadas sempre que o bote virava. Em frente da extensa fileira de barracas, em cujas plataformas as pessoas estavam sentadas como em minúsculos terraços, alternavam o movimento de jogos de praia e o repouso indolente com visitas e conversas. A cuidadosa elegância matinal exibia-se ao lado da nudez, que saboreava, confortável e atrevida, as liberdades peculiares do lugar. Mais adiante, na areia úmida e firme, passeavam alguns, trajando roupões brancos ou largas camisolas de cores berrantes. À direita, via-se um complicadíssimo castelo de areia, construção de um grupo de crianças, com toda a sua área enfeitada de bandeirinhas de todos os países. Vendedores de mariscos, bolos e frutas acocoravam-se para oferecer sua mercadoria. À esquerda, uma barraca colocada em posição transversal às demais e ao mar fechava essa parte da praia. Diante dela acampava uma família russa: homens barbudos com dentes enormes; mulheres flácidas e lassas; uma senhorinha báltica que, sentada ao pé de um cavalete, pintava o mar sob exclamações de desespero; duas criancinhas feiosas, mas bem-humoradas; uma aia velha, de pano na cabeça, a tratá-las carinhosamente, com a submissão de uma escrava. Lá se quedavam em grato regozijo, sem se cansarem de chamar as crianças brincalhonas e desobedientes. Servindo-se de umas poucas palavras em italiano, gracejaram por algum tempo com o velhote jovial que lhes vendia doces. Beijavam-se nas faces e não se preocupavam com nenhum observador da sua promiscuidade familiar.

"Pois então, ficarei!", pensou Aschenbach. "Que lugar melhor do que este poderei encontrar?" Com as mãos entrelaçadas no colo, deixou que seu olhar se perdesse na infinidade do mar, que, subtraindo-se à vista, se esfumava e se quebrava na brumosa monotonia da imensidão do espaço. Adorava o mar por profundas razões: o anseio por sossego, bem natural num artista que muito trabalhava e, em face da exaustiva multiplicidade das visões, desejava achar um abrigo no seio da simplicidade desmesurada; a propensão ilícita, precisamente oposta às suas tarefas e por isso tentadora, para tudo quanto fosse desconforme, monstruoso, eterno, a propensão para o nada. Repousar na proximidade da perfeição é o anelo de quem procura aprimorar a sua obra, e não é o nada uma das formas da perfeição? Mas, enquanto se abandonava inteiramente ao vácuo de tais devaneios, um vulto interrompeu subitamente a horizontal da beira-mar, e quando Aschenbach, concentrando-se, afastou o seu olhar daquela vastidão sem limites, notou que era o belo rapazinho que, vindo da esquerda, lá passava pela areia, à sua frente. O menino andava descalço. Prestes a entrar na água rasa, desnudara até os joelhos as pernas delgadas. Caminhava devagar, mas com tamanha leveza e altivez que parecia estar habituado a se movimentar sem sapatos. Lançou um olhar em direção às barracas colocadas em posição transversal. Mal, porém, deparou com a família russa, que ali se distraía em simpática harmonia, seu rosto anuviou-se numa tempestade de desprezo irado. A testa ensombrou-se. Levantaram-se as comissuras da boca. Os lábios repuxaram-se para o lado, numa crispação colérica que rasgava as faces, e as sobrancelhas franziram-se a tal ponto que os olhos, como que enterrados por baixo delas, falavam nas suas órbitas a linguagem maldosa e sinistra do ódio. O garoto fitou o chão. Mais uma vez lançou um olhar ameaçador àquele grupo. Em seguida, fez com o ombro um gesto de desdém furioso. Virando-se, deixou os inimigos para trás.

Uma espécie de discrição ou espanto, mescla de respeito e pudor, induziu Aschenbach a olhar em outra direção, como se nada tivesse percebido. Pois, ao espectador sério que por acaso testemunhe acessos de paixão, repugna aproveitar-se das suas observações, nem sequer para o seu próprio uso. Ele sentia-se divertido e ao mesmo tempo emocionado; numa palavra: sentia-se feliz. Esse fanatismo infantil, dirigido contra um quadro de vida absolutamente inofensiva, estabelecia relações entre a divindade indiferente e a esfera humana, fazendo com que uma preciosa obra plástica da natureza, que antes só servira para deleitar os olhos, chegasse a ser digna de um compadecimento mais profundo. E assim, a figura do adolescente, já por si imponente pela beleza, recebia um relevo que permitia levá-lo a sério, muito além da sua idade.

Ainda de costas viradas para ele, Aschenbach escutou a voz do menino, essa voz clara, um tanto fraca, que procurava, já de longe, anunciar a sua chegada aos companheiros entretidos com o castelo de areia. Alguém lhe respondeu, chamando-o várias vezes pelo nome ou por um diminutivo carinhoso. Com certa curiosidade, Aschenbach aguçou os ouvidos, sem, todavia, depreender outra coisa a não ser duas sílabas melodiosas, parecidas com "Adgio", ou melhor, "Adgiu" com o som agudo, prolongado do "u", que muito agradava a Aschenbach. Achando ele que tal doçura bem condizia com o portador desse nome, repetiu-o em voz baixa. A seguir, satisfeito, tornou a se ocupar com suas cartas e papéis.

Colocando nos joelhos a carteirinha de documentos de que se servia em viagem, começou a despachar com a caneta-tinteiro parte da sua correspondência. Mas, uns quinze minutos depois, já lhe parecia que seria uma lástima desvencilhar-se assim, espiritualmente, desse quadro, que era entre todos quantos conhecia o mais digno de ser saboreado. Não valia a pena sacrificá-lo por um trabalho sem importância. Largou o material de escrever e voltou a vista para o mar. Passaram-se, no entanto, apenas poucos instantes até que as vozes dos jovens que brincavam na sua construção de areia o atraíram. Virando para a direita a cabeça confortavelmente encostada no espaldar da espreguiçadeira, pôs-se novamente a observar as atividades do formoso Adgio.

Um olhar bastou para descobri-lo. Era impossível não ver a laçada vermelha no peito do rapaz. Atarefado em deitar, com a ajuda de alguns camaradas, uma tábua velha por cima do fosso úmido do castelo de areia, para que fizesse as vezes de uma ponte, ele dava com gritos e sinais de cabeça as ordens necessárias para a execução da obra. A seu lado encontravam-se uns dez amigos, garotos e meninas, alguns da sua idade e outros mais moços, a tagarelarem entre si em diferentes idiomas, polonês, francês e também em línguas balcânicas. Mas o que mais se ouvia era o nome do jovem, que, evidentemente, era objeto de procura, admiração e galanteios. Havia lá especialmente um jovem, polonês como ele, rapagão robusto ao qual tratavam por um nome parecido com "Jaschu". Este, que tinha cabelos pretos, untados com brilhantina, e trajava um vestuário cinturado, de linho, parecia ser o seu mais íntimo amigo e vassalo. Quando as obras do edifício de areia estavam terminadas por esse dia, ambos foram passear pela praia, de braços dados, e aquele que era chamado de "Jaschu" deu um beijo no belo companheiro.

Aschenbach sentiu-se tentado a ameaçá-lo com o dedo. "Ora, ora, ó Critóbulo", pensou, sorrindo. "Aconselho-te viajares durante um ano. Pois necessitarás pelo menos desse tempo para sarar." Em seguida comeu alguns morangos graúdos, bem maduros, que comprara de um vendedor ambulante. Fazia calor, muito embora o sol não conseguisse penetrar a camada de brumas. A lassidão paralisava o espírito, ao passo que os sentidos se regozijavam com o imenso e atordoante espetáculo da calmaria. O esforço de adivinhar ou perceber qual fosse o nome que soava, aproximadamente, como "Adgio" afigurava-se a esse homem austero uma ocupação adequada, perfeitamente suficiente. E, com o auxílio de algumas reminiscências da língua polonesa, averiguou que aquele som devia se referir a "Tadzio", abreviatura de Tadeu que, quando gritada, transformava-se em "Tadziu".

Tadzio estava a tomar banho. Aschenbach, que o perdera de vista, descobriu ao longe, no mar, a cabeça do menino e os seus braços que batiam a água como remos. Provavelmente, o mar era bastante raso, ainda muito além da praia. Mesmo assim, já se preocupavam por causa do rapazinho. Ouviam-se vozes femininas a chamarem-no a partir das barracas, e mais uma vez era proferido aquele nome, que, feito senha, dominava o ambiente e, com suas consoantes macias e o alongado "u" final, tinha ao mesmo tempo um quê de doçura e de ferocidade: "Tadziu, Tadziu!". O garoto voltou, correndo, com a cabeça inclinada para trás. As pernas golpeavam com força as águas recalcitrantes, a ponto de formarem espuma. Ver aquele vulto cheio de vitalidade, ainda não viril, na sua graça áspera, com a cabeleira gotejante, ver aquele vulto formoso como uma divindade esbelta, a sair das profundezas do céu e do mar, erguendo-se e escapando do elemento líquido — tal visão, forçosamente, evocava associações míticas. Qual lenda primeva transmitida pela boca de um bardo, fazia pensar na origem das formas e no nascimento dos deuses. Cerrando os olhos, Aschenbach escutava a melodia que ressoava no seu íntimo e mais uma vez achou que era bom encontrar-se nesse lugar e que convinha ficar.

Mais tarde, Tadzio estava deitado na areia, descansando do banho, envolto na toalha branca esticada por baixo do ombro direito. A cabeça repousava no braço nu. E mesmo nos momentos em que Aschenbach não o fitava ou então lia algumas páginas de seu livro, quase nunca se esquecia do rapazinho que lá jazia no chão. Não ignorava que bastaria dar à cabeça uma levíssima volta para a direita a fim de enxergar de novo aquela beleza admirável. Quase que lhe parecia que a tarefa de velar pelo menino prendia-o a essas paragens. Por mais que o preocupassem os seus próprios problemas, sempre prosseguia mantendo-se vigilante com relação àquela criatura humana, tão primorosa e tão próxima dele, à sua direita. O que lhe enchia e agitava o coração era uma benevolência paternal, a enternecida simpatia de quem, com o sacrifício de si mesmo, costuma produzir a beleza por aquele que a possui por índole.

Depois do meio-dia, deixou a praia, encaminhou-se ao hotel e subiu para o quarto. Lá se deteve por muito tempo em frente do espelho, examinando os cabelos grisalhos e a fisionomia lassa, marcada pela idade. Nesse instante, pensou na sua fama e no fato de muita gente o reconhecer na rua e o olhar com reverência, por causa da certeira precisão e da elegância de seu estilo. Chamou à memória todas as homenagens já prestadas a seu talento. Recordou tudo, inclusive a nobilitação. Em seguida desceu, a fim de almoçar no salão, e sentou-se à sua mesinha de sempre. Depois de comer, voltou ao elevador. Atrás dele vinham alguns jovens que também acabavam de fazer a refeição, e entre os que se comprimiam no cubículo suspenso estava também Tadzio. Achava-se bem perto de Aschenbach, tão perto que este pela primeira vez teve ensejo de contemplá-lo, não à distância de um ídolo, senão com perfeita nitidez, percebendo todos os pormenores da natureza humana do objeto. Alguém dirigiu a palavra ao garoto, mas Tadzio, apenas respondendo com um sorriso de indescritível doçura, já desembarcou no primeiro andar.

Enquanto saía, baixava novamente os olhos. "A beleza torna as pessoas pudicas", ponderou Aschenbach, e com certa insistência procurou averiguar por que seria assim. Ao mesmo tempo notara a imperfeição dos dentes de Tadzio. Eram um tanto pontudos e lívidos, sem aquele esmalte que confere a saúde, e de singular transparência e aspereza, tal como frequentemente encontramos entre os anêmicos. "O rapaz é por demais delicado; é mesmo doentio", pensou Aschenbach. "Provavelmente não viverá muito tempo." Mas omitiu de prestar a si mesmo contas por uma pontinha de satisfação ou euforia que acompanhava esse diagnóstico.

Passou duas horas no quarto. De tardezinha, foi a Veneza, atravessando com o *vaporetto* a laguna que exalava um cheiro de podridão. Desembarcou em San Marco. Tomou o chá na praça. A seguir, de acordo com seu plano preestabelecido, iniciou um passeio pelas ruas. Mas foi justamente essa caminhada o que provocou uma reviravolta completa da sua disposição de alma e de suas decisões.

Um mormaço nojento pairava por cima das vielas. O ar estava tão pesado que os olores que se desprendiam das habitações, das lojas e dos restaurantes, vapores de óleo, nuvens de perfume e muitos outros ainda, formavam uma bruma que não se dispersava. A fumaça de cigarros permanecia no lugar e só lentamente se afastava. A multidão de pessoas que se acotovelavam nas ruas estreitas incomodava o transeunte, em vez de diverti-lo. Quanto mais andava, mais o atormentava aquele mal-estar pavoroso que o ar marinho junto ao siroco às vezes produz e cuja consequência é ao mesmo tempo emoção e esgotamento. Uma transpiração penosa tomou conta dele. Os olhos recusavam-se a prestar serviços. A angústia oprimia-lhe o peito. Aschenbach tinha febre. O sangue lhe latejava na cabeça. Fugindo da aglomeração do bairro comercial, passou por várias pontes, até chegar às moradias dos pobres. Ali o importunavam mendigos, e o fedor dos canais lhe tirava a vontade de respirar. Numa pracinha sossegada, um desses sítios esquecidos, como que encantados, que às vezes se nos deparam no âmago de Veneza, descansou na beirada de um chafariz. Enquanto enxugava a testa, convenceu-se de que urgia partir.

Pela segunda vez, e agora de forma definitiva, manifestara-se que a cidade, com esse tempo, era-lhe sumamente prejudicial. Teimar em permanecer parecia absurdo. Havia poucas probabilidades de uma mudança de vento. Era preciso tomar uma decisão rápida. Voltar para casa agora já não seria possível. Nem a sua residência de verão e tampouco a de inverno estavam preparadas para acolhê-lo. Mas não era só em

Veneza que havia o mar e a praia, e em outra parte podia-se encontrá-los sem o acréscimo nocivo da laguna com sua atmosfera febril. Veio-lhe à memória um pequeno balneário nos arredores de Trieste que lhe fora recomendado encarecidamente. Por que não seguir para lá? E isso sem perda de tempo, para que a nova mudança ainda lhe trouxesse proveito. Considerando resolvido o assunto, Aschenbach levantou-se. Na parada mais próxima de gôndolas tomou um barco que o conduzisse até San Marco através do turvo labirinto dos canais, por baixo de graciosas sacadas de mármore, flanqueadas de figuras de leões, contornando nas esquinas os muros viscosos e quase roçando as melancólicas fachadas dos palácios, com enormes painéis de propaganda comercial a se espelharem na água crespa, juncada de detritos. Custou-lhe chegar a seu destino, uma vez que o gondoleiro, conluiado com algumas fábricas de rendas e artefatos de vidro, se esforçava em toda parte por fazê-lo descer para visitas e compras, e sempre que a originalidade do passeio pelo coração de Veneza começasse a exercer o seu encanto, intervinha o espírito mercantil, explorador, da decaída rainha, para que a alma do turista novamente se tornasse sóbria e abatida.

De regresso ao hotel, Aschenbach avisou ainda antes do jantar o pessoal na recepção de que circunstâncias imprevistas o forçavam a partir na manhã do dia seguinte. Lamentaram e cobraram a conta. Jantou e passou a noite tépida no terraço dos fundos a ler jornais, comodamente instalado numa cadeira de balanço. Antes de recolher-se ao leito, aprontou todas as suas bagagens para a partida.

Não dormiu muito bem, porque a iminência de mais uma viagem lhe tirava o sossego. De madrugada, quando abriu as janelas, o céu continuava coberto, mas o ar lhe parecia mais fresco. E desde já Aschenbach começou a se arrepender. Não teria tomado uma decisão precipitada, errônea, consequência de um estado mórbido e anormal? Se, em vez de dar imediatamente o aviso de partida e de desanimar-se logo no primeiro instante, tivesse feito uma tentativa de adaptar-se ao clima de Veneza ou de esperar até que o tempo melhorasse, teria agora à sua frente, em lugar de complicações e incômodos, uma manhã na praia, igual à do dia anterior. Tarde demais! Já não havia outra possibilidade a não ser a de prosseguir na realização da vontade expressa na véspera. Vestiu-se e às oito horas desceu ao andar térreo a fim de desjejuar.

Quando chegou à salinha, estava ainda vazia de hóspedes. Alguns entravam enquanto ele se sentava à mesa, à espera de que o garçom lhe servisse o que pedira. No momento em que levava aos lábios a xícara de chá, notou que também apareciam as mocinhas polonesas, acompanhadas pela governanta. Austeras e descansadas, com os olhos vermelhos de sono, encaminhavam-se à sua mesa de canto, junto à janela. Logo depois, o porteiro, com o boné na mão, aproximou-se de Aschenbach para pedir-lhe que se apressasse. Afirmou que já estava pronto o automóvel que conduziria a ele e outros passageiros até o Hotel Excelsior, de onde uma lancha os levaria à estação da via férrea pelo canal particular da companhia. Insistindo, disse que o tempo era curto. Aschenbach, por sua vez, achava que absolutamente não tinha pressa. Sobrava-lhe mais de uma hora até a partida do trem. Sempre se aborrecia com o mau hábito dos hoteleiros de desembaraçarem-se antes do tempo dos hóspedes desejosos de partir. Indicou ao porteiro que fazia questão de tomar tranquilamente o seu chá. Hesitante, o homem retirou-se, mas cinco minutos após voltou, asseverando que o carro não podia esperar por mais tempo. Pois então, que se fosse e levasse as malas, respondeu Aschenbach, irritado. Ele mesmo tomaria o *vaporetto* público quando estivesse na hora. Que lhe fizessem o favor de deixar com ele o problema da sua travessia. O empregado curvou-se respeitosamente. Satisfeito por ter se livrado da amolação importuna, terminou, sem nenhuma pressa, a sua refeição. Até pediu ao garçom que lhe trouxesse um jornal. Quando finalmente se levantou, a partida tornara-se realmente premente. Por casualidade, foi nesse instante que Tadzio entrou pela porta envidraçada.

Ao dirigir-se para a mesa dos seus familiares, o rapaz cruzou o caminho do que saía. Baixou modestamente os olhos ao dar com o homem grisalho, de testa alta, para logo após reabri-los, à sua maneira encantadora, suave, fitando-o por um momento. E passou. "Adeus, Tadzio!", pensou Aschenbach. "Mal tive tempo para te ver." E enquanto, contra o seu costume, formava com os lábios as palavras pensadas, proferindo-as de si para si, acrescentou: "Que Deus te abençoe!". Então partiu, depois de ter distribuído as gorjetas. O pequeno gerente, solícito como sempre, na sua sobrecasaca francesa, apresentou-lhe as despedidas. A pé, como chegara, Aschenbach abandonou o hotel, seguido por um criado que carregava suas valises. Passaram pela alameda em flor que atravessa a ilha rumo ao trapiche dos vapores. Alcançaram-na, Aschenbach embarcou, e o que então ocorreu foi uma jornada dolorosa, aflitiva, que o levou por todos os abismos do arrependimento.

Era a familiar travessia da laguna, passando por San Marco, até subir o Grande Canal. Aschenbach estava sentado no banco curvo da proa, o braço apoiado no corrimão, sombreando os olhos com a mão direita. Os jardins públicos ficavam para trás, a *piazzetta* descortinava-se mais uma vez na sua graça principesca antes de ser abandonada, vinha então a longa sequência dos palácios, e quando a estrada aquática se virava para o lado, aparecia o magnífico arco de mármore do Rialto. O passageiro olhava e seu coração se confrangia. A atmosfera da cidade, esse cheiro levemente pútrido de mar e pântano, esse olor que tão insistentemente lhe impusera a fuga — nesse momento, Aschenbach o respirava a tragos profundos, mesclados de carinho e mágoa. Como era possível que ele ignorasse e não levasse em conta a que ponto a sua alma se agarrara a tudo isso? O que na madrugada desse mesmo dia fora meio remorso e inaudível dúvida sobre o acerto da sua resolução, transformava-se em pesar, em genuína agonia, em tormento da alma, tão amargo que repetidas vezes fazia com que as lágrimas lhe brotassem dos olhos, e cuja extensão, segundo ele mesmo dizia de si para si, jamais teria sido possível prever. O que se afigurava tão difícil de aguentar e, em certos instantes, completamente intolerável era evidentemente a ideia de que nunca mais lhe seria possível rever Veneza, de que se tratava de uma despedida definitiva. Pois, como pela segunda vez se manifestara que a cidade o punha doente, como pela segunda vez ele se vira forçado a afastar-se dela em desabalada fuga, era necessário que daí por diante a considerasse como um lugar proibido, impróprio para a sua pessoa, a qual se mostrara incapaz de suportá-lo. Procurá-lo mais uma vez seria insensato. Sim, Aschenbach sentia nitidamente que, se partisse nessa hora, o pudor e a teimosia deveriam impedi-lo para sempre de voltar a essa adorada cidade, em face da qual fracassara fisicamente em duas ocasiões. E, de súbito, o homem envelhecido julgava tão grave, tão importante tal divergência entre a afeição da alma e as forças do corpo, tão ignominiosa a derrota de seu organismo, que cumpria evitá-las, custasse o que custasse. Já não compreendia a leviana resignação com que, na véspera, sem nenhuma renitência séria, se decidira a suportá-las e admiti-las.

Nesse meio-tempo, o *vaporetto* aproximava-se da estação ferroviária. O sofrimento e a sensação de desamparo aumentaram, convertendo-se em confusão completa. Nesse transe doloroso, partir parecia tão impossível quanto ficar. Intimamente dilacerado, entrou na estação. Já era muito tarde. Ele não poderia perder nem um segundo se quisesse alcançar o trem. Queria? Sim e não. Mas o tempo urgia, fustigava-o, impelia-o para a frente. Aschenbach apressou-se por comprar o bilhete. No formigueiro do saguão, procurou o funcionário do hotel que ali devia estar de plantão. O moço apresentou-se para avisar que a mala grande já fora despachada. Despachada? Pois não! Para Como. Para Como? E de um diálogo açodado, mescla de perguntas iradas e respostas constrangidas, ressaltou o seguinte: o serviço de transportes do Hotel Excelsior enviara a mala, junto com outras bagagens estranhas, numa direção totalmente errada!

Só à custa de muito esforço Aschenbach conseguiu arvorar aquela expressão fisionômica que a situação impunha. Uma alegria absurda, uma hilaridade inacreditável, vindas do âmago do coração, sacudiam-lhe quase convulsivamente o peito. O empregado saiu correndo para reaver a mala, se possível. Como era de esperar, voltou sem nenhum resultado positivo. Então declarou Aschenbach que, sem as suas bagagens, não desejava viajar, senão preferia regressar ao Hotel Balneário, a fim de aguardar ali a volta do volume extraviado. Perguntou se a lancha da companhia se encontrava nas proximidades da estação. O homem assegurou-lhe que estava atracada em frente do portão. Com sua eloquência italiana, induziu o funcionário do guichê a devolver o dinheiro da passagem. Jurou que mandariam um telegrama, que não pouparia nenhum esforço, que nada seria omitido para recuperarem a mala em breve. E assim se realizou o fato curioso de que o turista, apenas vinte minutos após a sua chegada à estação, novamente se encontrasse no Grande Canal a caminho do Lido.

Que aventura esquisita, incrível, humilhante, ridícula, caprichosa como um sonho, essa de rever na mesma hora sítios de que a pessoa momentos antes se despedira para sempre na mais profunda tristeza e aos quais o destino, numa reviravolta, acabava de reconduzi-la! Abrindo com a proa um sulco espumoso, executando com engraçada agilidade rápidas manobras no meio de gôndolas e vapores, a minúscula e veloz embarcação avançava rumo ao seu destino, enquanto o seu único passageiro escondia sob a máscara de agastada resignação o nervosismo ora medroso, ora otimista, de um menino que fugiu de casa. De quando em quando ainda o seu peito era sacudido pelo riso provocado por esse infortúnio tão benévolo, pelo qual, segundo ele mesmo ponderava, nenhum felizardo poderia ter sorte melhor. Seria necessário dar explicações, enfrentar fisionomias pasmadas — mas, feito isso, tudo tornaria a estar bem. Um desastre seria evitado; um erro grave, corrigido. Todas aquelas belezas que pensara ter deixado em definitivo lhe seriam oferecidas novamente, voltariam a estar a seu dispor pelo tempo que lhe aprouvesse... Enganava-o a rapidez da viagem ou realmente soprava, para cumular a sua alegria, um vento do mar?

As ondas batiam no concreto dos muros do estreito canal aberto através da ilha em direção ao Hotel Excelsior. Ali, um ônibus esperava o hóspede regressado e conduzia-o ao longo do mar encrespado diretamente ao Hotel Balneário. O gerentezinho bigodudo, na sua sobrecasaca muito justa, desceu pela escadaria a fim de cumprimentá-lo.

Solicitamente, em voz suave, deplorou o engano ocorrido, qualificando-o de sumamente desagradável tanto para ele próprio como para o estabelecimento. Aprovou, porém, enfaticamente a resolução de Aschenbach de aguardar no Lido a volta da mala. Era bem verdade que o seu apartamento já estava ocupado, mas outro, nada inferior, estaria disponível.

—*Pas de chance, monsieur*— disse sorrindo o ascensorista suíço, enquanto o elevador subia silenciosamente. E assim, o fugitivo achava-se mais uma vez instalado num quarto que, quanto à situação e mobília, se parecia quase exatamente com o anterior.

Espalhou pelo recinto o conteúdo da valise. Em seguida, exausto e atordoado pelas vicissitudes dessa manhã estranha, deixou-se cair numa poltrona, ao pé da janela aberta. O mar tomara uma cor verde pálida, o ar dava a impressão de estar mais leve e mais puro, a praia, com suas barracas e seus barquinhos, apresentava-se mais colorida, muito embora o céu continuasse cinzento. Aschenbach olhou para fora, com as mãos entrelaçadas no colo. Estava satisfeito por encontrar-se de novo no Lido, e ao mesmo tempo sacudia a cabeça, aborrecido com a própria volubilidade e o fato de ele não conhecer melhor os próprios desejos. Dessa forma, passou uma hora repousando e devaneando sem pensar. Por volta do meio-dia deparou com Tadzio no seu traje de linho listrado com a laçada vermelha. Vindo do mar, rumo ao torniquete da praia, o menino regressava ao hotel ao longo da senda coberta de tábuas. De seu mirante alto, Aschenbach reconheceu-o imediatamente, ainda antes de fixar os olhos nele. Esboçou um pensamento parecido com: "Vejam só, o Tadzio também está aí!". No mesmo instante, porém, notou que a constatação displicente emudecia e esvaía-se perante a verdade de seu coração. Deu-se conta do entusiasmo de seu sangue, da alegria e do pesar de sua alma. Reconheceu que fora por causa de Tadzio que a despedida se tornara tão penosa a ele.

Quedando-se imóvel, despercebido no seu posto de observação, examinou o seu íntimo. Sua fisionomia alertava-se, erguiam-se as sobrancelhas, um sorriso atento, tão curioso quanto sutil, aflorava-lhe aos lábios. A seguir levantou a cabeça, e com ambos os braços, que pendiam, frouxos, da poltrona, descreveu lentamente um círculo. Num movimento rotativo, virava para a frente as palmas das mãos como se tivesse a intenção de abrir e estender os braços. Era um gesto de presteza, saudação, acolhida serena.

IV.

E dia a dia o deus desnudo de fogosas faces conduzia pelos espaços celestiais a abrasadora quadriga, e seus cachos dourados esvoaçavam ao sopro do vento leste que se levantara ao mesmo tempo. Um brilho sedoso, esbranquiçado, pairava sobre a vastidão do Ponto, a ondular preguiçosamente. A areia ardia. Sob o azul prateado, tremeluzente, do éter, estendiam-se em frente das barracas toldos de lona cor de ferrugem, e no pedacinho de sombra nitidamente delimitada que eles ofereciam, os turistas passavam as horas matinais. Mas também as noites eram deliciosas, quando as plantas do parque exalavam um aroma balsâmico, ao passo que no firmamento girava a ciranda dos astros, e o murmúrio do mar, envolto no manto da noite, achegava-se à alma para conjurá-la com seu brando som. Noites como essas traziam consigo a jubilosa promessa de outro dia de sol a ser passado numa ociosidade apenas disciplinada, e que se ataviaria de um sem-número de obsequiosas probabilidades de surpresas amenas.

O hóspede que um infortúnio muito gentil prendia a esse sítio estava longe de considerar a recuperação de seus haveres como um motivo para nova partida. Durante dois dias, teve de suportar algumas privações, que o obrigavam a trajar o seu terno de viagem sempre que comparecia às refeições no salão grande. Até que enfim colocaram no chão do seu quarto o volume extraviado. Então esvaziou a mala inteiramente, enchendo o armário e as gavetas de seus pertences, decidido a uma permanência por enquanto ilimitada, e alegre com a certeza de poder usar sua roupa de seda para as horas que passasse na praia e de comparecer por ocasião dos jantares convenientemente vestido à sua mesinha no salão.

Já se sentia encantado pelo ritmo agradável de tal existência. Rapidamente o fascinara a suntuosa e cômoda moleza desse modo de viver. Não era deveras maravilhoso esse lugar, que unia as amenidades de um balneário civilizado numa praia meridional às vantagens da simpática proximidade duma cidade esquisita e prodigiosa? Aschenbach não amava o prazer. Quando e onde quer que se tratasse de folgar, de repousar, de levar uma vida ociosa, o enjoo e a inquietude faziam logo — sobretudo nos tempos da sua mocidade — com que ele ansiasse por voltar à sua sublime labuta, ao sagrado e prosaico serviço de todos os dias. Cinicamente esse lugar enfeitiçava-o, enfraquecendo sua energia e tornando-o feliz. Às vezes, de manhã, quando, à sombra do toldo de sua barraca, seus devaneios o conduziam para além do azul do mar sulino, ou também numa noite morna, quando, sob o firmamento vasto, estrelado, se refestelava nos coxins da gôndola que o levava da Piazza San Marco, onde passava longas horas, de volta ao Lido — ficando para trás as luzes coloridas e os sons insinuantes das serenatas —, às vezes, sim, lembrava-se da casa de campo na serra, cenário das suas lutas estivais, onde as nuvens baixas atravessavam o jardim, tempestades terríveis apagavam de tardezinha a luz elétrica, e os corvos, aos quais costumava dar comida, esvoaçavam em direção às copas dos pinheiros. Então, parecia-lhe realmente estar transportado a paragens elísias, nos confins da Terra, lá onde a sorte brinda os homens com uma vida facílima, onde não há neve nem inverno, e tampouco ventanias e aguaceiros, senão sempre se levanta uma brisa refrescante a subir do oceano, e se escoam os dias em bem-aventurada ociosidade, sem esforço nem combate, devotados, exclusivamente, ao sol e a seu culto.

Amiúde, quase continuamente, Aschenbach via o menino Tadzio. A limitação do espaço e o estilo de vida comum a todos tinham por consequência que durante o dia o formoso rapazinho se encontrasse perto dele, com poucas interrupções apenas. Em toda parte deparava, topava com o garoto. Nos recintos do andar térreo do hotel, nas reconfortantes excursões à cidade ou no regresso, no fausto da própria praça, e frequentemente ainda, de forma inesperada, graças à obra do acaso, em quaisquer ruas ou pontilhões. Mas, antes de mais nada, e porventura com a mais absoluta regularidade, as manhãs passadas na praia lhe ofereciam amplas oportunidades para adorar e estudar aquele vulto gracioso. Sim, o fato de ele manter assim a felicidade assegurada, de ser hora a hora, regularmente, objeto dos sempre repetidos favores das circunstâncias — esse fato enchia-o de contentamento e alegria de viver, tornava-lhe deleitosa a estada, e enfiando, um após outro, agradáveis dias de sol, induzia-o gentilmente a se demorar cada vez mais.

Aschenbach levantava-se cedo, como costumava fazê-lo em outra parte sob o impulso do palpitante afã de trabalhar. Aparecia na praia antes da maioria dos demais hóspedes, quando o sol estava ainda fraco e o mar, em ofuscante brancura, se entregava a seus sonhos matinais. Condescendente, saudava o guarda na entrada e também o velhote descalço, de barba branca, que acabava de preparar-lhe o local, estendendo o toldo pardo e colocando na plataforma os móveis que guarneciam a barraca. Sentava-se, e então lhe pertenciam três ou quatro horas, no curso das quais o sol, subindo ao zênite, obtinha formidável poder, e o mar se tingia de um azul mais e mais profundo, as horas em que lhe seria dado contemplar Tadzio.

Via-o chegar pela esquerda, à beira-mar, ou sair de trás, por entre as barracas. Às vezes também lhe acontecia verificar, com certo espanto feliz, que perdera o momento da chegada, que o rapazinho já estava presente, com seu maiô azul e branco que então era a única roupa que ele usava na praia, e reiniciara na areia abrasada pelo sol as suas habituais atividades, essa vidinha amena, ociosa, fútil, inconstante, que era ao mesmo tempo divertimento e descanso; perambular, chapinhar na água, cavar, brincar de pegar, lagartear, nadar, sempre vigiado e exortado pelas mulheres na plataforma, que proferiam seu nome em voz esganiçada: "Tadziu, Tadziu!", e das quais o garoto se aproximava, correndo, gesticulando, agitando os braços, a fim de contar o que lhe ocorrera e de mostrar as coisas que acabava de encontrar ou apanhar, mariscos, cavalos-marinhos, medusas e caranguejos, que caminhavam desviando-se para o lado. Aschenbach não entendia patavina do que ele dizia, nem se se tratasse das coisas mais triviais do mundo. Mas, para o seu ouvido, era uma vaga melodia. Dessa forma, o exotismo conferia à fala do menino o caráter de música, enquanto um sol exuberante derramava sobre ele pródigo esplendor, e a vastidão da paisagem marinha servia de cenário e pano de fundo à sua figura.

Pouco tempo bastou para que o observador conhecesse cada linha e postura daquele corpo sublime a exibir-se tão generosamente. Uma e outra vez saudava toda essa beleza que já se tornara familiar a ele. A admiração, o delicado prazer dos sentidos não tinham fim. Chamavam o menino para que cumprimentasse uma visita que viera apresentar seus respeitos às senhoras reunidas em frente da barraca, e Tadzio vinha correndo, depressa, talvez molhado, porque saía do banho. Sacudia os cabelos compridos e, ao estender a mão, colocava o peso do corpo numa das pernas e apoiando o outro pé nas pontas dos dedos imprimia ao tronco uma rotação e inclinação realmente encantadoras. Nesse movimento expressavam-se a graciosa tensão, a timidez originada pela cortesia e o narcisismo de quem tinha consciência da sua nobreza. Ou ele jazia no chão, estendido, com o peito enrolado na toalha de banho. Fincando na areia o braço de linhas elegantes, aninhava o queixo na palma da mão. O moço a quem chamavam de "Jaschu" estava a seu lado, de cócoras, sempre a incensá-lo, e não podia haver coisa mais deliciosa do que o sorriso que aflorava aos olhos e lábios do alvo de tal adulação quando ele encarava, de baixo para cima, seu inferior e vassalo. Ou ainda se mantinha à beira-mar sozinho, distante dos seus, bem perto de Aschenbach. Conservava-se ereto, com as mãos entrelaçadas na nuca, balançando-se vagarosamente nas plantas dos pés, e sonhava a esmo, enquanto minúsculas ondas se acercavam e lhe banhavam os dedos dos pés. A cabeleira cor de mel colava-se em cachos às fontes e ao pescoço, o sol iluminava a penugem do dorso superior, salientavam-se o elegante desenho das costelas e a simetria do peito graças à escassez da roupagem, as axilas eram ainda lisas como as de uma estátua, os jarretes luziam e as veias azuladas que neles se destacavam faziam com que o corpo do menino desse a impressão de estar como que plasmado de matéria transparente. Quanta disciplina, quanta precisão de pensamento não se expressavam na perfeição juvenil desse corpo delgado! Mas a vontade austera, puríssima, que, na sua ação obscura, conseguira trazer à luz tal plástica divina — não era ela conhecida e familiar ao artista? Não se manifestava também na sua alma sempre que ele, cheio de fria paixão, libertava das marmóreas massas da língua a visionada forma esbelta, a fim de apresentá-la aos homens qual estátua e espelho da beleza espiritual?

Estátua e espelho! Seus olhos envolviam o nobre vulto que ali se achava à beira do elemento azul, e, num arroubo de entusiasmo, Aschenbach pensava compreender nesse olhar a própria beleza, a forma como ideia divina, a perfeição una e pura que vive no espírito e cuja imagem, cujo símbolo lá se erguia, gracioso e leve, no intuito de ser adorado. Era o frenesi, e sem a menor hesitação, ávido mesmo, o artista envelhecido regozijava-se com ele. Seu cérebro produzia; sua cultura começava a efervescer; sua mente ressuscitava vetustos pensamentos, que lhe haviam sido legados nos tempos da sua mocidade, porém nunca tinham recebido o calor vital do fogo próprio. Não estava escrito que o sol desviava a nossa atenção dos assuntos intelectuais para as coisas sensíveis? Afirmava-se que ele aturde e enfeitiça a nossa inteligência e memória a tal ponto que a alma, de tanto prazer, se esquece da sua situação verdadeira e se agarra, tonta de pasmada admiração, ao mais formoso dos objetos banhados pelo sol. Então não conseguirá elevar-se ao nível de considerações sublimes, a não ser com o auxílio de um corpo. Cupido deveras emulava os matemáticos que costumavam mostrar às crianças ignorantes imagens palpáveis de formas puras. Também o deus, para tornar visível a esfera espiritual, gostava de aproveitar as figuras e as cores da juventude humana, que enfeitava com todos os reflexos da formosura, para que servissem de instrumentos da recordação cuja contemplação devia atiçar em nós a dor e a esperança.

Tais eram as meditações do homem entusiasmado. Eis o que ele era capaz de sentir. O mar inebriante e o sol abrasador confundiam-se no seu íntimo numa visão deleitosa. Surgia diante dele o velho plátano perto dos muros de Atenas. Havia lá aquele sítio sacro coberto de sombras, impregnado do perfume das flores do agnocasto, adornado por ex-votos e piedosas oferendas depositados em homenagem às Ninfas e a Aqueloo. Muito límpido, corria aos pés da árvore de copa larga um regato sobre seixos polidos; os grilos cantavam. Mas, no relvado que suavemente declivava, de modo que quem nele jazesse podia manter a cabeça erguida, repousavam dois homens, um velho e outro jovem, um feio e outro belo, o sábio ao lado do adorável. E por entre cumprimentos e galanteios humorísticos, Sócrates instruía a Fedro sobre o anseio e a virtude. Falava-lhe da emoção ardente que acomete um indivíduo sensível sempre que seus olhos avistam um símbolo da beleza eterna; falava-lhe dos desejos de pessoas profanas, maldosas, incapazes de pensar em beleza, em face da sua imagem, e que não sabem reverenciá-la; falava-lhe do pavor sagrado, a dominar os nobres, logo que se lhes apresente um semblante divino ou um corpo perfeito; descrevia como então estremecem, perdem o juízo, mal se atrevem a lançar um único olhar e como veneram a quem possui a beleza. Até mesmo lhe ofereceriam sacrifícios, como a um ídolo, se não receassem que os outros os considerassem malucos. Pois a beleza, meu caro Fedro, só ela é ao mesmo tempo adorável e visível. Porque, repara, é a única forma do espiritual que podemos conceber e suportar com os nossos sentidos. Ora, que seria de nós se a esfera divina, a razão, a virtude, a verdade se manifestassem a nós através dos sentidos? Não pereceríamos, não nos consumiríamos de amor, como se deu com Sêmele perante Zeus? Assim, a beleza é o caminho que conduz o homem sensível ao espírito. É apenas o caminho, apenas um meio, Fedrozinho... E, em seguida, o astuto cortejador pronunciou a frase mais sagaz, ao asseverar que aquele que ama é mais divino do que o amado, uma vez que no primeiro está o deus, mas no segundo, não; quiçá o pensamento mais terno, mais irônico que já tenha sido formulado, e do qual se originam toda a travessura e toda a oculta volúpia do anseio.

A felicidade do escritor reside no pensamento que possa ser convertido inteiramente em sentimento e no sentir capaz de se tornar inteiramente pensar. Tal pensamento palpitante, tal sentimento exato pertenciam e sujeitavam-se nesses instantes ao homem solitário, mostrando-lhe que a natureza tremia de delícia cada vez que o espírito se curvasse em adoração diante da beleza. De repente veio-lhe o desejo de escrever. Era bem verdade que, segundo se afirmava, Eros amava o ócio e só nascera para ele. Mas, nessa fase da crise, a exaltação da sua vítima já visava à produção. O motivo ficava quase indiferente. Uma pergunta, a sugestão de se manifestar francamente a respeito de determinado problema importante, atualíssimo, da cultura e do gosto, fora dirigida ao mundo intelectual e também alcançara o turista. O assunto lhe era familiar, conhecia-o por experiência própria. Subitamente parecia-lhe irresistível o impulso para aclará-lo à luz da sua facúndia. E seu desejo era, precisamente, trabalhar na presença de Tadzio, escrever tomando por modelo a figura do menino, acompanhando com o estilo as linhas daquele corpo que se lhe afigurava divino e transportar a sua beleza para o terreno intelectual, assim como a águia outrora levara ao éter o pastor troiano. Jamais lhe parecera mais doce a volúpia da palavra; nunca compreendera tão nitidamente que Eros residia na palavra como nessas horas deleitáveis mas também perigosas, em cujo decorrer ele, sentado à mesa tosca sob o toldo de lona, com os olhos fixos no seu ídolo e os ouvidos atentos à melodia da sua voz, elaborava à imagem da formosura de Tadzio o seu pequeno ensaio, aquela página e meia de prosa sublime, cujas integridade, nobreza e fervorosa vibração íntima pouco depois despertariam a admiração de numerosos leitores. Era bom, sem dúvida alguma, que o mundo conhecesse apenas a obra sublime e não suas origens, nem as circunstâncias da sua criação, uma vez que a noção das fontes nas quais se inspirava o artista muitas vezes nos deixaria confusos ou apavorados e assim anularia o efeito de obras magníficas. Que horas esquisitas! Que labuta singularmente exaustiva! Essa cópula estranhamente produtiva do espírito com um corpo! Ao guardar o resultado do seu esforço antes de abandonar a praia, Aschenbach sentia-se esgotado e como que moído. Então tinha a impressão de ser exprobrado pela sua consciência, como depois de uma orgia.

Na manhã seguinte, quando estava a ponto de sair do hotel, ocorreu que ele deparasse do alto da escadaria com Tadzio, que já se encontrava a caminho do mar. O rapaz caminhava sozinho. Nesse momento aproximava-se do cercado. Era óbvio, impunha-se mesmo o desejo, a ideia natural de aproveitar a oportunidade para travar conhecimento de modo simples e alegre com aquele que, sem sabê-lo, causara tamanha emoção e abalo. Seria fácil dirigir-lhe a palavra, folgar com a resposta e o olhar do garoto. O formoso jovem andava vagarosamente, era possível alcançá-lo, e Aschenbach apressou o passo. Na senda coberta de tábuas que corre atrás das barracas, chegou perto do rapaz. Já sentia o anseio de colocar a mão na cabeça, no ombro de Tadzio; uma palavra qualquer, alguma gentileza pronunciada em francês estava na ponta da língua. Mas, no mesmo instante percebeu que seu coração, talvez em consequência da marcha acelerada, batia qual martelo e que, sem fôlego, ele só conseguiria falar com voz opressa, trêmula. Hesitou, procurou controlar-se, de repente receou já ter andado por muito tempo atrás do belo menino, teve medo de despertar a atenção de Tadzio, de enfrentar a sua mirada indagadora. Tomou mais um impulso. Malogrando, renunciou e passou por ele, cabisbaixo.

"Tarde demais!", pensou então. "Tarde demais!" Mas seria realmente tarde? Esse passo que ele deixara de dar talvez tivesse redundado em alguma solução boa, fácil, alegre, numa desilusão saudável. E, no entanto, era provável que esse homem à beira da velhice não desejasse ser desiludido, que desse excessivo valor ao enlevo. Quem sabe decifrar a essência e o cunho peculiar do espírito de artista? Quem consegue compreender a íntima e instintiva fusão de disciplina e devassidão que é a base de tal espírito? Pois ser incapaz de desejar uma desilusão saudável é devassidão. Aschenbach já não estava disposto a fazer uso da autocrítica. O gosto, a condição espiritual correspondente à sua idade, o respeito que ele tinha por si mesmo, a madureza e a singeleza tardia — tudo isso o tornava avesso à análise de motivos e impedia-o de decidir se fora a voz da consciência, ou talvez o relaxamento e a fraqueza, o que o detivera de realizar o seu propósito. Estava constrangido, temia que alguém, mesmo que fosse apenas o guarda-cancela, tivesse observado a sua corrida e o seu revés. Tinha grande receio do ridículo. Ao mesmo tempo zombava de si mesmo por causa desse temor tão grave quanto cômico. "Ando consternado", ponderou, "consternado como um galo de briga que medrosamente deixa pender as asas. Realmente, é o deus que, no momento em que se nos depara um objeto digno do nosso amor, desanima-nos deste modo e abate por completo o nosso orgulho..." Assim gracejava, divagava, envaidecia-se por demais para não se apavorar em face de um sentimento.

Já cessara de prestar atenção à expiração das férias que ele mesmo se concedera. Nem sequer lhe ocorria a ideia de regressar. Mandara vir bastante dinheiro. Sua única preocupação era a possibilidade da partida da família polonesa. Mas, de maneira discreta, por meio de uma pergunta dirigida como que acidentalmente ao barbeiro do hotel, soubera que esse grupo chegara poucos dias antes dele. O sol tostava-lhe o rosto e as mãos. O excitante ar salino predispunha-o para arroubos sentimentais, e, assim como em outras ocasiões costumava aplicar imediatamente a uma obra literária todo o fortalecimento que lhe proporcionassem o sono, a alimentação ou a natureza, assim permitia dessa vez, generosa e pouco economicamente, que todas as energias que o sol, o repouso, o ar marinho lhe propiciavam dia a dia se consumissem num enlevo sentimental.

Seu sono era fugaz. Entre os dias deliciosamente uniformes intercalavam-se breves noites cheias de prazenteira inquietude. Na verdade, Aschenbach recolhia-se cedo, já que, pelas nove horas, quando Tadzio desaparecia do cenário, o dia lhe parecia terminado. Mas, ao primeiro clarão da madrugada, despertava-o um sobressalto suave, porém intenso. Sua alma recordava a aventura que lhe ocorrera. O contato do travesseiro já se lhe tornava molesto. Aschenbach se levantava e, levemente agasalhado por causa do frio matinal, sentava-se junto à janela aberta, a fim de aguardar o nascer do sol. Aquele fenômeno maravilhoso enchia de reverência o espírito enaltecido pelo sono. Ainda o céu, a terra, o mar jaziam na fantasmagórica, vítrea palidez do crepúsculo. Ainda boiava no espaço vago uma estrela prestes a esvaecer. Mas já vinha uma aura, aviso alado, a chegar de moradas inatingíveis e que lhe sussurrava que Eos se erguia, despedindo-se do esposo. Dava-se então aquele primeiro, suave rubor das mais longínquas paragens celestes e oceânicas, aquele rubor a anunciar o momento em que a Criação se nos descortina. Aproximava-se a deusa raptora de adolescentes, ela que, após ter arrebatado Clito e Céfalo, saboreava ainda o amor do formoso Órion, sem se importar com a inveja dos demais habitantes do Olimpo. Lá, pelos confins do mundo, como que se espalhavam pétalas de rosa, envolvendo-se em esplendor e florescência de indizível beleza, inocentes nuvenzinhas pairavam, imateriais, translúcidas, como solícitos cupidos, nas brumas azuis e rosadas. Um manto purpúreo caía sobre o mar, cujas ondas pareciam levá-lo adiante, dardos dourados apontavam de baixo para as alturas do firmamento, o brilho convertia-se em fogueira. Silenciosamente, com divina onipotência, rodopiavam brasas, fulgores, furiosas labaredas. Com cascos ávidos, os sagrados corcéis do irmão subiam no horizonte. Iluminado pela magnificência do deus, o vigilante solitário quedava-se no seu mirador. Cerrando os olhos, recebia nas pálpebras o beijo da glória. Sentimentos de outrora, prematuros e deleitosos tormentos da alma, amortecidos no curso da austera faina da sua vida, voltavam, singularmente transformados, nesses instantes, e ele reconhecia-os, sorrindo, entre confuso e pasmado. Meditava, devaneava, enquanto seus lábios lentamente formavam um nome. E ainda a sorrir, com o rosto virado para cima e as mãos entrelaçadas no colo, adormecia mais uma vez na poltrona.

Porém o dia que assim começara fogosa, festivamente, decorreria todo ele num nível singularmente elevado, de transformação mítica. De onde vinha, onde tinha origem aquela aragem que de súbito, suave e significativamente, qual mensagem superior, dançava em torno das testas e dos ouvidos? Bandos de cirros alvos estavam espalhados pelo céu, como rebanhos nas pastagens olímpicas. Crescia o vigor do vento, e os cavalos de Poseidon avançavam, corcoveando, acompanhados talvez por touros pertencentes ao deus de cachos azulados, e que se acercavam, bramindo, abaixando os chifres. Mas, por entre o labirinto dos rochedos da praia distante, saltitavam as vagas, dando pulos como cabritos. Um mundo magicamente desfigurado, cheio daquela vitalidade peculiar de Pan, envolvia o sonhador fascinado, e seu coração visionava delicados enredos. Várias vezes, quando o sol desaparecia por detrás de Veneza, Aschenbach sentava-se num banco do parque para mirar Tadzio, que, em trajes brancos, com cinto colorido, se divertia a jogar bola no pátio de terra cuidadosamente alisada. Então lhe parecia ver aquele Jacinto que tinha de morrer porque o amavam duas divindades. Sim, ele mesmo padecia da dolorosa inveja que sentia Zéfiro em face do rival, o qual, por sua vez, esquecera-se do oráculo, do arco, da cítara, no afã de brincar com o belo efebo. E Aschenbach via como o disco dirigido por ciúmes selvagens feria a amorável cabeça. Ele próprio acolhia, empalidecendo, o corpo abatido, e a flor brotada da doçura do sangue trazia a inscrição de seu interminável lamento...

Não pode haver relações mais estranhas, mais melindrosas do que as de pessoas que só se conhecem de vista, que se encontram e se observam mutuamente todos os dias, hora por hora, e todavia estão coagidas, devido a convenções ou caprichos particulares, a fingirem fria indiferença, sem se cumprimentarem nem falarem uma com a outra. Entre elas reinam desassossego e exaltada curiosidade, reinam a histeria provocada pela necessidade—jamais satisfeita e artificialmente reprimida—de contato e intercâmbio e sobretudo uma espécie de constrangido respeito. Pois o homem sempre amará e acatará seu semelhante enquanto não for capaz de julgá-lo, e o anseio é o produto de um conhecimento incompleto.

Era inevitável que alguma relação ou familiaridade se estabelecesse entre Aschenbach e o jovem Tadzio. Com intensa alegria, o mais velho dos dois deu-se conta de que o outro, em certo sentido, correspondia a seu interesse e sua atenção. Por exemplo, quando o formoso rapaz descia à praia, de manhã, o que podia induzi-lo a nunca mais ir pelos fundos das barracas, servindo-se do passeio de tábuas? Não, invariavelmente acercava-se pelo caminho da frente, através da areia, junto ao toldo de Aschenbach. Às vezes, sem necessidade, passava muito perto dele, quase que roçando a mesa ou a cadeira, enquanto, indolentemente, se aproximava da barraca de sua família. Não seria isso o efeito da atração, do fascínio exercido por um sentimento superior sobre um objeto dócil e descuidado? Diariamente, Aschenbach ansiava pela aparição de Tadzio. De vez em quando, no momento da chegada do garoto, simulava estar muito ocupado, deixando-o passar como que despercebidamente. Em outras ocasiões, porém, fixava os olhos nele, e seus olhares cruzavam-se. Sempre que isso acontecia, ambos ficavam profundamente sérios. Nada havia na fisionomia culta, imponente do homem idoso que revelasse qualquer emoção íntima. Mas nos olhos de Tadzio lia-se um quê de curiosidade, uma pergunta pensativa. Seu andar tornava-se hesitante. O menino pregava o olhar no chão, para, logo depois, levantar de novo os olhos, de uma maneira deliciosa, e, quando já se afastava, notava-se no seu porte algo a indicar que unicamente a boa educação o impedia de se virar.

Certa feita, porém, numa noite, as coisas decorreram de outro modo. Os irmãos poloneses com sua governanta não tinham comparecido ao salão grande na hora do jantar. Com muita preocupação, Aschenbach constatara a sua ausência. Depois da refeição, passeava pela frente do hotel, ao pé do terraço, bastante inquieto pelo seu sumiço, quando, de repente, deparou, à luz das lanternas, com as irmãs nos seus trajes de freiras. Acompanhava-as a governanta, e quatro passos atrás seguia Tadzio. Evidentemente vinham da ponte dos vaporzinhos, após terem jantado na cidade, por uma razão qualquer. Talvez tivesse feito frio durante a travessia, uma vez que Tadzio vestia um casaco de marujo azul-escuro com botões dourados e tinha na cabeça um boné igual. Nem o sol nem o ar marinho lhe tostavam a pele, que sempre conservava a sua lividez de mármore amarelado. Mas nesse dia ele dava a impressão de estar mais pálido do que de costume, fosse em consequência do sereno, fosse por causa da luz esbranquiçada dos lampiões. As sobrancelhas simétricas destacavam-se com absoluta nitidez, e os olhos pareciam mais escuros. O rapazinho estava belo, muito além de qualquer descrição, e Aschenbach percebeu mais uma vez com intenso pesar que as palavras conseguem apenas encomiar a beleza sensual, porém são incapazes de reproduzi-la.

A aparição daquele vulto querido fora inesperada. Tadzio surgiu tão subitamente que Aschenbach não teve o tempo necessário para recompor as suas feições, dando-lhes o aspecto de calma e dignidade. Podia ser que nelas se refletissem claramente a alegria, a surpresa, a admiração quando seu olhar se encontrou com o do almejado menino. E foi nesse segundo que Tadzio sorriu, que lhe lançou um sorriso eloquente, íntimo, encantador, aberto, que só lentamente lhe descerrou os lábios. Era o sorrir de Narciso debruçado sobre o espelho d'água, aquele sorriso profundo, enfeitiçado, enlevado, com o qual estende os braços à imagem da própria beleza. Um sorriso um tanto forçado, desfigurado pela inutilidade do desejo de beijar os lindos lábios da sua sombra; sorriso coquete, curioso, levemente inquieto; sorriso seduzido e sedutor.

Aquele que acabava de recebê-lo fugiu, levando-o consigo como um presente fatídico. Estava abalado a tal ponto que sentia a necessidade de evitar a luz do terraço e do jardim da frente. A passo apressado, procurou as trevas do parque dos fundos. Admoestações singularmente agastadas e carinhosas saíam de sua boca: "Tu não deves sorrir dessa forma! Realmente, não convém sorrir assim a ninguém!". Atirou-se sobre um banco. Fora de si, aspirou o perfume noturno das plantas. E reclinando-se, com os braços caídos, arrebatado e transido de calafrios, sussurrava a eterna fórmula do anelo — impossível nesse caso, absurda, perversa, ridícula, e todavia sagrada, venerável até mesmo nessa situação: "Eu te amo!".

V.

Na quarta semana de sua estada no Lido, Gustav von Aschenbach fez algumas observações sinistras com relação ao mundo exterior. Em primeiro lugar, notou que, muito embora a estação estivesse no auge, a frequência da hospedaria diminuía, em vez de aumentar. Em particular, parecia-lhe que, a seu redor, o idioma alemão sumia e silenciava, de modo que finalmente à mesa e na praia só frases estrangeiras chegavam aos seus ouvidos. Certo dia, porém, na barbearia que ele a essa época visitava mais amiúde, apanhou no curso das conversas uma palavra que o deixou perplexo. O barbeiro mencionara uma família alemã que acabava de partir, apenas poucos dias depois de chegar, e tagarelando, à sua maneira aduladora, acrescentara:

— Mas o senhor fica aqui. Não tem medo do mal.

Encarando-o, Aschenbach repetira:

— Do mal?

O palrador emudecera, fingindo-se de ocupado. Fizera como se não tivesse ouvido a pergunta, e quando Aschenbach insistia, dissera que na verdade não sabia de nada. Com encabulada verbosidade, procurara mudar de assunto.

Isso se dera ao meio-dia. À tarde, sob uma calmaria total e um sol abrasador, embarcou para Veneza, aonde o impelia a mania de seguir os irmãos poloneses, que vira, em companhia da governanta, tomarem o caminho da ponte dos *vaporetti*. Em San Marco, não encontrou o seu ídolo. Mas, enquanto sorvia o chá, sentado a uma mesinha redonda de ferro, no lado de sombra da praça, farejou de repente um olor estranho a pairar no ar, e que, segundo lhe parecia nesse instante, já chegara às suas narinas dias antes, sem, no entanto, avançar até a sua consciência. Era um cheiro adocicado, medical, que provocava associações a feridas, miséria, higiene suspeita. Pensativo, Aschenbach examinou-o e o reconheceu. Em seguida, abandonou a praça pelo lado oposto à igreja. Na rua estreita, o cheiro aumentou. Nas esquinas, havia cartazes afixados advertindo paternalmente a população da cidade que, devido a certas moléstias do sistema gástrico, perfeitamente normais a essa época do ano, se abstivesse do consumo de ostras, mariscos e também da água dos canais. Era evidente o caráter paliativo do edital. Nas pontes e nas pracinhas, grupos de pessoas mantinham-se aglomerados, em silêncio, e o forasteiro passava por entre eles, examinando-os e meditando a seu respeito.

Ao dono de uma loja, o qual se recostava à porta do seu estabelecimento entre colares de corais e alfaias de ametistas sintéticas, pediu informações acerca do olor desagradável. Depois de fixar nele os olhos mortiços, o homem animou-se precipitadamente:

—É apenas uma medida preventiva, cavalheiro!—respondeu, gesticulando.—Uma ordem muito acertada da polícia. Esta temperatura abate a gente. O siroco não é saudável. Bem, o senhor compreende... Talvez se trate de uma precaução exagerada...

Agradecendo, Aschenbach foi adiante. Também no vapor que o levava de volta ao Lido sentiu dessa vez o cheiro do desinfetante.

De regresso ao hotel, encaminhou-se imediatamente ao saguão, onde havia uma mesa coberta de periódicos. Pôs-se a estudar os jornais. Nada encontrou nos italianos. Os da sua terra registravam boatos, traziam cifras divergentes, reproduziam desmentidos oficiais e duvidavam de sua veracidade. Assim se explicava a retirada do elemento alemão e austríaco. Os membros de outras nações talvez ainda não soubessem de nada. Não se preocupavam, porquanto não suspeitavam de coisa alguma. "Eles receberam ordem para se calar!", pensava Aschenbach, exasperado, enquanto atirava as folhas na mesa: "Não se deve falar sobre isso!". Mas, ao mesmo tempo enchia-se a sua alma de satisfação pela aventura na qual o mundo exterior estava a ponto de se afundar. Ora, a paixão, tanto como o crime, não se adapta à ordem garantida e ao bem-estar normal. Regozija-se com qualquer enfraquecimento do sistema burguês e com todas as perturbações ou tribulações que acometerem a humanidade, porque sempre terá a vaga esperança de que essas lhe possam trazer vantagens. Assim, sentia Aschenbach um obscuro contentamento em face daquilo que ocorria nas ruelas imundas de Veneza e que as autoridades se empenhavam em esconder—esse sinistro segredo da cidade que se confundia com o seu próprio segredo, que tanto lhe importava ocultar. Pois aquele homem enamorado temia unicamente que Tadzio pudesse partir. Com real espanto, dava-se conta de que já não saberia viver se tal acontecesse. Ultimamente não lhe bastava dever ao horário cotidiano e ao acaso feliz a boa sorte da proximidade e do aspecto do belo garoto. Perseguia-o; andava à sua busca. Aos domingos, por exemplo, os poloneses jamais apareciam na praia. Aschenbach adivinhou que assistiam à missa na Basilica di San Marco. Encaminhou-se para lá às pressas, e quando abandonava a praça calmosa para entrar no crepúsculo dourado do santuário, distinguiu o objeto de seus anseios debruçado sobre um genuflexório, em adoração do Senhor. Enquanto isso, Aschenbach mantinha-se nos fundos, sobre os mosaicos estriados, no meio da multidão ajoelhada que se benzia, murmurando, e a pompa suntuosa do templo oriental impunha-se voluptuosamente aos seus sentidos. À sua frente perambulava, gesticulava e cantava o sacerdote ricamente paramentado. Subia o vapor de incenso, enevoando as débeis labaredinhas dos círios do altar, e ao aroma litúrgico, adocicado dos sacrifícios parecia mesclar-se, sorrateiramente, outro, o cheiro da cidade enferma. Mas através da fumaceira e do fulgor, notava Aschenbach que a formosa criatura, ali em frente, virava a cabeça, procurando-o e percebendo a sua presença.

Depois, quando o povo saiu pelos portais abertos e se dirigiu à luminosa praça, pululante de pombos, o observador arrebatado permaneceu no átrio. Lá se escondeu, pôs-se à espreita. Viu os poloneses abandonarem a igreja; viu os irmãos despedirem-se cerimoniosamente da mãe; viu que esta, a caminho de casa, se encaminhava à *piazzetta*. Constatou que o belo menino, as irmãs monásticas e a governanta rumaram para a direita, através do portão da torre do relógio, em direção à mercearia. Depois de deixar que se distanciassem um pouco, seguiu-os, seguiu-os clandestinamente no seu passeio pelas ruas de Veneza. Era preciso que estacasse cada vez que eles paravam. Carecia abrigar-se em restaurantes ou pátios para dar-lhes passagem, sempre que voltavam. Perdia-os de vista, procurava-os, correndo, esfalfado, exausto, por pontes e becos imundos. Suportava minutos de tormento mortal, quando subitamente topava com eles numa viela estreita que não lhe permitia esquivar-se. E todavia não se poderia afirmar que ele sofria. Seu cérebro, seu coração estavam inebriados, e seus passos obedeciam aos sinais do demônio que se apraz a calcar a razão e a dignidade do homem.

Em algum lugar, Tadzio e os seus fretaram finalmente uma gôndola, e Aschenbach, que, enquanto embarcavam, se escondera atrás

63

da saliência de um chafariz, fez o mesmo, logo depois de eles terem se afastado do cais. Apressadamente, em voz baixa, orientava o remador, prometendo-lhe uma farta gorjeta, se seguisse despercebidamente e a alguma distância aquela gôndola que nesse momento dobrava determinada esquina. Arrepiava-se quando o indivíduo, com a obsequiosidade safada de um alcoviteiro, afiançava-lhe que suas ordens seriam executadas, que ele seria servido escrupulosamente.

Assim, refestelando-se em macios coxins pretos, deslizava, balançava-se ao encalço da outra barca negra, bicuda, a cuja esteira o prendia a paixão. Às vezes ela sumia-se, e logo o invadiam desassossego e mágoas. Mas o seu guia, que provavelmente tinha experiência em tarefas dessa espécie, sempre conseguia, mediante astutas manobras, rápidos desvios e hábeis atalhos, ressuscitar a almejada visão. O ar estava calmo, fétido. O sol ardia violentamente através das brumas, que davam ao céu uma cor parecida com a da ardósia. Ouvia-se o barulho da água a bater contra a madeira e a pedra. Os gritos do gondoleiro, mescla de advertência e de saudação, recebiam, em meio ao silêncio do labirinto, respostas baseadas em estranhas combinações. De jardinzinhos situados no alto, sobre muros em ruína, pendiam cachos de flores brancas e purpúreas, que exalavam um perfume de amêndoa. Janelas árabes espelhavam-se nos turvos canais. Os degraus de mármore de uma igreja desciam até a superfície. Um mendigo, de cócoras, estendia o chapéu, lamentando-se da sua miséria e mostrando o branco dos olhos, como se estivesse cego. Um antiquário postado em frente do seu antro convidava o passageiro com gestos submissos para que entrasse e se deixasse lograr. Sim, essa era Veneza, a insinuante e suspeita beldade, mistura de conto de fadas e de armadilha para caçar forasteiros, essa cidade em cuja atmosfera pútrida outrora vicejavam luxuriantemente as artes e que inspirava aos músicos melodias embaladoras, lascivas, entorpecentes. E o homem que assim se entregava à sua aventura tinha a impressão de que seus olhos se embeveciam naquela exuberância e seus ouvidos eram galanteados por semelhantes sons. Lembrando-se também de que a cidade estava doente e disfarçava esse fato por mera ganância, lançava olhares cada vez mais desenfreados em direção à gôndola que deslizava à sua frente.

Por fim, o amoroso perturbado nada mais sabia nem desejava senão perseguir sem cessar o objeto de seu fervor. Sonhava com ele nas horas da sua ausência, dirigindo, à maneira dos apaixonados, ternas palavras à sombra de seu ídolo. A solidão, o ambiente exótico, a felicidade de uma tardia e intensa embriaguez encorajavam-no, persuadiam-no a que se permitisse sem receio nem rubor as maiores excentricidades. Aconteceu, por exemplo, certa vez, quando regressara de Veneza a altas horas da noite, que ele se detivesse no primeiro andar do hotel, diante da porta do quarto do belo rapazinho, e em completo enlevo encostasse a testa no gonzo, sentindo-se incapaz, por muito tempo, de arredar o pé, não obstante o perigo de ser apanhado e surpreendido nessa situação absurda.

Não faltavam, todavia, momentos de remorso e de certa ponderação. "Em que caminho me meti?", pensava então, consternado. "Em que caminho?" Como todos os homens que, em face dos seus méritos naturais, sentem um interesse aristocrático por suas origens, Aschenbach estava acostumado a recordar, por ocasião das realizações e dos êxitos da sua vida, os seus antepassados e a assegurar-se, espiritualmente, da anuência, da satisfação, do respeito que eles, mesmo a contragosto, teriam de tributar-lhe. Também nessa situação, nesse lugar, pensava neles. Enquanto se envolvia em tal aventura ilícita, enquanto se entregava aos mais esdrúxulos excessos da alma, sempre se lembrava da austeridade comedida e da decência máscula que lhes fora peculiar, e ao fazê-lo sorria melancolicamente. Que diriam eles? Ai dele! Que teriam dito de toda a existência de seu descendente, dessa existência que se distanciara de sua própria a ponto de chegar às raias da degeneração, existência levada sob o fascínio das artes, acerca da qual Aschenbach, mesmo sob a influência da mentalidade burguesa dos ancestres, publicara outrora certos raciocínios irônicos, à maneira dos adolescentes, e que, no fundo, muito se parecia com a de seus antecessores? Toda ela era serviço. Também ele fora soldado, fora guerreiro, como a maioria da sua estirpe, uma vez que a arte era uma luta, um combate exaustivo, que a essa altura poucas pessoas sabiam aguentar por muito tempo. Uma vida de autodomínio e de obstinação, vida áspera, perseverante, sóbria, transformada por ele em símbolo de delicado e moderno heroísmo. Bem podia ser qualificada de viril e corajosa, e queria parecer a Aschenbach que aquele Eros que se apoderara da sua alma correspondia em certo sentido, mais do que qualquer outro, a esse tipo de vida. Não gozara tal Eros de sumo prestígio entre os povos mais valorosos? Não se afirmava que ele florescera nas cidades antigas, graças, precisamente, ao destemor dos seus habitantes? Numerosos heróis de épocas remotas tinham se submetido espontaneamente a seu jugo, pois que nenhuma humilhação era considerada tal quando esse deus a impunha. Atos que seriam reprovados como sinais de covardia, se fossem realizados com outra finalidade, tais como prostrações, juramentos, súplicas insistentes e atitudes servis, não aviltavam o amante, que, antes pelo contrário, colhia louvores por causa deles.

Esses eram os rumos que tomavam os pensamentos de um homem enfeitiçado. Assim procurava Aschenbach confortar-se, a fim de salvaguardar a sua dignidade. Mas, ao mesmo tempo, dirigia ininterrupta e teimosamente uma atenção indiscreta aos sórdidos acontecimentos que se davam no seio de Veneza, àquela aventura do mundo exterior, a qual, confundindo-se de algum modo vago com a de seu coração, lhe fomentava a paixão e despertava nele obscuras e anárquicas esperanças. Aferrando-se à ideia de obter informações novas, confirmadas, sobre o estado ou progresso do mal, esquadrinhava nos cafés da cidade os jornais da sua terra, que, havia vários dias, tinham sumido da mesa de leitura do hotel. Neles se revezavam asseverações e desmentidos. O número de casos de contágio ou de óbitos elevava-se a vinte, quarenta, cem ou mais, e, logo depois, qualquer existência da epidemia, quando não negada categoricamente, era reduzida a alguns casos isolados, importados de fora. De permeio, havia dúvidas, advertências, protestos contra o jogo perigoso das autoridades italianas. Era impossível chegar a conclusões claras.

Mesmo assim, o solitário Aschenbach sentia firmemente ter um direito especial de participar desse segredo e, como lhe vedassem o acesso a ele, encontrava uma satisfação esquisita em dirigir perguntas insidiosas a pessoas inteiradas e em induzir essa gente conluiada num pacto de sigilo a mentir descaradamente. Certa feita, durante o café da manhã no salão grande, interpelou o gerente, aquele baixinho de andar inaudível e sobrecasaca à francesa. No curso da ronda que fazia pelo recinto, cumprimentando os hóspedes e fiscalizando o serviço, o homem estacara junto à mesa de Aschenbach, a fim de dizer-lhe algumas gentilezas. Foi quando o escritor lhe perguntou com ar displicente e casual por que cargas-d'água estavam, desde algum tempo, a desinfetar Veneza.

— Trata-se — respondeu-lhe o velhacão — de uma medida policial, destinada a prevenir e coibir em tempo certos inconvenientes ou distúrbios da saúde pública que talvez possam ser originados pelo tempo abafado, excessivamente calmoso.

— A polícia merece os nossos elogios — replicou Aschenbach, e o gerente despediu-se após terem trocado algumas observações de caráter meteorológico.

À noite desse mesmo dia, depois do jantar, aconteceu que uma bandinha de cantores ambulantes, vindos da cidade, se exibisse no jardim da frente da hospedaria. Eram dois homens e duas mulheres. Tinham se agrupado junto ao poste de ferro de um lampião e erguiam o rosto esbranquiçado pela luz da lâmpada em direção ao amplo terraço onde os hóspedes se dignavam de assistir a esse espetáculo popular enquanto tomavam chá ou refrescos. Os empregados do hotel, ascensoristas, garçons e funcionários do escritório apareciam nas portas do saguão, a fim de escutarem. A família russa, afanosa e assídua sempre que houvesse algum divertimento, mandara colocar cadeiras de vime no próprio jardim, para estar mais perto dos executantes. Formando um semicírculo, conservava-se lá sentada, com a gratidão estampada na fisionomia. Atrás de seus amos, mantinha-se a velha serva, que tinha na cabeça um pano atado à maneira de um turbante.

Um bandolim, um violão, uma gaita de foles e uma rabeca de som chilreiro entravam em ação sob as mãos dos mendigos virtuosos. Peças instrumentais alternavam com números de canto. A mulher mais nova uniu a sua voz aguda, penetrante, ao suave falsete do tenor num lúbrico dueto amoroso. Mas o chefe e o maior talento do grupo era, sem dúvida, o violonista, espécie de barítono-bufo sem muita voz, porém dotado de grande expressividade mímica e notável poder cômico. Frequentemente se separava do grupo e, sobraçando o volumoso instrumento, aproximava-se da rampa, onde explosões de gargalhadas recompensavam e estimulavam as suas palhaçadas. Sobretudo os russos, na plateia, mostravam-se encantados por tamanha agilidade meridional e, com aplausos e aclamações, encorajavam-no a exibir-se de modo cada vez mais arrojado e confiante.

Aschenbach instalara-se junto ao parapeito. De quando em quando refrigerava os lábios com uma mistura de soda e suco de romã que no copo cintilava, vermelha como um rubi. Seus nervos acolhiam avidamente aquelas melodias vulgares, sentimentais, com seu som de realejo. Pois a paixão paralisa o gosto seletivo e entrega-se, com toda a seriedade, a prazeres que em estado de sobriedade ridicularizaria ou rejeitaria desdenhosamente. Em face dos pulos do saltimbanco, as suas feições haviam se contraído num sorriso fixo, que já começava a doer. Ele conservava uma atitude displicente, e todavia o seu íntimo se crispava em extrema atenção, uma vez que, a seis passos de distância, Tadzio se encostava na balaustrada de pedra.

Lá estava o rapaz naquele traje branco, cinturado, que às vezes vestia para a refeição principal. Com a sua graça inata, infalível, apoiava o antebraço esquerdo no resguardo, mantinha os pés cruzados e a mão direita fincada no quadril. Com uma expressão que mal e mal esboçava um sorriso, se não revelava apenas vaga curiosidade e polida gentileza, observava os canastrões que agiam a seus pés. Às vezes se empertigava, e enquanto dilatava o peito, puxava com um gesto elegante de ambos os braços o blusão branco através do cinto de couro. Outras, porém, ocorria — e o ancião notava isso com uma sensação de triunfo, de desvario, e mesmo de pavor — que se voltasse, ora hesitante e lentamente, ora depressa, de repente, como se quisesse surpreendê-lo ao virar a cabeça, por cima do ombro esquerdo, em direção ao lugar onde estava seu admirador. Jamais encontrava os olhos dele, já que um temor ignominioso obrigava o homem desencaminhado a conter cuidadosamente os seus olhares. Nos fundos do terraço estavam as mulheres, que velavam por Tadzio, e as coisas já tinham ido tão longe que Aschenbach receava ter despertado a sua atenção e suspeita. Sim, com verdadeiro sobressalto, percebera em várias ocasiões, na praia, no saguão do hotel e na Piazza San Marco, que elas chamavam Tadzio quando o menino se encontrava perto dele e se empenhavam em conservá-lo longe do indiscreto. E Aschenbach tivera de deduzir de tal comportamento uma tremenda ofensa, sob a qual o seu orgulho se contorcia em inimagináveis torturas e que sua consciência o impedia de impugnar.

Nesse meio-tempo, o violonista iniciara um solo. Com acompanhamento próprio, apresentava uma cançoneta popular, de diversas estrofes, que naqueles dias era a coqueluche da Itália. Do estribilho tomavam parte todos os componentes do grupo, cantando e tocando os seus instrumentos, mas quem sabia imprimir-lhe especial vitalidade dramática era o solista. De estatura franzina e também de rosto magro, descarnado, postara-se a alguma distância dos seus no caminho de terra. Com o surrado chapéu atirado para a nuca, a ponto de aparecer embaixo da aba uma madeixa da cabeleira ruiva, ostentava uma pose atrevida, impudente, e ao rom-rom das cordas proferia as suas piadas, como que lançando-as em direção ao terraço, numa declamação insinuante. A violência do esforço fazia com que as veias do pescoço se inchassem. Pela aparência, o homem não era natural de Veneza. Talvez pertencesse à estirpe dos cômicos napolitanos. Metade rufião, metade farsante, era ao mesmo tempo brutal e arrojado, perigoso e divertido. A canção, inteiramente insossa quanto à letra, adquiria na sua recitação um sentido ambíguo, levemente escabroso, intensificado pela mímica, pelos movimentos do corpo, pelo jeito de piscar significativamente um olho e de molhar as comissuras da boca lubricamente com a língua. Do colarinho mole da camisa esporte, que ele combinava com um traje de passeio, saía o pescoço macilento, com o pomo de adão escandalosamente grande e desnudo. O rosto pálido, com o nariz chato, cujas feições escanhoadas não permitiam conclusões a respeito da idade do ator, dava a impressão de estar sulcado por trejeitos e vícios. Com o arreganho da boca ágil harmonizavam de modo singular as duas rugas que separavam, renitentes, autoritárias, quase ferozes, os sobrolhos arruivados. Mas o que realmente induzia o espectador solitário a concentrar nele a sua atenção era a observação de que esse vulto equívoco parecia trazer consigo a sua própria atmosfera suspeita. Pois, sempre que retornava o estribilho, começava o cantor uma espécie de ronda acompanhada de truanices, cumprimentos e apertos de mão, e cada vez que passava por baixo do lugar de Aschenbach suas roupas e seu corpo exalavam uma nuvem do penetrante olor de ácido fênico a espalhar-se pelo terraço.

Terminada a cantiga, o homem pôs-se a fazer a coleta. Iniciou-a junto à família russa, que se mostrou bastante generosa. Em seguida subiu pela escada. Por mais atrevidamente que se tivesse comportado durante o espetáculo, dessa vez fingia a mais completa humildade. Entre mesuras e rapapés, ia lentamente de mesa em mesa, enquanto um sorriso de falsa submissão lhe descobria os dentes vigorosos. Mas ainda se mantinham ameaçadoramente entre as sobrancelhas ruivas as duas rugas. O público examinava com curiosidade e leve repugnância essa criatura exótica que ali recolhia os seus meios de sustento. Com as pontas dos dedos, jogavam moedas no chapéu de feltro, evitando qualquer contato físico. A falta de distância entre o comediante e as pessoas respeitáveis produz sempre, mesmo depois do mais intenso prazer, uma espécie de constrangimento. O ator, dando-se conta disso, procurava captar a benevolência dos ouvintes por meio da servilidade. Achegou-se de Aschenbach, e com ele vinha aquele cheiro que, aparentemente, não preocupava a nenhum dos presentes.

— Escute — disse o espectador solitário, falando baixinho, quase que mecanicamente —, estão desinfetando Veneza. Por quê?

O bufão respondeu em voz roufenha:

— Por ordem da polícia, cavalheiro. É o regulamento, quando faz tanto calor e sopra o siroco. Ele abate a gente. É prejudicial à saúde...

Proferia essas palavras com certo espanto, como se se admirasse de que alguém pudesse dirigir-lhe perguntas desse tipo, e com a palma da mão demonstrava o próprio peso do siroco.

— Então não há nenhuma praga em Veneza? — perguntou Aschenbach entre dentes, abafando a voz.

As feições musculosas do farsante assumiram uma expressão de burlesca perplexidade.

— Uma praga? Mas como? Será que o siroco é uma praga? Ou acha o senhor que a nossa política é uma praga? Está brincando! Uma praga? Ora essa! Uma medida preventiva, o senhor compreende? A polícia manda fazer isso para combater os efeitos do tempo calmoso... — insistia, gesticulando.

— Está bem — tornou Aschenbach laconicamente, ainda em voz abafada. Apressou-se em lançar no chapéu uma gorjeta exorbitante. Depois, fez um sinal com os olhos para que o homem se afastasse. Este obedeceu, sempre sorridente, com mil mesuras. Mas, mal chegara à escada, já era abordado por dois funcionários do hotel, que, com o rosto colado ao dele, submetiam-no a um interrogatório sussurrado. O comediante encolhia os ombros, protestava, jurava ter sido discreto, como se via perfeitamente. Por fim soltaram-no e ele voltou ao jardim. Depois de uma rápida conversa com seus companheiros, à luz da lanterna, avançou novamente, a fim de apresentar uma canção de agradecimento e de despedida.

Era uma peça que o espectador solitário não se lembrava de ter ouvido em outra ocasião. Tratava-se de uma modinha brejeira, cantada num dialeto incompreensível, e que terminava por um estribilho em forma de gargalhadas, das quais os comparsas participavam estrondosamente. Quando isso ocorria, sumiam-se as palavras reconhecíveis e também o acompanhamento instrumental, sobrando apenas uma risada rítmica, de certo modo coordenada, porém muito natural, que o solista, muito mais do que os outros, sabia proferir com extraordinário talento e suma vitalidade. Após ter restabelecido a distância artística entre si e a distinta plateia, dispunha mais uma vez de toda a gama do seu atrevimento, e o arremedo de riso que ele lançava aos ouvintes no terraço era puro escárnio. Já pelo fim da parte articulada das estrofes parecia lutar contra um irresistível espasmo de hilaridade. Então se engasgava. A voz ficava trêmula. Apertando a mão à boca, ele contorcia os ombros, e em determinado momento irrompia, uivava, explodia no seu peito a incontida gargalhada, tão genuína que se tornava contagiante e se propagava pelo auditório, a tal ponto que também no terraço começava a reinar uma alegria desmotivada, que tinha em si mesma a sua única razão de existir. Mas era precisamente ela que parecia redobrar o entusiasmo do cantor. O homem curvava os joelhos, batia as coxas, punha as mãos nas ilhargas, dava a impressão de não poder mais de tanto gargalhar. Já não ria. Berrava. Apontava o dedo para cima, como se não houvesse no mundo inteiro nada mais cômico do que essa plateia que ali se divertia. E finalmente se ria toda a gente, desde o jardim e o avarandado até os garçons, os ascensoristas e os porteiros postados nas entradas.

Aschenbach deixara de se recostar na cadeira. Mantinha-se ereto, como se estivesse tentando defender-se ou fugir. Mas a gargalhada, a nuvem de cheiro de hospital e a proximidade do formoso garoto entrelaçavam-se na sua alma, criando um feitiço imobilizador que lhe envolvia, ilacerável, invencível, o cérebro e os sentidos. Na generalizada exaltação e distração, ousou fixar os olhos em Tadzio, e ao fazê-lo, teve ensejo de verificar que o belo efebo lhe devolvia o olhar, conservando-se igualmente sério, como se condicionasse a sua atitude e expressão às do outro. A hilaridade geral parecia não produzir nenhum efeito sobre ele, uma vez que Aschenbach também se esquivava a ela. Tal docilidade ingênua, significativa, desarmava, sobrepujava o ancião com tamanha força que este somente a muito custo conseguiu evitar de esconder o rosto entre as mãos. Também tivera a impressão de que o modo como Tadzio de vez em quando se empertigava e respirava profundamente revelava uma angústia, uma opressão do peito. "Ele é enfermiço. Provavelmente não ficará velho", pensou mais uma vez, com aquela objetividade à qual a ebriedade e o anseio frequentemente nos conduzem por caminhos estranhos. E seu coração encheu-se de pura solicitude, ligada à mais extravagante satisfação.

Nesse meio-tempo, os venezianos haviam concluído o seu espetáculo. Enquanto se afastavam, acompanhava-os uma salva de palmas. O protagonista não se omitiu de enfeitar a sua saída com novas palhaçadas. Seus rapapés e acenos de mão provocaram outras risadas, motivo por que os repetiu. Quando os seus companheiros já tinham partido, fingiu ainda bater violentamente com as costas no poste do lampião e, como que vergado de dores, encaminhou-se ao portão. Lá, porém, tirou finalmente a máscara do azarado ridículo. Entesando-se bruscamente, num gesto de surpreendente elasticidade, deitou a língua de fora, em manifesta afronta aos hóspedes reunidos no terraço, e logo depois desapareceu nas trevas. O grupo de veranistas dispersou-se também. Havia muito que Tadzio já não se encontrava junto à balaustrada. Mas o ancião solitário permanecia ainda sentado, por longo tempo e para a maior estranheza dos garçons, diante do restinho de seu refresco de romã, que descansava na mesinha. Avançava a noite, desagregava-se o tempo. Na casa de seus pais, muitos anos antes, houvera uma ampulheta. De repente, Aschenbach revia o utensílio frágil, cheio de significado, como se ele estivesse à sua frente. Silenciosa, fininha, escorria a areia cor de ferrugem através do estreito gargalo de vidro, e quando começava a escassear na cavidade superior, formava-se ali um pequeno, mas veemente remoinho.

Na tarde do dia seguinte, o teimoso Aschenbach já deu novo passo em continuação a seus esforços de sondar o mundo exterior, e dessa vez teve pleno êxito. Pois que, nas proximidades da Piazza San Marco, entrou na agência de turismo britânica e, após ter trocado algum dinheiro na caixa, dirigiu ao funcionário que o atendia a sua incômoda pergunta, fingindo-se de forasteiro desconfiado. Seu interlocutor era um jovem inglês, que vestia um terno de lã, tinha os olhos muito juntos e usava o cabelo repartido pelo meio. Conduzia-se com aquela lealdade ponderada que se nos afigura tão estranha e digna de nota no meio dos ágeis e safados povos do sul. O moço começou dizendo:

— Não há nenhum motivo para preocupações, Sir. Trata-se de uma medida sem grande importância. Precauções dessa espécie são comuns e tencionam evitar os efeitos nocivos do calor e do siroco...

Mas, ao abrir os olhos azuis, topou com o olhar do freguês, um olhar cansado, um tanto triste, que se fixava em seus lábios com uma expressão de leve desdém. E o inglês ruborizou-se.

— Esta é, pelo menos — continuou falando em voz abafada e com certo nervosismo —, a explicação oficial, na qual por enquanto teimam em insistir. Posso lhe dizer que atrás dela se escondem fatos muito diferentes.

Então disse a verdade, servindo-se de seu idioma honesto, confortável.

Havia vários anos que a cólera indiana demonstrava crescente tendência de se propagar e de migrar de um país ao outro. Nascida nos pântanos quentes do delta do Ganges, fomentada pelo hálito mefítico desse mundo antediluviano de ilhas exuberantes, inúteis, inabitáveis, em cujos emaranhados bambuzais espreita o tigre, a praga assolara por muito tempo e com inusitada violência todo o Hindustão, para depois espalhar-se em direção ao leste, até a China, e pelo oeste, rumo ao Afeganistão e à Pérsia. Seguindo as estradas principais das grandes caravanas, levara o seu terror até Astracã e até a própria Moscou. Mas, enquanto a Europa ainda receava que o fantasma pudesse invadi-la dali, por terra, surgira ele quase ao mesmo tempo em diversos portos mediterrâneos, aonde embarcações de comerciantes sírios o haviam levado. Erguera a sua cabeça em Toulon e Málaga. Mostrara a sua carranca amiudadamente em Palermo e Nápoles, e parecia não querer afastar-se de toda a região da

Calábria e da Apúlia. O norte da península escapara inicialmente. Por meados de maio deste ano, porém, os horripilantes vibriões foram encontrados num e no mesmo dia nos descarnados e enegrecidos cadáveres de um tripulante de navio e de uma vendedora de legumes. Os casos foram ocultados, mas uma semana depois já havia dez, havia vinte, trinta, e isso em zonas diferentes. Um austríaco do interior, que passara alguns dias de férias em Veneza, faleceu logo depois de seu regresso à sua cidadezinha natal, e os sintomas não deixaram dúvidas. Assim aconteceu que os primeiros rumores sobre a epidemia que acossava a cidade das lagunas aparecessem nos jornais alemães. As autoridades venezianas mandaram responder que as condições higiênicas da cidade eram melhores do que nunca e tomaram as providências necessárias para a debelação da praga. Mas provavelmente ocorrera alguma contaminação de alimentos, talvez verduras, ou carne, ou leite, uma vez que o mal, por mais que o negassem ou disfarçassem, disseminava-se pelas vielas estreitas. O calor estival, chegado prematuramente, esquentava a água dos canais, propiciando a intensificação da epidemia. Tinha-se até mesmo a impressão de que as forças da peste houvessem aumentado ultimamente. Era como se a tenacidade e a fecúndia dos bacilos se tivessem redobrado. Registravam-se poucos casos de cura. Oitenta por cento das pessoas atingidas morriam de modo pavoroso, porquanto o mal se manifestava com extrema ferocidade. Frequentemente se constatava a forma mais perigosa que se denomina de "cólera seca". Em face dela, o organismo era incapaz de expelir as enormes quantidades de água que as artérias segregavam. Dentro de poucas horas, o doente ficava ressequido e, ao mesmo tempo, asfixiava-se com o sangue viscoso feito piche, sob convulsões e lamentos roufenhos. Felizes eram aqueles que, como sucedia de vez em quando, desmaiavam profundamente, depois de um leve mal-estar, e nunca mais ou só por momentos voltavam a si. Em princípios de junho, as barracas de isolamento do Ospedale Civico enchiam-se silenciosamente. Nos dois orfanatos já não havia lugar, e um tráfego de espantosa intensidade começava a ligar o cais dos novos alicerces a São Miguel, a ilha dos cemitérios. Mas o medo de um prejuízo geral, a consideração pela recém-inaugurada exposição de pintura nos jardins públicos, o receio de enormes perdas que, no caso de um pânico ou de um descrédito da cidade, sofreriam os hotéis, os lojistas e todos os ramos da exploração do turismo, evidenciou-se mais poderoso do que o amor à verdade e o respeito aos convênios internacionais. Em virtude disso, as autoridades aferravam-se obstinadamente à sua política de silêncio, desmentindo todo e qualquer boato. O diretor do Departamento de Saúde da cidade, homem de grandes méritos, demitira-se, indignado, de seu posto e fora substituído, convenientemente, por uma personalidade mais dócil. O povo sabia dessas ocorrências, e a corrupção da alta sociedade, em combinação com a insegurança reinante devido à situação anormal que o progresso da mortalidade produzia em Veneza, provocava muita depravação das camadas baixas da população, dando estímulo a certos instintos obscuros, antissociais, que se manifestavam sob o aspecto de intemperança, despudor e sempre crescente criminalidade. Ao contrário de outros tempos, notava-se já de tardezinha a presença de numerosos bêbados nas ruas. Afirmava-se que uma gentalha maldosa infestava a cidade noite por noite. Assaltos à mão armada e mesmo assassinatos repetiam-se, pois em duas ocasiões fora comprovado que pessoas pretensamente vitimadas pela epidemia tinham, na realidade, sido envenenadas por seus próprios parentes. O vício profissional assumia formas escandalosas, orgiásticas, tais como outrora jamais houvera em Veneza e somente se conheciam no sul do país ou no Oriente.

Em face de tudo isso, o inglês chegou à conclusão decisiva.

— O senhor faria bem — terminou — se partisse já. Melhor hoje do que amanhã! A quarentena deverá ser decretada dentro de poucos dias, no máximo.

— Muito obrigado — disse Aschenbach, e saiu da agência.

A praça jazia sob um calor sufocante. Alguns forasteiros, ignorantes da situação, estavam sentados em frente aos cafés ou detinham-se diante da igreja, todos envolvidos de pombos, a observarem os bichinhos que, formigando, batendo as asas, empurrando-se uns aos outros, debicavam os grãos de milho oferecidos nas palmas das mãos. Numa excitação febril, triunfante por conhecer a verdade, e todavia sentindo na língua o sabor do asco e no coração um fantástico horror, o espectador solitário andava pelos ladrilhos do suntuoso pátio, ponderando sobre qualquer atitude purificadora, decente, que lhe fosse possível tomar. Que tal se, por exemplo, aproveitasse a noite desse mesmo dia para se aproximar, depois do jantar, daquela senhora enfeitada de pérolas e proferisse as palavras que esboçava textualmente: "Madame, permita a um estranho que lhe ministre um conselho, uma advertência, que os outros, por egoísmo, escondem da senhora. Parta imediatamente, com suas filhas e com Tadzio! Veneza está empestada". Então deitaria a mão na cabeça do instrumento de uma divindade sardônica, num gesto de despedida, e a seguir se viraria para fugir desse charco. Ao mesmo tempo, porém, percebia que estava muito longe de querer seriamente dar tal passo. Este o faria voltar a si, restauraria o seu verdadeiro eu. Mas quem está fora de si detesta antes de mais nada recobrar a consciência. A essa altura recordava um edifício branco, adornado de inscrições cintilantes à luz da tarde, e em cuja mística transparente se perdera outrora o olho do seu espírito. Relembrava em seguida aquele vulto esquisito do andarilho que despertara no ancião uma nostalgia juvenil e o fizera ir em busca de paragens exóticas, longínquas. E a ideia do regresso, do comedimento, da sobriedade, da labuta, da maestria repugnava-lhe a tal ponto que seu rosto se crispava numa expressão de mal-estar físico. "Não se deve falar sobre isso!", murmurava, impetuosamente. "E eu não falarei!" O fato de sua cumplicidade, de sua parte na culpa, embriagava-o, assim como quantidades pequenas de vinho inebriam o cérebro cansado. A imagem da cidade assolada, desleixada, flutuava, tumultuosa, na sua alma, provocando no seu íntimo esperanças inconcebíveis, opostas a qualquer razão, mas de incrível doçura. Que significava a suave felicidade com que ele acabava de sonhar, por um instante apenas, em comparação com essas possibilidades? Que valor tinham para ele a arte e a virtude, em confronto com as vantagens que oferecia o caos? E assim resolveu calar-se e permanecer.

Nessa noite teve um sonho terrível — se é que se pode denominar de sonho esse drama do corpo e do espírito que lhe ocorreu, isso sim, durante o mais profundo sono, apresentando-se em plena plasticidade, totalmente independente dele, mas sem que ele mesmo se visionasse a caminhar pelo espaço, separado ou partícipe dos acontecimentos. Não, o cenário do drama era a sua própria alma, e o que ocorria irrompia de fora, aniquilando violentamente a sua resistência, uma resistência intensa do seu intelecto, passando através dele e deixando devastada, destruída a sua existência e a cultura de sua vida.

No princípio era o medo; o medo, a volúpia e uma curiosidade horrorizada daquilo que sucederia. Reinava a noite, e os seus sentidos estavam alertas. Pois de muito longe acercavam-se o tumulto, o fragor, uma mescla de ruídos, tais como tinidos, clarinadas, surdos trovões. Com eles confundiam-se estridentes gritos de júbilo e estranhos ululos com o uivo do "u" prolongado — e tudo isso entremeado do canto melífluo e todavia medonho de flautas, sobrepujado mesmo por esse arrulho penetrante, insistente, desbragado, que, à sua maneira lasciva, impertinente, se insinuava em suas entranhas. Mas em sua alma ressoavam palavras obscuras, porém significativas, com relação ao que se aproximava: "O *deus estranho!*". Nuvens de fumaça abrasadora levantavam-se, e através delas divisava ele uma paisagem montanhosa, semelhante àquela que cercava a sua casa de verão. Ao clarão intermitente das chamas, descendo por encostas revestidas de mato, por entre troncos de árvores e rochedos cobertos de musgo, arremetia-se, precipitava-se a turba: homens, animais, formigante enxame, furiosa caterva, a inundar a colina de corpos, labaredas, tumulto e vertiginosa ciranda. Mulheres tropeçando em vestes de pele, que, excessivamente longas, pendiam-lhes da cintura, agitavam tamborins por cima da cabeça, que, arfando, atiravam para trás. Brandiam tochas acesas e punhais desembainhados: seguravam sibilantes serpentes pelo meio do corpo, ou, aos berros, erguiam os seios com ambas as mãos. Machos peludos, igualmente cingidos de pelame, com a testa encimada de cornos, curvavam o pescoço, sacudiam braços e coxas, faziam ribombar pratos de bronze, golpeavam raivosamente timbales, enquanto meninos desnudos espicaçavam com bastões envoltos em folhagem uns bodes em cujos chifres se agarravam, e lançando gritos de júbilo deixavam-se arrastar pelos bichos, que davam pinotes. E ululado pela multidão extasiada, estrondeava aquele chamado composto de consoantes macias e do alongado "u" final, com seu som tão doce, tão feroz como nenhum outro que já se ouvira. Estrugia por essas paragens subindo aos ares qual bramido de cervos, e de todos os lados retumbava, multíssono, em desenfreado triunfo. Uns e outros instigava para que dançassem e se requebrassem loucamente, e jamais emudecia. Mas sempre se impunha, em tudo predominava o grave e sedutor canto das flautas. Não o atraía também a ele, que, a contragosto, assistia àquela cena? Não o provocava com despudorada persistência a que participasse da festa e imoderadamente fizesse o sacrifício extremo? Grande era a sua repugnância; bem-intencionada, a sua vontade de defender até o último instante o que era seu, contra o estranho, contra o inimigo do espírito sereno e comedido. Mas o barulho, a ululação, multiplicados pelo eco das paredes dos montes, cresciam, excediam quaisquer limites, intensificavam-se, convertiam-se em irresistível loucura. Vapores acossavam o olfato, o fedor picante dos bodes, a exsudação de corpos ofegantes e certo olor que parecia provir de águas pútridas, bom como outro cheiro familiar, de chagas e de doença propagada. Seu coração latia ao compasso dos timbales; seu cérebro girava. A raiva, o desvario, a surda volúpia tomavam conta dele, e sua alma ansiava por entrar na dança de roda do deus. O gigantesco símbolo obsceno, esculpido em madeira, era descoberto e enaltecido. Eis que todos, mais doidos do que nunca, rugiam em coro a senha. Escumando pelos lábios, convulsionavam-se. Assanhavam-se mutuamente com libidinosos gestos e lúbricas mãos. Entre gargalhadas e gemidos, cravavam uns aos outros na carne viva os aguilhões pontudos e lambiam o sangue que brotava dos membros. Mas, a seu lado, no meio do tropel, encontrava-se a essa altura aquele que lá sonhava. Também ele se entregava ao deus estranho. Sim, eles eram o seu próprio eu, no momento em que se lançavam sobre os animais, matando, dilacerando, devorando pedaços fumegantes, e ele estava ali quando, sobre o terreno de musgo revolvido, iniciou-se a cópula sem fim, em oferenda suprema ao deus. E sua alma saboreava a luxúria tanto como a fúria do ocaso.

Ao acordar desse sonho, a vítima atormentada sentia-se exausta, moída, à mercê do demônio, sem força para resistir. Já não receava os olhares escrutadores dos outros. Não se preocupava com o olhar dos outros; caso se tornasse suspeito, não importava. Sobrevinha ainda que eles fugiam, partiam em massa. Na praia, numerosas barracas estavam vazias. A frequência da sala de refeições diminuíra muito, e na cidade só raras vezes se viam forasteiros. A verdade parecia ter transpirado. Por tenazmente que os interessados se aferrem à sua solidariedade, já não era possível deter o pânico. Mas a mulher adornada de pérolas permanecia no lugar, com sua família, fosse porque os boatos não chegavam até ela, fosse por ser demasiado orgulhosa e destemida para deixar-se afugentar. Tadzio ficava, e o homem apaixonado tinha às vezes, no seu enlevo, a impressão de que a debandada e a morte fossem capazes de alijar toda a vida incômoda que o rodeava para que só ele permanecesse na ilha, em companhia do formoso rapazinho. Sim, quando de manhã, à beira-mar, seu olhar se fixava, grave, irresponsável, irremovível, no almejado objeto, quando, ao cair da tarde, perseguia-o de modo indecoroso através de ruelas onde circulava, oculta e asquerosa, a morte, parecia-lhe verossímil o monstruoso evento e nula a lei moral.

Como qualquer amante, desejava agradar. O temor de que tal solução fosse, talvez, impossível amargurava-o, induzindo-o a acrescentar a seus trajes certos toques de animação juvenil, a usar joias, a perfumar-se, a gastar várias vezes por dia muito tempo com sua toalete. Assim enfeitado, exaltado, nervoso, comparecia às refeições. Em face da doce juventude que o cativara, sentia nojo de seu corpo envelhecido. A visão de seus cabelos grisalhos e de sua fisionomia marcada inspirava-lhe vergonha e desespero. Tudo isso o levava a tonificar-se e restaurar-se fisicamente, fazendo com que frequentasse amiudadamente a barbearia do hotel.

Envolvido no penteador, refestelando-se na cadeira sob as mãos solícitas do tagarela, examinava com olhares aflitos a imagem refletida pelo espelho.

— Grisalho! — disse, crispando a boca.

— Levemente — respondeu o homem — e só por causa de um pequeno descuido, de certa indiferença por coisas exteriores. Isso se compreende muito bem no caso de personagens importantes, mas não merece irrestritos elogios, sobretudo porque pessoas desse nível não deveriam ter preconceitos em relação ao que é natural ou artificial. Se a austeridade que certa gente demonstra em face da arte cosmética se estendesse, como seria lógico, à sua dentadura, o resultado seria o escândalo geral. Afinal de contas somos tão velhos quanto se sentem o nosso espírito e a nossa alma, e cabelos grisalhos representam sob certas circunstâncias uma inverdade mais real do que significaria o menosprezado retoque. O senhor, por exemplo, tem direito à sua cor natural. Permita que lhe restitua o que lhe pertence!

— Mas como? — perguntou Aschenbach.

Então o profissional eloquente lavou os cabelos do freguês com duas espécies de loções, uma clara e outra escura, e seus cabelos voltaram a ser negros como nos dias da juventude. Depois de arranjá-los em suaves ondas, deu um passo para trás, a fim de examinar a cabeça embelezada.

— Agora — disse — só faltaria refrescar um pouquinho a tez.

E insaciável, como quem não pode parar, passava de uma manipulação a outra, em incessante atividade. Aschenbach, na sua posição de cômodo descanso, não era capaz de reagir, mas sentia certa excitação esperançosa ao presenciar o que lhe acontecia. Via então no espelho como o arco das sobrancelhas se tornava mais decidido e simétrico, ao passo que a forma dos olhos se alongava e seu brilho adquiria maior intensidade devido a um ligérrimo retoque dado às pálpebras; via como, mais abaixo, lá onde houvera a pele pardacenta, curtida, desabrochava, graças a algumas pinceladas carinhosas, um delicado carmesim. Os lábios, anêmicos havia pouco, começavam a turgescer, assumindo a cor viva de framboesas. As rugas da boca, das faces, dos olhos sumiam sob a influência de cremes e águas remoçadoras. Com o coração a palpitar, Aschenbach deparava com um jovem viçoso. Por fim, o maquilador deu-se por satisfeito. À maneira de gentes da sua laia, agradecia com obsequiosa servilidade a quem acabava de atender.

— Foi apenas uma pequena emenda — afirmou, enquanto dava os retoques finais à aparência do freguês. — Agora o senhor não precisa ter receios de se apaixonar.

E Aschenbach saiu, deslumbrado, feliz como num sonho, mas, ao mesmo tempo, confuso e temeroso. Sua gravata era vermelha, e uma fita multicor cingia o chapéu.

Levantara-se uma ventania morna. Chovia pouco e raras vezes, mas o ar estava úmido, pesado e impregnado de vapores pútridos. Adejos, estalos, sibilos envolviam os ouvidos, e àquele que lá andava, febril sob a camada de arrebiques, parecia que no espaço se agitavam perniciosos espíritos de ventos, malévolas aves marinhas, que revolvem, debicam, emporcalham com seus excrementos o alimento do condenado. Pois o mormaço tirava o apetite, e a ideia de que a comida estivesse empestada por germes de contágio impunha-se forçosamente.

Nas pegadas do formoso efebo, Aschenbach embrenhara-se certa tarde no dédalo das ruelas do centro da cidade enferma. Seu senso de orientação falhava, uma vez que os becos, os canais, as pontes e as pracinhas se lhe afiguravam quase idênticas. Já não tendo nenhuma noção dos pontos cardeais, concentrava-se inteiramente na tarefa de não perder de vista a imagem ansiosamente perseguida. Obrigado a tomar ignominiosas precauções, avançava rente às fachadas das casas ou procurava esconder-se atrás das costas dos que iam à sua frente. Por muito tempo não se deu conta da fadiga e do esgotamento que a emoção e a ininterrupta tensão haviam infligido a seu corpo e seu espírito. Tadzio seguia atrás dos seus. Nas ruas estreitas, geralmente deixava que a governanta e as irmãs monacais tomassem a dianteira. Caminhando só, a passo vagaroso, virava de quando em quando a cabeça, a fim de certificar-se, por cima do ombro, da proximidade de seu admirador, fixando nele por um instante os olhos de cor singularmente crepuscular. Via-o e não o denunciava. Inebriado por tal percepção, atraído por esses olhos, amarrado como um bobo à corda da paixão, o homem enamorado ia sorrateiramente na esteira de sua esperança indecorosa — e finalmente saiu logrado. Os poloneses acabavam de atravessar uma pontezinha de forte aclive. A altura do arco ocultou-os ao perseguidor, e quando este, por sua vez, chegou em cima, já não os redescobriu. Andou à sua busca em três direções, para a frente e por ambos os cais do estreito e imundo canal. Em vão! A exaustão e a debilidade forçaram-no, por fim, a desistir.

Sua cabeça ardia. Seu corpo estava coberto de suor viscoso. Tremia-lhe a nuca. Uma sede insuportável atormentava-o. Ele olhou em torno de si, no afã de encontrar imediatamente qualquer refresco. Diante da tenda de um verdureiro, comprou algumas frutas, morangos, mercadoria passada, demasiado mole, que comeu no caminho. Uma pracinha vazia, como que encantada, descortinava-se a seus olhos. Aschenbach reconheceu-a. Era a mesma na qual, semanas antes, forjara aquele frustrado plano de fuga. Deixou-se cair nos degraus da cisterna, no meio do recinto. Encostou a testa nas pedras da rotunda. Ali, tudo era sossego. Entre as lajes crescia capim. Lixo estava espalhado em toda parte. Entre as casas vetustas de altura irregular que o cercavam, uma tinha o aspecto de um palácio, com janelas ogivais, atrás das quais morava a solidão, e com balcões adornados de pequenos leões. No andar térreo de outra, achava-se uma farmácia. Rajadas de vento quente traziam de vez em quando o cheiro de ácido fênico.

Lá se quedava ele, o mestre, o artista que se tornara um monumento, o autor de *Um miserável*, o escritor que numa obra de espírito puro e forma perfeita rejeitara a boêmia e a profundeza turva, que negara qualquer simpatia ao abismo e condenara o que era abjeto; lá estava sentado o homem que alcançara vertiginosas alturas e, depois de ter subjugado a própria erudição e de ter se emancipado de toda a ironia, adaptara-se aos deveres que lhe impunha a confiança das massas; ele cuja glória fora oficializada e cujo estilo era apresentado como paradigma aos colegiais—lá estava sentado, com as pálpebras cerradas, e só de vez em quando coava-se entre elas um olhar de esguelha, sarcástico e constrangido, para logo tornar a esconder-se. Os lábios lânguidos, realçados pela arte cosmética, formavam palavras soltas daquilo que seu cérebro, nesse estado de quase sonolência, produzia segundo a fantástica lógica dos sonhos.

"Porque a beleza, lembra-te disso, ó Fedro, unicamente a beleza, é divina e ao mesmo tempo visível. Por isso é também a senda dos sentidos, a estrada, meu pequeno Fedro, que conduz o artista ao espírito. Achas, porém, meu caro, que aqueles cujo caminho rumo à esfera espiritual passa pelos sentidos, poderão jamais obter a sabedoria e a genuína dignidade humana? Ou pensas, pelo contrário (eu te deixo plena liberdade para decidires a questão), que esse é um caminho perigoso, em que pesem seus encantos, um caminho deveras errado, pecaminoso, que inevitavelmente nos leva à confusão? Pois é preciso que saibas que nós, os poetas, não podemos trilhar a vereda da beleza sem que Eros se coloque a nosso lado e se arrogue o direito de nos guiar. Sim, mesmo que sejamos heróis, à nossa maneira, e disciplinados guerreiros, parecemo-nos todavia com as mulheres, porquanto o que nos eleva é a paixão, e nossa aspiração será sempre o amor. Nisso se resumem a nossa delícia e a nossa vergonha. Percebes agora que nós, os poetas, somos incapazes de ser sábios ou dignos? Que necessariamente andamos sem norte, que forçosamente nos entregamos sempre e sempre à devassidão e às aventuras dos sentimentos? A maestria do nosso estilo é mentira e bobagem. A nossa glória e honorabilidade não passam de uma farsa. A confiança que as massas depositam em nós é sumamente ridícula, e a educação do povo ou da juventude à base da arte é um empreendimento arriscado que mereceria ser proibido. Pois como pode ter aptidão para educador quem tiver por índole uma propensão natural, incorrigível, para o abismo? Bem gostaríamos de renegá-lo e de obter a respeitabilidade, mas, por mais que nos esforcemos, ele nos atrai. Assim abdicamos, por exemplo, do conhecimento dissolvente, já que o conhecimento, ó Fedro, não possui nem respeitabilidade nem rigor; ele sabe, compreende, perdoa, sem posição firme nem forma; simpatiza com o abismo, é o próprio abismo. Rejeitemo-lo, portanto, resolutamente, e daqui em diante todos os nossos anseios se devotarão exclusivamente à beleza, quer dizer à simplicidade, à grandeza, ao novo rigor, à segunda ingenuidade, à forma. Mas, meu Fedro, a forma e a ingenuidade levam à embriaguez e à volúpia. Talvez instiguem o homem nobre a horrorosos excessos passionais, que sua própria austeridade decorosa considera infames. Também elas nos conduzem ao abismo, sempre ao abismo! A nós, os poetas, digo, conduzem ali, uma vez que não logramos elevar-nos, senão apenas vaguear. E agora me vou embora, Fedro. Fica tu aqui! E, somente quando já não me enxergares, vai-te por tua vez."

 Alguns dias depois, Gustav von Aschenbach não se sentiu bem. Por isso, saiu do Hotel Balneário bastante mais tarde do que em outras manhãs. Teve que lutar contra certos acessos de tontura, de origem apenas parcialmente física, que andavam acompanhados de uma violenta angústia, sensação de desesperança e frustração, cuja natureza não se conseguia definir, ficando incerto se ela se referia ao mundo exterior ou à sua própria existência. Ao avistar no saguão grande quantidade de bagagens prontas para serem despachadas, perguntou a um dos porteiros quem partia, e a resposta indicou-lhe o nome dos aristocratas poloneses, o mesmo que ele pressentira secretamente. Aschenbach acolheu a informação sem que se alterasse a sua fisionomia devastada. Apenas levantou o queixo com aquele gesto rápido que costumamos esboçar, displicentemente, quando tomamos conhecimento de algo que não carecemos saber. Ainda indagou:

—Quando?

—Depois do almoço—responderam.

Ele inclinou a cabeça e foi-se em direção ao mar.

A praia estava inóspita. Pela vasta e rasa faixa de água que a separava do primeiro dos extensos bancos de areia, corriam de frente para trás arrepios que encrespavam a superfície. Uma atmosfera de outono, de passado, parecia pairar sobre o lugar de veraneio, outrora cheio de vida colorida e a essa altura quase abandonado. Já não cuidavam do asseio da praia. Uma máquina fotográfica, aparentemente sem dono, erguia-se sobre o seu tripé, à beira-mar, e um pano preto que a cobria era sacudido pelo vento cada vez mais frio.

Tadzio, com os três ou quatro companheiros que lhe sobravam, achava-se diante da barraca de sua família, à direita de Aschenbach, o qual, descansando na espreguiçadeira com um cobertor sobre os joelhos, a meio caminho entre o mar e a fileira das cabanas, mais uma vez o observava atentamente. Dessa vez, os brinquedos dos rapazes passavam-se sem a vigilância das mulheres, que talvez estivessem ocupadas com os preparativos de viagem. Por isso degeneravam, tornando-se descomedidos. Aquele jovem robusto, de casaco cinturado e cabeleira preta, untada de brilhantina, o mesmo que era chamado de "Jaschu", ficou zangado por ter recebido na cara um jato de areia, que lhe cegava os olhos. Desafiou Tadzio a lutar com ele. O embate, que não demorou muito, terminou com a queda do mais belo, porém menos forte. Mas, mesmo depois do triunfo, o vencedor ainda não largava o menino derrotado, talvez porque, nessa hora de despedida, a submissão do companheiro inferior se convertesse em cruel brutalidade. Ajoelhado nas costas de Tadzio, apertava o rosto do amigo na areia, por tanto tempo que este, sem fôlego em virtude da luta, corria perigo de sufocar. Convulsivamente, Tadzio procurava livrar-se do opressor. Por momentos, seus esforços cessavam completamente ou se manifestavam apenas sob a forma de um estremecimento. Horrorizado, Aschenbach fez menção de se levantar de um pulo, quando o brutamontes finalmente soltou sua vítima. Tadzio, muito pálido, soergueu-se e, escorando-se num braço, conservou-se imóvel durante alguns minutos. Tinha os cabelos revoltos, e seu olhar parecia anuviado. Então pôs-se de pé e afastou-se a passo lento. Os outros chamaram-no jovialmente, no princípio, e depois com insistência súplica, temerosa. Não lhes deu ouvidos. O rapaz moreno, evidentemente arrependido de sua própria selvajaria, alcançou-o e tentou fazer as pazes, mas um gesto de ombro repeliu-o. Tadzio prosseguiu descendo a praia, obliquamente, em direção ao mar. Andava descalço e vestia o traje de linho listrado com a laçada vermelha.

    Deteve-se à beira d'água, cabisbaixo, a rabiscar com a ponta do pé algumas figuras na areia úmida. Depois entrou na parte rasa, que mesmo nos lugares mais fundos não molhava os joelhos. Atravessando-a, em vagaroso avanço, chegou ao banco de areia. Ali permaneceu durante um instante, com o rosto voltado ao longe. Em seguida, começou a caminhar paulatinamente para a esquerda, como que medindo a comprida e estreita nesga de solo descoberto. Separado da terra firme por um lençol de água, separado dos companheiros por um capricho altivo, passeava-se ele lá fora, em pleno mar, com os cabelos desgrenhados pelo vento, extremamente isolado, desligado de tudo, a enfrentar o espaço brumoso, ilimitado. Mais uma vez estacou para espreitar. E de repente, como que impelido por uma recordação, virou o tronco, apoiando uma das mãos no quadril. Por cima do ombro, olhava em direção à praia. Lá estava sentado o observador, assim como estivera em outra ocasião, quando pela primeira vez esse olhar cinza-alvorada, lançado do limiar do saguão, correspondera ao seu. A cabeça de Aschenbach, recostada no espaldar da cadeira, acompanhara lentamente os movimentos do que já andava longe. Nesse instante, porém, ergueu-se, como para ir ao encontro desse olhar, e logo depois abaixou-se sobre o peito, de modo que os olhos espiavam sob as pálpebras, enquanto a fisionomia apresentava a expressão lassa, ensimesmada, de sono profundo. Parecia-lhe, no entanto, que o pálido e gracioso psicagogo lá fora sorria para ele, que lhe acenava e, desprendendo a mão do quadril, apontava para regiões distantes. Parecia-lhe que ele flutuava à sua frente, rumo ao vazio imenso, cheio de promessas. E como tantas e tantas vezes fizera, pôs-se a segui-lo.

    Decorreram alguns minutos antes que alguém acudisse ao hóspede que acabava de desmaiar, com o corpo prostrado sobre o braço da cadeira. Levaram-no ao quarto. E no mesmo dia ainda o mundo recebeu, com reverência e comoção, a notícia de sua morte.

Tonio Kröger

Tradução
Mário Luiz Frungillo

A Kurt Martens

I.

O sol de inverno era apenas uma pobre luz leitosa e esmaecida por trás das camadas de nuvens sobre a cidade estreita. As ruazinhas rendilhadas de frontões elevados estavam úmidas e ventosas, e de vez em quando caía uma espécie de granizo macio, nem gelo nem neve.

As aulas haviam terminado. Os bandos de libertos afluíam através do pátio calçado para o portão de ferro fundido, depois do qual se dispersavam e desapareciam à direita e à esquerda. Os alunos maiores sustinham com dignidade suas trouxinhas de livros apertadas junto ao ombro esquerdo, enquanto com o braço direito remavam contra o vento rumo ao almoço; a turma dos menores se punha a trotar alegremente, fazendo espirrar para todos os lados o mingau de gelo e retinir nas mochilas de couro de foca os sete instrumentos da ciência. Mas todos de quando em quando tiravam o boné com um olhar reverente diante do chapéu de Wotan e da barba de Júpiter de um professor que lhes vinha ao encontro a passos medidos...

— Você vem ou não vem, Hans? — disse Tonio Kröger depois de esperar um longo tempo no meio da rua; sorrindo, foi ao encontro do amigo que saía pelo portão conversando com outros colegas, prestes a ir embora com eles.

— O quê? — perguntou Hans, e olhou para Tonio... — Ah, sim, é verdade! Vamos caminhar um pouco.

Tonio emudeceu, e seus olhos se anuviaram. Então Hans se esquecera, só agora se lembrava de terem combinado de passear um pouquinho juntos hoje ao meio-dia? E ele que, desde quando marcaram o encontro, quase não fizera senão pensar nisso cheio de alegria!

— Bem, até logo! — disse Hans Hansen para os outros colegas.

— Eu ainda vou passear um pouquinho com Kröger. — E ambos tomaram o rumo da esquerda, enquanto os outros foram para a direita.

Hans e Tonio tinham tempo de passear depois das aulas, pois pertenciam a famílias em cujas casas só se almoçava às quatro da tarde. Seus pais eram grandes comerciantes, ocupavam cargos públicos e eram poderosos na cidade. Aos Hansen pertenciam, havia já algumas gerações, os amplos depósitos de madeira lá embaixo junto ao rio, nos quais serras possantes cortavam troncos entre silvos e bufidos. Tonio, por sua vez, era filho do cônsul Kröger, cujos sacos de cereais com o grande emblema negro da firma eram vistos dia após dia sendo transportados pelas ruas; e a grande casa antiga de seus antepassados era a mais senhorial de toda a cidade... A todo momento os dois amigos tinham de tirar o boné, por conta do grande número de conhecidos que encontravam, e havia mesmo quem se antecipasse no cumprimento aos dois meninos de catorze anos...

Ambos levavam as pastas escolares pendentes dos ombros, e ambos estavam bem vestidos e agasalhados; Hans com uma sobrecasaca curta de marujo, de sob a qual saía a larga gola azul de seu paletó da marinha que lhe cobria os ombros e o dorso, e Tonio com um paletó cinza acinturado. Hans usava um boné de marinheiro dinamarquês com fitinhas curtas, sob o qual despontava seu topete louro-palha. Era extraordinariamente bonito e bem-feito, de ombros largos e quadris estreitos, com uns olhos azul-ferrete bem separados e penetrantes. Mas, sob o gorro de pele redondo de Tonio, num rosto moreno e de traços sulinos bem marcados, uns olhos escuros e delicadamente sombreados, com umas pálpebras demasiadamente pesadas, tinham uma expressão sonhadora e meio tímida... A boca e o queixo eram de uma suavidade incomum. Caminhava a passos indolentes e irregulares, enquanto, em suas meias pretas, as esbeltas pernas de Hans tinham um andar elástico e ritmado...

Tonio não dizia nada. Sofria. Franzindo as sobrancelhas um tanto oblíquas e arredondando os lábios para assobiar, com a cabeça inclinada para um lado, tinha o olhar perdido ao longe. A postura e a expressão lhe eram peculiares.

De repente, Hans enfiou seu braço no de Tonio, olhando-o de lado, pois compreendia perfeitamente o que se passava. E, embora ainda desse alguns passos em silêncio, Tonio sentiu-se tomado de um súbito enternecimento.

— Eu não me esqueci, não, Tonio — disse Hans, baixando os olhos para a calçada à sua frente —, só me pareceu que hoje, com todo esse vento e essa umidade, não ia dar. Mas nada disso me incomoda nem um pouco, e acho formidável você ter esperado por mim. Até pensei que você já tinha ido para casa e me aborreci...

A essas palavras, tudo em Tonio se pôs numa agitação saltitante e jubilosa.

— Está bem, então vamos pelo caminho dos muros! — disse, com uma voz comovida. — Pelo Mühlenwall e pelo Holstenwall, assim eu o levo para casa, Hans... De modo algum, não faz mal que depois eu tenha de voltar sozinho; da próxima vez você me acompanha.

No fundo não acreditava muito nas palavras de Hans e percebia claramente que o outro dava apenas a metade da importância que ele próprio àquele passeio a dois. Mas via que Hans se arrependera de seu esquecimento e tomava a iniciativa da reconciliação. E não tinha a menor intenção de dificultar essa reconciliação...

A verdade era que Tonio amava Hans Hansen e já tinha sofrido muito por ele. Quem mais ama é o vencido e tem de sofrer — sua alma de catorze anos já recebera da vida essa singela e dura lição, e sua índole peculiar o fazia sempre tomar nota de tais experiências, quase que inscrevê-las em seu íntimo e em certa medida alegrar-se com elas, sem, contudo, adotá-las como orientação para sua conduta pessoal nem encontrar nelas alguma utilidade prática. Outra de suas singularidades era considerar tais lições muito mais importantes e interessantes que os conhecimentos que lhe impingiam na escola, e, durante as aulas nas salas góticas abobadadas, dedicava-se na maior parte do tempo a perscrutar até o âmago suas descobertas, na tentativa de esgotá-las completamente. E essas elucubrações lhe proporcionavam a mesma satisfação que sentia ao vagar pelo quarto com o violino (pois tocava violino) tirando dele os sons mais suaves que podia e fazendo com que se confundissem com o marulhar da fonte lá embaixo no jardim, cujo repuxo dançava sob os ramos da velha nogueira...

A fonte, a velha nogueira, seu violino e, ao longe, o mar, o Báltico, cujos sonhos estivais lhe era dado ouvir em segredo durante as férias, eram essas as coisas que ele amava, das quais por assim dizer se rodeava e em meio às quais se passava sua vida interior, coisas cujos nomes produzem um belo efeito no interior de um verso e, de fato, soavam e ressoavam nos versos que Tonio Kröger vez por outra escrevia.

O fato de ele ter um caderno cheio de versos de sua autoria se tornara público por sua própria culpa e o prejudicara muito, tanto aos olhos de seus colegas quanto aos de seus professores. Por um lado, ao filho do cônsul Kröger pareceu estúpido e vulgar escandalizar-se por uma coisa dessas, razão pela qual ele desprezava tanto os colegas quanto os professores, cuja falta de modos lhe causava repulsa e cujas falhas de caráter ele discernia com singular argúcia. Por outro lado, porém, ele mesmo sentia ser algo extravagante e, no fundo, inconveniente escrever versos, não podendo deixar de dar razão, até certo ponto, àqueles que viam nisso uma ocupação constrangedora. Mas nem por isso deixava de fazê-lo...

Como em casa desperdiçava seu tempo e nas aulas se mostrava sempre lento, de espírito ausente, era malvisto pelos professores e constantemente voltava da escola trazendo boletins deploráveis, o que deixava seu pai, um homem comprido, vestido com apuro, de olhos azuis meditativos e com uma perene flor silvestre na lapela, muito zangado e preocupado. Para a mãe de Tonio, porém, sua bela mãe de cabelos negros que se chamava Consuelo e se distinguia tanto das demais senhoras da cidade, pois um dia seu pai a fora buscar bem lá embaixo no mapa — para sua mãe os boletins eram totalmente indiferentes...

Tonio amava sua mãe morena e fogosa, que tocava piano e bandolim maravilhosamente bem, e se sentia feliz por ela não se afligir com a posição duvidosa que o filho ocupava entre as outras pessoas. Mas, por outro lado, sentia que a ira do pai era muito mais digna e respeitável e, embora este o repreendesse, no fundo concordava inteiramente com ele, ao passo que a alegre indiferença da mãe lhe parecia um tanto licenciosa. Às vezes pensava mais ou menos assim: já basta eu ser como sou, indolente, rebelde, interessado em coisas nas quais ninguém pensa, e não querer nem poder mudar. Pelo menos é justo que me censurem severamente e me castiguem por isso, em vez de passarem por cima de tudo com beijos e música. Afinal, não somos uns ciganos numa carroça verde, e sim uma gente decente, a gente do cônsul Kröger, a família dos Kröger... Também não era raro ele pensar: por que afinal de contas sou tão esquisito, estou sempre em conflito com tudo, brigado com os professores e sou estranho entre os outros meninos? Olhem só para eles, tanto os bons alunos quanto os de sólida mediocridade. Não acham os professores ridículos, não fazem versos e só pensam o que todo mundo pensa e se pode dizer em voz alta. Como devem se sentir em ordem e em consonância com tudo e com todos! Isso deve ser bom... Mas o que é que se passa comigo, e onde tudo isso vai dar?

Esse costume e esse modo de observar a si mesmo e a sua atitude diante da vida tinham um papel importante no amor de Tonio por Hans Hansen. Ele o amava, em primeiro lugar, por ser bonito; mas, também, por ser em tudo e por tudo o seu avesso e o seu contrário. Hans Hansen era um excelente aluno e, além disso, um rapaz cheio de vida, que praticava equitação, fazia ginástica, nadava como um herói e gozava da estima de todos. Os professores tinham por ele uma simpatia quase terna, chamavam-no pelo primeiro nome e o estimulavam de todas as maneiras, os colegas se esforçavam por cair-lhe nas graças, e na rua os cavalheiros e as damas o detinham, puxavam-lhe o topete louro-palha que despontava debaixo do boné de marinheiro dinamarquês e diziam: "Bom dia, Hans Hansen do belo topete! Ainda é o primeiro da classe? Dê lembranças ao papai e à mamãe, meu esplêndido rapazinho...".

Assim era Hans Hansen, e, desde que o conhecera, Tonio Kröger sentia um anseio ao avistá-lo, um anseio invejoso, que se aninhava no alto do peito e queimava. Ah, ter olhos azuis como os seus, pensava, viver como você, em ordem e em feliz comunhão com o mundo todo! Você está sempre ocupado com atividades decentes e universalmente respeitadas. Quando termina de fazer a lição de casa tem aulas de equitação ou faz trabalhos com a serrinha de arco, e mesmo durante as férias, na praia, todo o seu tempo é empregado em remar, velejar e nadar, ao passo que eu fico estirado na areia, ocioso e perdido, contemplando fixamente as misteriosas transformações fisionômicas que se sucedem sobre a face do mar. Mas por isso é que você tem olhos tão claros. Ah, ser como você...

Ele não tentava ser como Hans Hansen e talvez nem sequer levasse muito a sério esse desejo. Mas tinha um doloroso anseio de ser amado por ele tal como era e cortejava-o a seu modo, um modo vagaroso e íntimo, devotado, sofrido e melancólico, mas de uma melancolia cuja ardência pode ser mais profunda e devoradora que toda a brusca passionalidade que se poderia esperar de sua aparência estrangeira.

E não o cortejava em vão, pois Hans, que, de resto, admirava nele certa superioridade, certa capacidade oratória que permitia a Tonio expressar em palavras coisas difíceis, tinha plena consciência de ser objeto de um sentimento vivo de rara intensidade e ternura, sentia-se grato por isso e o acolhia, proporcionando-lhe assim alguma felicidade — mas também algum sofrimento originário do ciúme, da decepção e do esforço vão de estabelecer uma comunhão espiritual. Pois o estranho era que Tonio, embora invejando a maneira de viver de Hans Hansen, procurava o tempo todo atraí-lo para a sua própria, conseguindo-o apenas em determinados momentos e, mesmo nesses, só aparentemente...

— Acabei de ler algo maravilhoso, algo estupendo... — disse. Os dois caminhavam, compartilhando um saquinho de balas de frutas comprado por dez centavos do merceeiro Iwersen, na Mühlenstrasse. — Você precisa ler, Hans, é o *Don Carlos* de Schiller... Eu empresto a você se quiser...

—Ah, não—disse Hans Hansen—, pode deixar, Tonio, isso não é para mim. Prefiro meus livros sobre cavalos, sabe? Eles têm ilustrações formidáveis, pode acreditar. Quando você for à minha casa, vou lhe mostrar. São fotografias instantâneas, nelas se podem ver os cavalos a trote e a galope e saltando, em todas as posições impossíveis de se ver ao vivo, quando tudo acontece muito rápido...

—Em todas as posições? — perguntou Tonio delicadamente. — É, deve ser bonito. Mas, quanto ao *Don Carlos*, supera todas as expectativas. Tem algumas passagens, oh, você precisa ver, são tão bonitas que nos dão uma sacudida, quase nos fazem estalar...

—Quase fazem estalar? — perguntou Hans Hansen... — Como assim?

—Por exemplo, a passagem em que o rei chora por ter sido traído pelo marquês... mas o marquês só o traiu por amor ao príncipe, em prol de quem ele se sacrifica, entende? E então a notícia de que o rei chorou passa do gabinete para a antecâmara. "Chorou? O rei chorou?". Todos os cortesãos se sentem profundamente consternados, é de cortar o coração, pois se trata de um rei terrivelmente rígido e severo. Mas nós compreendemos muito bem por que ele chorou, e na verdade eu sinto mais pena do rei que do príncipe e do marquês juntos. Ele sempre esteve tão só, sem amor, e justamente quando pensa ter encontrado alguém, essa pessoa o trai...

Hans Hansen olhava de soslaio para o rosto de Tonio, e algo naquele rosto devia tê-lo conquistado para o assunto, pois de repente ele tornou a enfiar seu braço no de Tonio e perguntou:

—Como é que ele o trai, Tonio?

Tonio ficou todo agitado.

—Bem, acontece que—ele começou—que todas as cartas enviadas a Brabante e a Flandres...

—Lá vem o Erwin Jimmerthal—disse Hans.

Tonio se calou. "Que a terra engula esse Jimmerthal!", pensou. "Por que tem de vir nos atrapalhar? Só faltava agora querer nos acompanhar e ficar o tempo todo falando das aulas de equitação..." Pois Erwin Jimmerthal também tinha aulas de equitação. Era filho do diretor do banco e morava perto dali, fora dos muros, diante do portão da cidade. Com suas pernas tortas e seus olhinhos rasgados, vinha caminhando pela alameda ao encontro deles, já sem a pasta escolar.

— Olá, Jimmerthal — disse Hans. — Estou passeando um pouco com o Kröger...

— Preciso ir à cidade — disse Jimmerthal — fazer umas compras. Mas acompanho vocês por um trecho... São balas de frutas que vocês têm aí? Sim, obrigado, aceito. Amanhã temos aula novamente, Hans. — Referia-se à aula de equitação.

— Formidável! — disse Hans. — Eu agora vou ganhar polainas de couro, sabe, pois recentemente tirei a nota máxima na prova escrita...

— Você não tem aulas de equitação, Kröger? — perguntou Jimmerthal, e seus olhos não passavam de duas fendas brilhantes...

— Não... — respondeu Tonio com uma entonação indecisa.

— Você devia — observou Hans Hansen — pedir ao seu pai para também ter aulas, Kröger.

— Sim... — disse Tonio, brusco e indiferente a um só tempo. Por um momento sentiu sua garganta se apertar, pois Hans o chamara pelo sobrenome; e Hans pareceu percebê-lo, pois disse, à guisa de explicação:

— Chamo você de Kröger porque seu nome é muito doido, desculpe, mas não gosto nada dele. Tonio... isso nem é nome. A culpa, aliás, não é sua, de modo algum.

— Não, e você deve ter esse nome principalmente por soar tão estrangeiro e ser tão incomum — disse Jimmerthal, fazendo cara de quem falava por bem.

A boca de Tonio palpitava. Fez um esforço e disse:

— Sim, é um nome bobo; Deus sabe que eu preferia me chamar Heinrich ou Wilhelm, podem acreditar no que digo. Mas fui batizado com o nome de um irmão de minha mãe, que se chama Antonio; pois, como vocês sabem, minha mãe veio lá de baixo...

E então se calou, deixando os dois falarem de cavalos e artefatos de couro. Hans dera o braço a Jimmerthal e falava com um interesse espontâneo que *Don Carlos* jamais despertaria nele... De quando em quando Tonio sentia que a vontade de chorar fazia seu nariz formigar; tinha também de se esforçar para controlar o queixo, que a todo momento começava a tremer.

Hans não gostava de seu nome — mas que podia fazer? Ele se chamava Hans, e Jimmerthal se chamava Erwin, sim, eram nomes fáceis de reconhecer, não causavam estranheza a ninguém. Mas "Tonio" era estrangeiro, incomum. Sim, quisesse ou não, tudo nele era incomum, e ele era sozinho, excluído, fora da ordem e do comum, embora não fosse nenhum cigano numa carroça verde, e sim o filho do cônsul Kröger, da família dos Kröger... Mas por que, enquanto estavam a sós, Hans o chamava de Tonio, se quando chegava um terceiro começava a sentir vergonha dele? Havia momentos em que ele parecia próximo e conquistado. "Como é que ele o trai, Tonio?", perguntara e travara-lhe o braço. Mas então Jimmerthal aparecera e ele respirara aliviado, o abandonara e, sem necessidade, lhe atirara ao rosto seu nome estrangeiro. Como doía ter de enxergar tudo isso tão claramente!... No fundo, quando estavam os dois a sós, Hans Hansen gostava um pouquinho dele, disso estava certo. Mas se aparecesse um terceiro sentia vergonha e o sacrificava. E ele ficava novamente sozinho. Pensou no rei Felipe. O rei chorou...

— Deus do céu! — disse Erwin Jimmerthal. — Agora eu preciso mesmo ir para a cidade! Até logo, e obrigado pelas balas de frutas! — Depois pulou para cima de um banco que havia no meio do caminho, correu sobre ele com suas pernas tortas e foi-se embora trotando.

— Gosto de Jimmerthal! — disse Hans enfaticamente. Tinha um modo mimado e autoconfiante de declarar suas simpatias e antipatias, como se as distribuísse com a maior benevolência... E, como já estava embalado no tema, continuou a falar das aulas de equitação. Também já não estavam mais tão longe da casa dos Hansen; o caminho pelos muros não levava muito tempo. Seguraram firmemente os bonés e abaixaram a cabeça contra o vento forte e úmido que fazia os ramos despidos das árvores ranger e gemer. E Hans Hansen falava, enquanto Tonio só de quando em quando soltava um "ah!" ou um "sim, sim!" artificial, sem se alegrar por Hans ter-lhe, no calor da conversação, novamente tomado o braço, pois isso não passava de uma aproximação aparente, sem significado.

Então, não muito longe da estação ferroviária, abandonaram o caminho dos muros, viram um trem passar bufando com brutal velocidade, divertiram-se contando os vagões e acenaram ao homem sentado no lugar mais alto do último deles, embrulhado em suas peles. Chegando à Lindenplatz, pararam em frente à vila do atacadista Hansen e Hans lhe demonstrou com todos os detalhes como era divertido ficar em pé sobre a última barra transversal do portão de ferro e se balançar no vaivém das dobradiças, fazendo-as guinchar. Mas logo depois se despediu.

— Bem, agora preciso entrar — disse ele. — *Adieu*, Tonio. Da próxima vez o acompanho até sua casa, pode ter certeza.

—*Adieu*, Hans—disse Tonio—, foi bom passear com você.

Apertaram-se as mãos úmidas e sujas da ferrugem do portão. Mas quando Hans olhou nos olhos de Tonio, uma lembrança cheia de arrependimento toldou suas belas feições.

—De resto, em breve vou ler o *Don Carlos*!—disse subitamente.—Aquela história do rei no gabinete deve ser formidável!—Então, segurando a pasta embaixo do braço, atravessou correndo o jardim. Antes de desaparecer para dentro da casa ainda se voltou e acenou mais uma vez com a cabeça.

E Tonio Kröger se afastou dali todo transfigurado e apaziguado. O vento o empurrava por trás, mas esse não era o único motivo pelo qual ele avançava com tanta leveza.

Hans ia ler *Don Carlos*, e então eles teriam algo em comum que nem Jimmerthal nem nenhum outro poderia compartilhar com eles! Como se entendiam bem! Quem sabe—talvez ele ainda pudesse convencer Hans a escrever versos?... Não, não, isso não. Hans não devia se tornar igual a Tonio, e sim continuar a ser como era, radiante e forte, como todos o amavam e Tonio, mais que todos! Mas ler *Don Carlos* não lhe faria mal algum... E Tonio atravessou o portão velho, baixo e maciço da cidade, caminhou ao longo do porto e subiu pela ruazinha de altos frontões, íngreme, úmida e ventosa até a casa de seus pais. Naquele tempo seu coração vivia; havia nele um anseio e uma inveja melancólica e um pouquinho de desprezo e uma bem-aventurança toda casta.

II.

A loura Inge, Ingeborg Holm, filha do dr. Holm, que morava na Praça do Mercado, lá onde ficava o chafariz gótico, alto, pontiagudo e rebuscado, era ela que Tonio Kröger amava quando tinha dezesseis anos.

Como aconteceu? Ele a vira milhares de vezes; uma noite, porém, viu-a sob certa luz, viu-a, em conversa com uma amiga, rindo com certa petulância, jogar a cabeça para um lado e, com certo trejeito, levar a mão à nuca, mão de menina pequena, nem especialmente fina nem especialmente delicada, viu como a alva manga de gaze lhe descia abaixo do cotovelo, ouviu-a pronunciar com certa entonação uma palavra, uma palavra indiferente, e a voz dela tinha um som cálido, e o coração dele se encheu de encantamento, um encantamento muito mais forte do que o que sentira outrora algumas vezes ao contemplar Hans Hansen, tempos antes, quando ainda era um rapazinho pequeno e tolo.

Naquela noite levou consigo a imagem dela, com sua grossa trança loura, seus olhos oblongos, risonhos e azuis, o nariz delicadamente recoberto de sardas, e não conseguiu pegar no sono, pois ouvia o som de sua voz, tentava imitar baixinho a entonação com que ela pronunciara aquela palavra indiferente, e sentiu um tremor percorrer seu corpo. A experiência ensinou-lhe que aquilo era o amor. E embora soubesse que o amor haveria de lhe trazer muita dor, tormento e humilhação, que ele, além disso, destrói a tranquilidade e enche o coração de melodias sem que se possa encontrar a paz necessária para dar forma definitiva a qualquer coisa e forjar com calma um todo completo e acabado, aceitou-o com alegria, entregou-se inteiramente a ele e o cultivou com todas as forças de sua alma, pois sabia que o amor nos enriquece e faz viver, e ele ansiava por ser rico e viver em vez de forjar com calma um todo completo e acabado...

Foi no salão vazio da consulesa Husteede que Tonio Kröger se apaixonou pela alegre Inge Holm, numa noite em que acontecia ali a aula de dança; pois tratava-se de um curso particular do qual participavam apenas os filhos das famílias mais distintas da cidade, reunindo-se a cada vez em uma das casas paternas para tomar aulas de dança e boas maneiras. E para ministrá-las o mestre de dança Knaak vinha especialmente de Hamburgo uma vez por semana.

Seu nome era François Knaak, e que homem era aquele!

—*J'ai l'honneur de me vous représenter*—disse—, *mon nom est Knaak*... E isso não deve ser dito enquanto se faz uma mesura, e sim quando já se retornou à posição ereta; em voz baixa, mas com uma pronúncia clara. Não é todo dia que temos a oportunidade de nos apresentar em francês, mas se o pudermos fazer de modo correto e irrepreensível nessa língua, não deixaremos de fazê-lo também em alemão.

Como assentava maravilhosamente bem aos seus rechonchudos quadris a sobrecasaca de seda preta! As pernas das calças caíam em suaves dobras sobre os sapatos de verniz adornados de largas fitas de cetim, e seus olhos castanhos fitavam ao redor cheios de uma fatigada felicidade por sua própria beleza...

Todos se sentiam esmagados por sua desmedida segurança e compostura. Andava — e ninguém tinha um andar como o seu, elástico, ondulante, oscilante, majestoso — até onde estava a dona da casa, fazia uma mesura e esperava que lhe estendessem a mão, agradecia em voz baixa, dava um passo atrás, flexível, girava sobre o pé esquerdo, tirava o direito do chão com a ponta estendida para baixo e se afastava bamboleando os quadris...

Quem sai de uma reunião deve se encaminhar para a porta andando de costas e fazendo mesuras; ao puxar uma cadeira, não se deve pegá-la por uma perna ou arrastá-la sobre o piso, e sim erguê-la um pouco pelo espaldar e colocá-la no lugar sem fazer ruído. Não se deve ficar parado com as mãos cruzadas sobre a barriga e a língua saindo pelo canto da boca; se alguém o fizesse, porém, o sr. Knaak o imitava de um modo que o fazia criar aversão por tal postura para o resto da vida...

Isso quanto às boas maneiras. Quanto à dança, o sr. Knaak a dominava, se possível, num grau ainda mais elevado. No salão vazio haviam acendido os bicos de gás do lustre e as velas sobre a lareira. O assoalho fora polvilhado com talco e os alunos formavam um silencioso semicírculo. Do outro lado dos *portières*, porém, na sala contígua, as mães e as tias permaneciam sentadas em cadeiras forradas de pelúcia e observavam através de seus lornhões como o sr. Knaak, inclinado, segurava a barra de sua sobrecasaca com dois dedos de cada mão e com suas pernas flexíveis demonstrava cada uma das partes da mazurca. Mas quando queria deixar seu público completamente atônito ele subitamente, sem nenhum motivo, saltava para o alto, entrelaçando as pernas numa velocidade estonteante, como se as fizesse emitir um trinado, para depois retornar a esta terra com um baque surdo que fazia tudo tremer em suas bases...

"Que macaco incompreensível", pensou Tonio Kröger consigo mesmo. Mas não pôde deixar de notar como a alegre Inge Holm acompanhava com um sorriso cheio de enlevo os movimentos do sr. Knaak, e esse não era o único motivo pelo qual aquela corporalidade magnificamente dominada lhe produzia no fundo algo semelhante à admiração. Que olhar sereno e imperturbável o do sr. Knaak! Seus olhos não penetravam as coisas até o seu íntimo, até lá onde elas se tornam complicadas e tristes; nada sabiam senão que eram castanhos e belos. Mas justamente por isso sua postura era tão orgulhosa! Sim, uma pessoa tinha de ser estúpida para andar como ele andava; então seria amada, pois era amável. Ele compreendia tão bem que Inge, a loura, doce Inge olhasse daquele modo para o sr. Knaak. Mas para ele, então, jamais moça alguma olharia daquele modo?

Oh, sim, isso acontecia. Lá estava Magdalena Vermehren, filha do advogado Vermehren, com sua boca delicada e seus grandes olhos brilhantes escuros, sérios e sonhadores. Ela caía muitas vezes enquanto dançava; mas sempre se dirigia a ele quando cabia às damas a escolha do par, sabia que ele escrevia versos, pedira-lhe duas vezes que os mostrasse a ela e frequentemente ficava de cabeça baixa a olhá-lo de longe. Mas que lhe importava isso? Ele, ele amava Inge Holm, a loura, alegre Inge, que certamente o desprezava por escrever poesias... ele olhava para ela, via seus olhos azuis oblongos e estreitos cheios de felicidade e escárnio, e um anseio invejoso, uma dor ácida e penetrante por se sentir excluído e um eterno estranho para ela lhe enchia o peito e queimava...

— Primeiro par *en avant*! — disse o sr. Knaak, e não há palavras para descrever como o sujeito pronunciava maravilhosamente as vogais nasais. Ensaiavam a quadrilha e, com profundo terror, Tonio Kröger se viu no mesmo *carré* que Inge Holm. Evitou-a o quanto pôde e, no entanto, sempre voltava para perto dela; proibia seus olhos de buscá-la e, no entanto, seu olhar sempre recaía sobre ela... Súbito ela veio deslizando e correndo de mãos dadas com o ruivo Ferdinand Matthiessen, atirou as tranças para trás e se pôs diante dele tomando fôlego; o pianista, sr.

Heinzelmann, colocou as mãos ossudas sobre o teclado, o sr. Knaak deu a ordem, a quadrilha começou.

Ela se movimentava diante dele para um lado e para o outro, para a frente e para trás, andando e rodopiando; de quando em quando o perfume que emanava dos cabelos dela, ou do delicado tecido branco de seu vestido, o bafejava e seus olhos se turvavam mais e mais.

Eu a amo, querida, doce Inge, dizia ele por dentro, e punha nessas palavras todo o seu sofrimento por ela se entregar à dança com tanto ardor e alegria e não tomar conhecimento dele. Lembrou-se de um maravilhoso poema de Storm: "Eu queria dormir, mas tu tens de dançar". Torturava-o o humilhante contrassenso que havia em ter de dançar quando se ama...

— Primeiro par *en avant!* — disse o sr. Knaak, pois se iniciava uma nova volta. — *Compliment! Moulinet des dames! Tour de main!* — e não há quem possa descrever a graciosa maneira pela qual ele engolia o "e" mudo ao dizer *de*.

— Segundo par *en avant!* — Era a vez de Tonio Kröger e sua dama. — *Compliment!* — e Tonio Kröger curvou-se. — *Moulinet des dames!* — e Tonio Kröger, de cabeça baixa e semblante soturno, colocou sua mão nas mãos das quatro damas, na de Inge Holm, e dançou *moulinet*.

Ao redor ouviram-se risos e gargalhadas. O sr. Knaak fez uma pose de balé que expressava um estilizado horror.

— Ai! Ai! — gritou. — Parem! Parem! Kröger se meteu no meio das damas! *En arrière*, srta. Kröger, para trás, *fi donc!* Todos entenderam, só o senhor não. Xô! Fora! Para trás com o senhor! — E, tirando seu lenço de seda amarela, afugentou Tonio Kröger de volta para o seu lugar.

Todos riam, os rapazes, as moças e as damas do lado de lá dos *portières*, pois o sr. Knaak transformara o incidente em algo muito engraçado e todos se divertiam como se estivessem no teatro. Só o sr. Heinzelmann aguardava com uma seca fisionomia de mercador, pois já se tornara imune aos gracejos do sr. Knaak.

Então a quadrilha prosseguiu. E depois houve uma pausa. A copeira entrou pela porta fazendo tilintar uma bandeja com taças de geleia de vinho, e a cozinheira veio em seus rastros trazendo um carregamento de bolo de ameixa. Mas Tonio Kröger saiu de mansinho, passou furtivamente para o corredor e ali ficou com as mãos às costas diante de uma janela com a persiana descida, sem pensar que não se podia ver nada através dela e que, portanto, era ridículo ficar ali como se estivesse olhando para fora.

Mas ele olhava para dentro de si, onde havia tanto anseio e amargura. Por quê, por que estava aqui? Por que não estava sentado junto à janela de seu quarto lendo *Immensee* de Storm e olhando de vez em quando para o jardim noturno onde a velha nogueira rangia pesadamente? Lá é que seria o seu lugar. Os outros que dançassem com vivacidade e destreza!... Não, não, apesar de tudo seu lugar era aqui, onde sabia estar perto de Inge, mesmo se só ficasse de longe, sozinho, tentando distinguir, entre os murmúrios, tinidos e risos lá dentro, a voz dela, na qual ressoava o calor da vida. Ah, esses seus estreitos olhos oblongos, azuis, risonhos, loura Inge! Só pode ser belo e alegre como você quem não lê *Immensee* e jamais procura fazer nada parecido; isso é que é triste!...

Ela tinha de vir! Tinha de notar que ele saíra, tinha de sentir o que se passava com ele, tinha de segui-lo em segredo, ainda que fosse apenas por compaixão, tinha de colocar a mão em seu ombro e dizer: Venha para junto de nós, alegre-se, eu o amo. E ele tentava ouvir atrás de si e esperava em insensata ansiedade que ela viesse. Mas ela não vinha de modo algum. Isso jamais acontece neste mundo.

Ela também tinha rido dele como os outros? Sim, ela rira, por mais que, por amor a ela e a si próprio, ele quisesse negá-lo. E, no entanto, ele só dançara *moulinet des dames* por estar imerso em sua presença. E que diferença fazia? Um dia talvez parassem de rir! Pois não tivera recentemente um poema seu aceito por uma revista, embora esta tivesse fechado as portas antes de poder publicá-lo? Haveria de chegar o dia em que seria famoso, em que tudo quanto escrevesse seria publicado, e então veriam se Inge Holm não ficaria impressionada. Não, *não* ficaria, essa é que era a verdade. Magdalena Vermehren, a que sempre caía, ela sim. Mas Inge Holm jamais; a alegre Inge de olhos azuis, jamais. E, portanto, não era tudo em vão?

O coração de Tonio Kröger contraiu-se dolorosamente a esse pensamento. Dói demais sentir agitarem-se dentro de si maravilhosas forças lúdicas e melancólicas e saber que aqueles por quem você anseia mantêm diante delas uma serena inacessibilidade. Mas embora estivesse sozinho, excluído e sem esperança diante de uma persiana fechada e, cheio de mágoa, fingisse poder ver através dela, ele, no entanto, era feliz. Pois naquela época seu coração vivia. Cálido e triste, ele batia por você, Ingeborg Holm, e a alma dele abraçava essa sua personalidadezinha loura e límpida, petulantemente trivial, com uma bem-aventurada abnegação.

Mais de uma vez ele se quedara com as faces ardentes em lugares solitários, onde a música, o perfume das flores e o retinir dos copos só chegavam baixinho, e tentara distinguir sua voz sonora em meio ao distante burburinho da festa, se quedara sofrendo por você e, no entanto, era feliz. Mais de uma vez o mortificara poder falar com Magdalena Vermehren, a que sempre caía, por ela compreendê-lo e rir e ficar séria com ele, enquanto a loura Inge, mesmo quando ele se sentava ao seu lado, lhe parecia distante e estranha e estrangeira, pois a língua dele não era a dela; e, no entanto, ele era feliz. Pois a felicidade, ele dizia a si mesmo, não é ser amado; isso é uma satisfação da vaidade misturada ao asco. A felicidade é amar e, talvez, lograr pequenas aproximações ilusórias ao objeto de nosso amor. E ele inscreveu esse pensamento em seu íntimo, procurando esgotá-lo e perscrutá-lo em seu âmago.

"*Fidelidade!*", pensou Tonio Kröger. Quero ser fiel e amá-la, Ingeborg, enquanto viver! Tão bem-intencionado ele era. E, no entanto, um leve temor e uma leve tristeza lhe sussurravam que ele afinal também já se esquecera completamente de Hans Hansen, embora o visse diariamente. E o feio e lamentável era que essa voz leve e meio maliciosa estava com a razão, e vieram dias nos quais Tonio Kröger não estava mais tão absolutamente disposto como outrora a morrer pela alegre Inge, pois sentia em si a vontade e as energias para realizar neste mundo, à sua maneira, uma porção de coisas notáveis.

E ele caminhava cautelosamente ao redor do altar sacrifical sobre o qual ardia a pura e casta chama de seu amor, ajoelhava-se diante dela, a atiçava e alimentava, pois queria ser fiel. E depois de algum tempo, no entanto, imperceptivelmente, sem alarde e sem ruído, ela se apagou.

Mas Tonio Kröger permaneceu ainda durante algum tempo diante do altar frio, cheio de espanto e decepção por ser a fidelidade impossível neste mundo. Então deu de ombros e seguiu seu caminho.

III.

Seguiu o caminho que devia seguir, a passos um tanto indolentes e irregulares, assobiando, a cabeça inclinada para um lado, o olhar perdido ao longe, e se por vezes enveredava por um descaminho, isso se dava porque para muitos simplesmente não existe um caminho certo. Se acaso lhe perguntavam o que afinal de contas pensava em vir a ser neste mundo, respondia com fórmulas variáveis, pois costumava dizer (e até já o inscrevera em seu íntimo) que trazia em si as possibilidades de mil formas diferentes de existência, junto da secreta consciência de que todas no fundo não passavam de puras impossibilidades...

Ainda antes de deixar sua estreita cidade natal, os vínculos e liames pelos quais ela o prendia se haviam silenciosamente desfeito. A velha família dos Kröger pouco a pouco entrara num estágio de dissolução e desagregação, e as pessoas tinham motivos para contar a existência e o modo de ser de Tonio Kröger entre os indícios dessa situação. A mãe de seu pai falecera, a cabeça da estirpe, e não muito tempo depois também seu pai a seguira na morte, aquele homem comprido, pensativo, vestido com apuro e com a flor silvestre na lapela. A grande casa dos Kröger foi posta à venda junto de toda sua venerável história, e a firma foi dissolvida. Mas a mãe de Tonio, sua bela e fogosa mãe, que tocava piano e bandolim maravilhosamente bem, para quem tudo era totalmente indiferente, decorrido o prazo de um ano casou-se de novo, dessa vez com um músico, um virtuose de nome italiano a quem ela seguiu para as lonjuras azuis. Tonio Kröger achou isso um tanto licencioso; mas quem era *ele* para impedi-la? Ele escrevia versos e não era capaz sequer de dizer o que afinal de contas pensava em vir a ser neste mundo...

E ele deixou sua angulosa cidade natal, em cujos frontões o vento úmido assobiava, deixou a fonte e a velha nogueira do jardim, amigas íntimas de sua infância, deixou também o mar que tanto amava, deixou-os sem sentir dor alguma. Pois se tornara adulto e inteligente, compreendera o que se passava com ele, e estava cheio de desdém pela existência obtusa e mesquinha que durante tanto tempo o mantivera prisioneiro em seu seio.

Entregou-se inteiramente ao poder que lhe parecia o mais sublime sobre a terra, a cujo serviço se sentia chamado e que lhe prometia honra e grandeza: o poder do espírito e da palavra, que reina sorrindo sobre a vida inconsciente e muda. Com sua juvenil passionalidade entregou-se a tal poder e ele o recompensou com tudo quanto tem para dar, tomando dele implacavelmente tudo quanto costuma pedir em troca.

Ele aguçou seu olhar e permitiu-lhe enxergar através das grandes palavras que estufam o peito dos seres humanos, desvendou-lhe a alma dos seres humanos e a sua própria, tornou-o clarividente e revelou-lhe o mais íntimo do mundo e as coisas últimas que se escondem por trás das palavras e dos atos. Mas tudo quanto viu foi isto: ridículo e miséria — ridículo e miséria.

Então, com o tormento e a soberba do conhecimento veio a solidão, pois ele não suportava viver no meio dos inocentes de inteligência alegre e opaca, e o estigma em sua fronte os perturbava. Contudo, mais e mais doce se tornava para ele o prazer pelas palavras e pela forma, pois costumava dizer (e já o inscrevera em seu íntimo) que, por si só, o conhecimento das almas infalivelmente nos tornaria tristonhos se os deleites da expressão não nos mantivessem despertos e alertas...

Viveu em grandes cidades e nas terras do sul, cujo sol o fazia prometer a si mesmo um exuberante amadurecimento de sua arte; e talvez fosse o sangue de sua mãe que o impelisse para aquelas bandas. Mas como seu coração estava morto e sem amor, embrenhou-se em aventuras carnais, afundou-se na luxúria e no candente pecado e sofreu indescritivelmente com isso. Talvez fosse a herança de seu pai, do homem comprido, meditativo, impecavelmente vestido, com a flor silvestre na lapela, que o fazia sofrer tanto lá embaixo e por vezes despertava nele a recordação fraca e ansiosa de um prazer da alma que outrora fora o seu e que ele não reencontrava em toda a luxúria.

Foi tomado de asco e ódio aos sentidos e de uma sede de pureza e paz decente, ao mesmo tempo, porém, que respirava o ar da arte, o ar morno e doce, cheio dos perfumes de uma eterna primavera, no qual tudo freme, fermenta e germina no êxtase secreto da procriação. E assim se viu atirado de um lado para o outro, inconstante entre dois extremos crassos, entre a gélida espiritualidade e o fogo devorador dos sentidos, levando, entre crises de consciência, uma vida extenuante, uma vida excessiva, desatinada, extravagante, que ele, Tonio Kröger, no fundo abominava. "Que descaminho!", pensava às vezes. Como foi possível eu me embrenhar em todas essas aventuras excêntricas? Afinal, não sou nenhum cigano numa carroça verde, venho da casa...

Mas à medida que sua saúde se debilitava, seu senso artístico se aguçava, se tornava exigente, cultivado, requintado, intolerante com a banalidade e extremamente sensível em questões de gosto e de tato. Quando pela primeira vez foi publicada uma obra sua, ouviram-se entre os iniciados muitos aplausos e manifestações de júbilo, pois o que ele produzira era algo finamente trabalhado, cheio de humor e conhecimento da dor. E em pouco tempo seu nome, o mesmo pelo qual seus professores o interpelavam cheios de censuras, o mesmo com o qual assinara seus primeiros versos dedicados à nogueira, à fonte e ao mar, aquele som composto, mescla de sul e norte, aquele nome burguês bafejado de exotismo se tornou uma fórmula que designava a excelência; pois à dolorosa profundidade de suas experiências veio se juntar uma aplicação rara, tenazmente obstinada, ambiciosa, que, em luta com a exigente irritabilidade de seu gosto e em meio a excruciantes tormentos, produzia obras excepcionais.

Não trabalhava como quem trabalha para viver, e sim como quem não quer senão trabalhar, pois enquanto ser vivo considera-se nulo, deseja ser reconhecido tão somente como criador, e no restante do tempo anda de um lado para o outro, obscuro e despercebido, como um ator sem maquiagem que nada é enquanto nada tem para representar. Trabalhava em silêncio, isolado, invisível e cheio de desprezo por aquelas criaturas insignificantes para as quais o talento é apenas um ornamento social e, pobres ou ricas, andavam por aí desgrenhadas e maltrapilhas ou ostentavam luxo com gravatas feitas sob encomenda, preocupadas sobretudo em viver uma existência feliz, amável e artística, sem jamais saber que boas obras só nascem sob o peso de uma vida perniciosa, que quem vive não trabalha e que é preciso morrer para ser um criador por inteiro.

IV.

— Incomodo? — perguntou Tonio Kröger na porta do ateliê. Segurava o chapéu na mão e até se inclinou um pouco, embora Lisavieta Ivánovna fosse uma amiga a quem ele contava tudo.

— Tenha dó, Tonio Kröger, entre sem fazer cerimônias! — respondeu ela com seu sotaque saltitante. — Não é nenhum segredo que você teve berço e sabe o que convém. — Dizendo isso, ela enfiou o pincel na mão esquerda, que já segurava a paleta, e estendeu-lhe a direita, encarando-o com um sorriso e balançando a cabeça.

— Sim, mas você está trabalhando — disse ele. — Deixe-me ver… Oh, você progrediu! — E ele observava ora os esboços coloridos apoiados em cadeiras de ambos os lados do cavalete, ora a grande tela recoberta por uma rede de linhas quadriculada na qual começavam a sobressair as primeiras manchas de tinta que preenchiam o bosquejo intrincado e espectral feito a carvão.

Estavam em Munique, num dos andares superiores de um edifício recuado da Schellingstrasse. Fora da ampla janela voltada para o norte reinavam o azul do céu, gorjeios de pássaros e a luz do sol; e o jovem e doce hálito primaveril que entrava pelos postigos abertos se misturava ao cheiro de fixador e de tinta a óleo que enchia o espaçoso estúdio. Desimpedida, a luz dourada de uma tarde radiosa inundava a vasta nudez do ateliê, iluminava livremente o assoalho um pouco danificado, a mesa rústica cheia de frasquinhos, tubos e pincéis sob a janela e os estudos não emoldurados que pendiam das paredes sem revestimento, iluminava o biombo de seda rasgada que delimitava, próximo à porta, um cantinho mobiliado com estilo que servia como sala de estar e de repouso, iluminava a obra em progresso sobre o cavalete e diante dela a pintora e o poeta.

Ela devia ter mais ou menos a idade dele, ou seja, passava um pouco dos trinta. Vestindo um avental azul-escuro todo manchado, sentara-se num tamborete baixinho e apoiara o queixo na mão. Seus cabelos castanhos presos, já um pouco grisalhos nos lados, repartidos ao meio, recobriam suas fontes em suaves ondas e emolduravam um rosto moreno de traços eslavos, infinitamente simpático, de nariz achatado, maçãs do rosto salientes e olhos negros pequenos e brilhantes. Atenta, desconfiada e quase irritada, contemplava o próprio trabalho com um olhar enviesado e pálpebras entrecerradas...

Ele estava em pé ao lado dela, tinha a mão direita apoiada no quadril e com a esquerda retorcia nervosamente os bigodes castanhos. Franzia as sobrancelhas oblíquas num movimento tenso e soturno e, como de costume, assobiava baixinho. Vestia-se com extremo esmero e sobriedade, envergando um terno de serena cor cinza e de corte discreto. Mas em sua fronte vincada, sobre a qual seu cabelo escuro se repartia com extraordinária simplicidade e correção, havia um tremor nervoso. Já os traços de seu rosto de talhe sulino eram bem pronunciados, como se delineados e realçados por um duro buril, muito embora sua boca exibisse contornos tão suaves e seu queixo, formas tão delicadas... Depois de um tempo ele passou a mão sobre a testa e os olhos e se voltou.

— Eu não devia ter vindo — disse.

— Por que não, Tonio Kröger?

— Acabo de deixar minha mesa de trabalho, Lisavieta, e em minha cabeça tudo está exatamente como nesta tela. Um andaime, um esboço pálido todo sujo de correções e algumas manchas de tinta, nada mais; e agora eu venho aqui e vejo a mesma coisa. E também reencontro o mesmo conflito, a mesma contradição que me atormentava em casa — disse ele, farejando o ar. — É estranho. Se um pensamento o domina, você o encontra expresso em toda parte, você até sente o seu *cheiro* no vento. Fixador e aroma primaveril, não é mesmo? Arte e — sim, o que é a outra coisa? Não diga "natureza", Lisavieta. "Natureza" não é extenuante. Oh, não, era melhor ter ido dar um passeio, embora não seja garantido que eu me teria sentido melhor se o tivesse feito: há cinco minutos, não muito longe daqui, encontrei um colega, o novelista Adalbert. "Que Deus amaldiçoe a primavera!", disse ele no seu estilo agressivo. "Sempre foi e sempre será a mais horrível das estações! Você é capaz de conceber uma ideia sensata, Kröger, de finalizar com tranquilidade o mais simples clímax, o mais simples efeito, quando seu sangue formiga de forma indecente, quando o perturba um monte de sensações incongruentes que, se as examina mais a fundo, revelam-se algo decididamente trivial e inteiramente inaproveitável? Quanto a mim, irei a um café. É um território neutro, intocado pela mudança das estações, um café, você sabe, representa por assim dizer a esfera apartada e sublime da literatura, na qual somos capazes de ter somente as mais nobres ideias..." E ele foi ao café; e eu talvez devesse ter ido com ele.

Lisavieta se divertia.

—Essa é boa, Tonio Kröger. Essa do "formigamento indecente" é boa. E em certa medida ele tem razão, pois não é mesmo muito fácil trabalhar na primavera. Mas agora preste atenção. Deixe-me só finalizar este pequeno clímax, este pequeno efeito, como diria Adalbert. Depois iremos ao "salão" e tomaremos chá, e você poderá desabafar; pois estou vendo que você hoje está cheio de fúria. Até lá, se ajeite aí em algum lugar, por exemplo sobre aquela caixa, se é que não teme pela sua vestimenta de patrício...

—Ah, deixe minha vestimenta em paz, Lisavieta Ivánovna! Você queria que eu andasse por aí com um casaco de veludo rasgado, ou com um colete de seda vermelha? Como artistas, já somos bastante aventureiros por dentro. Por fora temos de nos vestir bem, com os diabos, e nos portar como pessoas decentes... Não, não estou cheio de fúria — disse ele, observando-a misturar as tintas na paleta. — Eu já lhe disse que se trata apenas de um problema, de uma contradição que me ocupa a mente e me perturba o trabalho... Mas, do que é mesmo que estávamos falando? Do novelista Adalbert, e de como ele é um homem firme e orgulhoso. "A primavera é a mais horrível das estações", disse ele, e foi para o café. Pois precisamos saber o que queremos, não é mesmo? Veja, também a mim a primavera enerva, também a mim perturba a doce trivialidade das lembranças e dos sentimentos que ela desperta; mas não consigo injuriá-la e desprezá-la por isso; pois a questão é que me envergonho diante dela, envergonho-me diante de sua pura naturalidade e de sua triunfante juventude. E não sei se devo invejar ou fazer pouco caso de Adalbert por ele ignorar completamente tudo isso...

"Trabalhamos mal na primavera, sem dúvida, e por quê? Porque sentimos. E porque só alguém muito obtuso acredita que ao criador é permitido sentir. Todo artista genuíno e honesto sorri da ingenuidade desse erro de incapaz — com melancolia, talvez, mas sorri. Pois aquilo que se diz jamais pode ser o principal; deve, ao contrário, ser sempre apenas o material em si e por si indiferente com o qual se compõe, com superioridade brincalhona e despreocupada, a imagem estética. Se você dá demasiada importância ao que tem a dizer, se seu coração bate ardorosamente por isso, pode estar certo de um completo fiasco. Você se torna patético, você se torna sentimental, o que sairá de suas mãos será algo pesado, rasteiro e sisudo, sem maestria, sem ironia, insosso, tedioso, banal, e o resultado de tudo será a indiferença do público, e sua própria decepção e desconsolo... Pois assim são as coisas, Lisavieta: o sentimento, o cálido e íntimo sentimento é sempre banal e inútil, artísticos são apenas as excitações e os frios êxtases de nosso corrompido sistema nervoso de estetas. É necessário que sejamos algo sobre-humano e desumano, que tenhamos uma atitude singularmente distante e indiferente em relação às coisas humanas para estarmos em condições e mesmo nos sentirmos tentados a jogar seu jogo, a jogar com elas e a representá-las com eficácia e bom gosto. O dom do estilo, da forma e da expressão já pressupõe essa atitude fria e seletiva em relação às coisas humanas, sim, certo empobrecimento, certo esvaziamento humano. Pois o sentimento forte e sadio não tem gosto, isso é inegável. O artista se acaba assim que se torna um ser humano e começa a sentir. Isso Adalbert o sabia, e por isso foi para o café, para a 'esfera apartada', sim, senhora!"

— Bem, que Deus o acompanhe, *bátiuchka* — disse Lisavieta, lavando as mãos numa bacia de folha de flandres. — Você não precisa segui-lo.

— Não, Lisavieta, não vou segui-lo, e isso porque de vez em quando estou em condições de me envergonhar um pouco diante da primavera por minha vocação de artista. Veja, às vezes recebo cartas de mãos desconhecidas, escritos de encômio e agradecimento de meu público, missivas cheias de admiração de pessoas enternecidas. Eu leio essas missivas, e uma comoção se insinua em mim face ao sentimento humano cálido e desajeitado despertado por minha arte, uma espécie de compaixão me invade diante da ingenuidade entusiasmada que fala através daquelas linhas e eu enrubesço ao pensar o quanto aquela pessoa íntegra ficaria desiludida se pudesse um dia lançar um olhar por trás dos bastidores, se sua inocência viesse a compreender que uma pessoa de bem, sadia e decente absolutamente não escreve, não representa, não compõe... o que de maneira alguma me impede de me servir de sua admiração pelo meu gênio para me elevar e me estimular, de levá-la enormemente a sério e fazer uma cara de macaco que finge ser um grande homem... Ah, não me interrompa, Lisavieta! Eu lhe digo que muitas vezes me sinto morto de cansaço de representar as coisas humanas sem tomar parte das coisas humanas... Será que o artista é mesmo um homem? Perguntem "à mulher"! A mim parece que todos nós, artistas, compartilhamos um pouco do destino daqueles cantores papais preparados... Cantamos de modo tocantemente belo, no entanto...

— Deveria se envergonhar um pouco, Tonio Kröger. Agora venha tomar chá. A água logo estará fervendo, e aqui estão cigarros russos. Você parou no canto soprano; continue a partir daí. Mas deveria se envergonhar. Se eu não soubesse com que paixão orgulhosa você se dedica à sua profissão...

— Não fale em "profissão", Lisavieta Ivánovna! A literatura não é profissão alguma, e sim uma maldição, fique sabendo. Quando essa maldição começa a ser perceptível? Cedo, terrivelmente cedo. Numa época em que ainda deveríamos viver em paz e concórdia com Deus e o mundo. Você começa a se sentir estigmatizado, em uma misteriosa contradição com os outros, os seres comuns, normais, o abismo de ironia, descrença, oposição, conhecimento, sentimento que o separa das criaturas humanas se abre mais e mais profundamente, você está sozinho e daí em diante não existe mais nenhuma compreensão. Que destino! Supondo-se que o coração permaneceu vivo o bastante, *amoroso* o bastante para senti-lo como terrível!... Sua consciência se inflama, porque entre milhares de pessoas você percebe o estigma em sua testa e sente que ele não passa despercebido de ninguém. Conheci um ator de gênio que, como ser humano, tinha de lutar contra uma timidez e uma insegurança doentias. Sua consciência de si superexcitada, junto da falta de papéis, do que representar, fez isso a esse artista perfeito e ser humano miserável... Um artista, um verdadeiro artista, não um cuja profissão burguesa seja a arte, mas um predestinado e condenado a ela, você reconhece com um olhar pouco aguçado no meio de uma multidão. O sentimento de segregação e de exclusão, de ser reconhecido e observado, qualquer coisa de simultaneamente majestoso e desorientado em seu semblante. Nos traços de um príncipe que caminha à paisana no meio do povo podemos observar algo semelhante. Mas de nada adianta se vestir à paisana, Lisavieta! Disfarce-se, mascare-se, vista-se como um diplomata ou um tenente da guarda em férias; basta abrir os olhos e dizer uma palavra para qualquer um saber que você não é um ser humano, e sim alguma coisa de estranho, inquietante, diferente...

"Mas *o que* é o artista? Diante de nenhuma outra frase o comodismo e a preguiça de pensar da humanidade se demonstraram com maior resistência. 'Uma coisa assim é um dom', dizem humildemente todas aquelas excelentes pessoas que estão sob a influência de um artista e, segundo a benevolente opinião delas, influências alegres e elevadas devem necessariamente ter também origens alegres e elevadas; ninguém desconfia de que esse 'dom' tenha origens extremamente malignas, que ele seja extremamente duvidoso... Sabe-se que os artistas são muito vulneráveis, sabe-se também que esse não costuma ser o caso das pessoas de boa consciência e de uma autoconfiança solidamente fundamentada... Veja, Lisavieta, eu alimento no fundo da minha alma — espiritualmente falando — a mesma *suspeita* contra o tipo do artista com que todos os meus honradíssimos ancestrais lá em sua cidade estreita teriam recebido algum ilusionista, um saltimbanco itinerante que lhes batesse à porta de casa. Ouça esta história. Eu conheço um banqueiro, um homem de negócios já grisalho, que possui o dom de escrever novelas. Ele exercita esse dom em suas horas de lazer, e suas produções são por vezes notáveis. Apesar — eu digo 'apesar' — dessa sublime propensão, esse homem não é de todo irrepreensível; ao contrário, já teve de cumprir uma pesada pena de prisão, e isso por motivos muito sérios. Sim, e foi justamente durante a sua estada na prisão que ele se deu conta de seus dotes, e suas experiências de penitenciário constituem o motivo fundamental de todas as suas produções. Com alguma dose de atrevimento, poderíamos concluir dessa história que é preciso sentir-se em casa em algum tipo de prisão para se tornar um poeta. Mas aqui não se impõe a suspeita de que suas vivências na casa de correção poderiam estar menos intimamente relacionadas às raízes e origens de sua vocação de artista do que *aquilo que o levou para lá*? Um banqueiro que escreve novelas é uma raridade, não é? Mas um banqueiro que não seja criminoso, um banqueiro sólido e irrepreensível que escreve novelas, *isso não existe*... Sim, pode rir à vontade, mas eu estou falando meio de brincadeira e meio a sério. Nenhuma questão, nenhuma outra no mundo é tão torturante quanto a da criação artística e de sua influência sobre os seres humanos. Pense na obra mais miraculosa do mais típico e, por isso mesmo, mais poderoso dos artistas, pense numa obra tão mórbida e tão profundamente ambígua como *Tristão e Isolda* e observe o efeito que ela produz em uma pessoa jovem, sadia, de sentimentos rigorosamente normais. Você verá elevação, encorajamento, cálido e honesto entusiasmo, talvez estímulo para uma criação 'artística' própria... O bravo diletante! Em nós, artistas, tudo se passa de maneira muito diferente do que ele, com seu 'cálido coração' e seu 'sincero entusiasmo', jamais poderia sonhar. Vi artistas serem cortejados e festejados por mulheres e jovens, enquanto eu *sabia* tudo sobre eles...

Em relação à procedência, às consequências e às condições da criação artística, nós fazemos sempre as mais estranhas descobertas..."

— Nos outros, Tonio Kröger — desculpe-me —, ou não apenas nos outros?

Ele se calou. Contraiu as sobrancelhas oblíquas e assobiou baixinho.

— Dê-me sua xícara, Tonio. O chá não está forte. E pegue mais um cigarro. De resto, você sabe muito bem que vê as coisas de um modo pelo qual elas não precisam necessariamente ser vistas...

— Essa é a resposta de Horácio, querida Lisavieta. "Ver as coisas desse modo é vê-las com demasiada exatidão", não é verdade?

— O que estou dizendo é que podemos vê-las com a mesma exatidão de um outro ângulo, Tonio Kröger. Eu sou apenas uma mulher estúpida que pinta, mas se posso lhe dar uma resposta, se posso defender um pouco sua profissão contra você mesmo, os argumentos que tenho para lhe apresentar certamente não serão nada de novo, e sim apenas uma alusão àquilo que você mesmo já deve saber... Coisas como: o efeito purificador e santificador da literatura, a destruição das paixões pelo conhecimento e pela palavra, a literatura como caminho para a compreensão, o perdão e o amor, o poder redentor da linguagem, o espírito literário como a mais nobre manifestação do espírito humano, o literato como ser humano perfeito, como santo... ver as coisas *desse modo* significa porventura não vê-las com a necessária exatidão?

— Você tem direito de falar assim, Lisavieta Ivánovna, principalmente levando em consideração a obra de seus poetas, a venerável literatura russa, que de fato representa tão bem a sagrada literatura a que você se refere. Mas eu não deixei de levar em conta suas objeções, ao contrário, elas fazem parte do que tenho em mente hoje... Olhe para mim. Eu não pareço lá muito animado, não é? Um pouco velho, os traços um tanto marcados, cansado, não é verdade? Bem, para voltar ao "conhecimento", poderíamos pensar numa pessoa que, sendo de nascença crédula, meiga, bem-intencionada e um pouco sentimental, tenha sido simplesmente consumida e arruinada pela lucidez psicológica. Não se deixar subjugar pela tristeza do mundo; observar, tomar nota, assimilar mesmo o que há de mais torturante, e de resto sentir-se contente, tendo já o pleno sentimento de superioridade moral sobre a repulsiva invenção do ser — sim, certamente! No entanto, de vez em quando, apesar de todo o deleite da expressão, a coisa passa um pouco dos limites. Tudo compreender significa tudo perdoar? Não sei. Há algo a que chamo de náusea do conhecimento, Lisavieta: o estado em que basta a uma criatura enxergar através de alguma coisa para sentir uma repugnância mortal (e nenhuma disposição para a reconciliação)—o caso de Hamlet, o dinamarquês, esse típico literato. Ele sabia o que significa isto: ser chamado a saber sem ter nascido para tal. Ver claramente mesmo através do véu de lágrimas do sentimento, conhecer, notar, observar e ter de pôr de parte, sorrindo, o que se observou, mesmo naqueles momentos em que mãos se entrelaçam, lábios se encontram, em que o olhar da criatura humana, cego pelos sentimentos, se extingue, isso é infame, Lisavieta, é abjeto, revoltante... mas de que adianta se revoltar?

"Outro lado da coisa, não menos amável, é o fastio, a indiferença e o irônico cansaço diante de toda verdade, assim como também é fato que em parte alguma deste mundo há tanta mudez e desesperança quanto num círculo de pessoas espirituosas, que já passaram por poucas e boas. Todo conhecimento é velho e tedioso. Expresse uma verdade cujas conquista e posse talvez lhe tenham proporcionado alguma alegria juvenil, e responderão à sua reles ilustração com uma breve exalação de ar pelo nariz... Oh, sim, a literatura cansa, Lisavieta! Na sociedade humana pode acontecer, eu lhe asseguro, de alguém ser considerado estúpido por seu ceticismo e por abster-se de exprimir suas opiniões, quando na verdade esse alguém é apenas arrogante e covarde... Isso quanto ao 'conhecimento'. Quanto à 'palavra', será que aí não se trata menos de redenção do que de resfriar o sentimento e deixá-lo em compasso de espera? Falando sério, há algo de frio e de uma arrogância revoltante nessa liquidação pronta e superficial do sentimento através da linguagem literária. Você tem o coração demasiadamente cheio, sente-se excessivamente comovido por uma experiência doce ou sublime? Nada mais simples! Procure um literato e num curtíssimo intervalo de tempo tudo estará resolvido. Ele vai analisar seu caso, formulá-lo, nomeá-lo, expressá-lo e fazê-lo falar, liquidará e tornará tudo indiferente para você por todo o sempre, sem esperar sequer um agradecimento de sua parte. Você, por sua vez, voltará para casa aliviado, frio e esclarecido, perguntando-se, admirado, o que mesmo pudera há poucos momentos envolvê-lo num tumulto tão doce. E você pretende seriamente sair em defesa de um charlatão frio e vaidoso como esse? O que foi expresso está liquidado, assim reza o seu credo. Se o mundo inteiro for expresso, estará liquidado, redimido, acabado... Muito bem! Eu, porém, não sou nenhum niilista."

—Não, não é.—disse Lisavieta... Segurava a colherzinha de chá próximo à boca e se detivera nessa posição.

— Pois bem... pois bem... volte a si, Lisavieta! Quero dizer que não o sou em relação ao sentimento vivo. Veja, no fundo o literato não compreende que a vida ainda pode continuar a viver, que ela não se envergonha disso mesmo depois de ter sido expressa e "liquidada". Mas, veja só, apesar de toda a redenção pela literatura, ela continua a pecar imperturbavelmente; pois todo agir é pecado aos olhos do espírito.

"Cheguei ao fim, Lisavieta. Ouça-me. Eu amo a vida; isso é uma confissão. Tome-a e guarde-a com você, ainda não a fiz a mais ninguém. Já disseram, até mesmo já escreveram e publicaram, que eu odeio ou temo ou desprezo ou abomino a vida. Ouvi isso com prazer, lisonjeou-me; mas nem por isso é menos falso. Eu amo a vida... Você sorri, Lisavieta, e eu sei de quê. Mas eu lhe suplico, não tome por literatura o que estou dizendo! Não pense em Cesare Borgia ou em qualquer outra filosofia embriagada que o traga em seu brasão! Ele não é nada para mim, esse Cesare Borgia, não lhe dou a menor importância e nunca, em tempo algum, compreenderei como alguém pode erigir em ideal o extraordinário e o demoníaco. Não, a 'vida', como eterno contraponto do espírito e da arte — a vida não se apresenta a nós, seres incomuns, como algo incomum, como uma visão de sangrenta grandeza e selvagem beleza; o normal, decente e amável é o reino de nossa ânsia, a vida em sua sedutora banalidade! Está longe de ser um artista, minha cara, aquele que tem por última e mais profunda paixão o refinado, excêntrico e satânico, que não conhece o anseio pelo inofensivo, simples e vívido, por um pouco de amizade, entrega, intimidade e felicidade humana — o anseio recôndito e devorador, Lisavieta, pelo êxtase da trivialidade!

"Um amigo humano! Você pode acreditar que eu seria orgulhoso e feliz por possuir um amigo entre as criaturas humanas? Até agora, porém, só tive amigos entre os demônios, duendes, monstros consumados e fantasmas emudecidos pelo conhecimento, quer dizer: entre literatos.

"Às vezes subo num tablado, encontro-me numa sala diante de pessoas que vieram me ouvir. Veja, então me observo enquanto corro os olhos pelo público, surpreendo-me a espreitar secretamente o auditório, perguntando-me no fundo do coração quem é que veio ao meu encontro, cujos aplauso e agradecimento chegam até mim, com o qual minha arte estabelece uma união ideal... Não encontro o que procuro, Lisavieta. Encontro a horda e a comunidade já sobejamente conhecidas, semelhantes a uma assembleia dos primeiros cristãos: pessoas com corpo desajeitado e alma refinada, pessoas que, por assim dizer, estão sempre caindo, acho que você entende o que quero dizer, e para quem a poesia é uma suave vingança contra a vida — nada além de uma gente sofredora, ansiosa e pobre, jamais algum dos outros, dos de olhos azuis, Lisavieta, para quem o espírito não é absolutamente necessário!...

"E não seria no fundo uma lamentável falta de coerência sentir-se feliz caso tudo fosse diferente? É absurdo amar a vida e, ao mesmo tempo, procurar atraí-la com todas as artes para o nosso lado, conquistá-la para todos os requintes e melancolias, para toda essa nobreza enfermiça da literatura. O reino da arte cresce, e o da saúde e da inocência diminui sobre a terra. Deveríamos preservar com o maior desvelo o que ainda resta dele, e não deveríamos desejar seduzir para a poesia quem prefere ler livros sobre cavalos ilustrados com fotografias instantâneas!

"Pois, no fim das contas, que visão seria mais desoladora que a da vida, quando esta se aventura pela arte? Não há ninguém a quem nós, artistas, desprezamos mais profundamente que ao diletante, a criatura vivente que acredita poder ser, além de tudo, também ocasionalmente um artista. Asseguro-lhe que esse tipo de desprezo faz parte de minhas experiências pessoais. Encontro-me numa reunião em casa de gente respeitável, come-se, bebe-se, conversa-se, todos se entendem maravilhosamente bem, e eu me sinto alegre e grato por poder durante alguns momentos desaparecer entre pessoas inofensivas e corretas como se fosse uma delas. De repente (isto me aconteceu) um oficial, um tenente, se levanta, um homem bonito e robusto, do qual eu jamais esperaria um modo de agir indigno de seu honrado uniforme, e, com palavras inequívocas, pede permissão para nos ler alguns versos de sua lavra. As pessoas ali presentes lhe dão, com um sorriso atônito, a permissão pedida, e ele leva a cabo seu propósito lendo, de uma folha de papel que até então mantivera escondida por baixo de sua casaca, o produto de seus labores, qualquer coisa em louvor da música e do amor, enfim, algo tão profundamente sentido quanto inócuo. Agora, façam-me o favor: um tenente! Um senhor do mundo! Ele realmente não tinha necessidade...! E então acontece o que tinha de acontecer: caras de enfado, silêncio, aplausos um tanto artificiais e profundo desconforto por parte de todos. O primeiro fato psíquico de que me dou conta é o de sentir-me cúmplice na perturbação que esse jovem imprudente causou a toda aquela gente; e sem dúvida, também à minha pessoa, em cujo ofício ele exercitou sua inépcia, se dirigem olhares cheios de escárnio e espanto. Mas o segundo consiste em que esse homem, diante de cujo ser e de cuja existência eu até então sentia o mais sincero respeito, subitamente afunda diante de meus olhos, afunda, afunda, afunda...

Sinto-me tomado de uma benevolência compassiva. Assim como outros cavalheiros bravos e bondosos, eu me aproximo dele e dirijo-lhe a palavra. 'Meus parabéns', digo, 'senhor tenente! Que belo talento! Não, foi lindíssimo!' E não falta muito para que lhe dê uns tapinhas no ombro. Mas benevolência é lá um sentimento que se deva ter em relação a um tenente?... Culpa dele! Lá estava ele e expiava o erro de ter se permitido colher uma folhinha, uma única, do loureiro da arte sem por isso pagar com a vida. Não, prefiro ficar com meu colega, o banqueiro criminoso... Mas você não acha, Lisavieta, que hoje estou de uma loquacidade hamletiana?"

— Acabou, Tonio Kröger?

— Não. Mas também não direi mais nada.

— E também já basta. Você espera por uma resposta?

— Você tem uma?

— Penso que sim. Ouvi-o atentamente, Tonio, do começo ao fim, e quero lhe dar a resposta adequada a tudo quanto você disse esta tarde, e que é a solução do problema que tanto o inquietou. Pois bem! A solução é que você, aí sentado, é pura e simplesmente um burguês.

— Sou? — perguntou ele, e se afundou um pouco em si mesmo...

— Esse é um duro golpe para você, não é verdade?, e não há como não ser. Por isso, quero atenuar um pouco meu veredito, pois isso eu posso fazer. Você é um burguês perdido em descaminhos, Tonio Kröger, um burguês desencaminhado.

Silêncio. Então ele se levantou resolutamente e pegou seu chapéu e sua bengala.

— Muito obrigado, Lisavieta Ivánovna; agora posso ir tranquilamente para casa. *Estou liquidado.*

V.

No início do outono, Tonio Kröger disse a Lisavieta Ivánovna:

—Bem, Lisavieta, vou viajar; preciso espairecer, preciso sair daqui, vou para longe.

—Ora, ora, como assim, paizinho, vai novamente dar essa honra à Itália?

—Por Deus, não me venha agora com a Itália, Lisavieta! Minha indiferença pela Itália chega às raias do desprezo! Já vai longe o tempo em que eu me iludia pensando que lá era meu lugar. Arte, não é? Céu azul veludoso, vinho quente e doce sensualidade... Em suma, não gosto disso. Abro mão. Toda aquela *bellezza* me deixa nervoso. Também não suporto todas aquelas pessoas terrivelmente vivazes lá debaixo, com seu olhar negro de animais. Esses romanos não têm nenhuma consciência nos olhos... Não, vou passar algum tempo na Dinamarca.

—Na Dinamarca?

—Sim, e espero muitas coisas boas dessa viagem para mim. Por acaso nunca viajei até lá em cima, por mais próximo que estivesse da fronteira durante toda a minha primeira juventude, e, no entanto, desde sempre conheci e amei o país. Devo ter herdado de meu pai essa inclinação nórdica, pois minha mãe era na verdade antes partidária da *bellezza*, isso quando tudo não lhe era totalmente indiferente. Mas pense nos livros que são escritos lá em cima, esses livros profundos, puros e humorísticos, Lisavieta, para mim nada os supera, eu os amo. Pense nas refeições escandinavas, essas incomparáveis refeições que só podemos suportar em uma forte atmosfera salinizada (e nem sei se ainda as suporto), e que conheci um pouco em minha terra, pois é mais ou menos assim que as pessoas comem em minha terra. Pense só nos nomes, os prenomes que adornam as pessoas lá em cima e dos quais igualmente se encontram muitos em minha terra, um som como "Ingeborg", arpejo da mais imaculada poesia. E também o mar — lá em cima eles têm o Báltico!... Numa palavra, vou lá para cima, Lisavieta. Quero rever o Báltico, quero tornar a ouvir aqueles nomes, ler aqueles livros no seu berço e lugar; quero também pôr os pés no terraço de Kronborg, onde o "Espírito" veio ao encontro de Hamlet e derramou a angústia e a morte sobre o pobre, nobre jovem...

— E como vai para lá, se é que posso perguntar? Que rota pretende seguir?

— A costumeira — disse ele dando de ombros e enrubescendo visivelmente. — Sim, vou passar por meu... por meu ponto de partida, Lisavieta, depois de treze anos, e isso pode vir a ser muito engraçado.

Ela sorriu.

— É o que eu queria ouvir, Tonio Kröger. Então, vá com Deus. E não deixe de escrever, ouviu? Espero uma carta repleta de experiências de sua viagem para a... Dinamarca...

VI.

E Tonio Kröger rumou para o norte. Viajou de primeira classe (pois, segundo costumava dizer, alguém com uma vida interior tão mais difícil que a das demais pessoas tem o direito de reivindicar um pouco de bem-estar exterior), e não descansou enquanto não se ergueram no ar cinzento diante dele as torres da estreita cidade de onde ele havia saído. Lá ele teve uma breve, singular estada...

Uma tarde nublada já ia se tornando noite quando o trem entrou na plataforma acanhada, enfumaçada e estranhamente familiar; a fumaça ainda se aglomerava formando grandes rolos sob o teto de vidro sujo, para depois se desfazer em estirados fiapos, exatamente como outrora, quando Tonio Kröger partira daqui com o coração cheio de escárnio. Ele despachou sua bagagem, deu ordens para que fosse levada ao hotel e saiu da estação.

Lá estavam as carruagens públicas de duas parelhas, negras, desmesuradamente altas e largas, formando uma fila do lado de fora! Ele não tomou nenhuma; apenas olhou para elas, assim como olhava para tudo, para os frontões afilados e as torres pontiagudas que o saudavam por cima dos tetos mais próximos, para as pessoas louras ao redor, rudes e espontâneas, com seu modo de falar arrastado e, no entanto, rápido, e foi tomado por um riso nervoso que tinha um parentesco secreto com soluços. Andava a pé, andava lentamente, sentindo no rosto a incessante pressão do vento úmido, através das pontes, em cujas balaustradas se postavam estátuas mitológicas, e ao longo de um trecho do porto.

Santo Deus, como tudo parecia minúsculo e anguloso! Essas ruazinhas estreitas de altos frontões sempre tiveram essa subida assim tão engraçada, tão íngreme para a cidade? As chaminés e os mastros dos navios balouçavam levemente ao vento e ao crepúsculo sobre o rio turvo. Ele deveria subir por aquela rua, aquela na qual ficava a casa que tinha em mente? Não, amanhã. Tinha tanto sono agora. Sua cabeça estava pesada da viagem, e pensamentos lentos e nebulosos lhe passavam pela mente.

Algumas vezes nesses treze anos, quando seu estômago estava desarranjado, ele sonhava estar de novo em casa, na velha casa cheia de ecos daquela ruazinha torta, que seu pai também estava novamente ali e o repreendia duramente por seu modo de vida degenerado, o que todas as vezes ele achara perfeitamente em ordem. E o presente, agora, não se diferenciava em nada daquelas atordoantes teias de sonho impossíveis de romper, dentro das quais podemos nos perguntar se tudo isso é ilusão ou realidade e, forçosamente, nos decidimos com convicção pela última, para no fim, contudo, acordar... Ele caminhava pelas ruas ventosas quase desertas, mantinha a cabeça inclinada contra o vento e se dirigia a passos sonâmbulos para o hotel, o primeiro da cidade, onde pretendia pernoitar. Um homem de pernas tortas, levando uma vara em cuja ponta ardia uma chamazinha, caminhava à sua frente num oscilante passo de marujo e acendia os lampiões de gás.

Que se passava com ele? Que era tudo aquilo que ardia tão obscura e dolorosamente sob as cinzas de sua fadiga, sem chegar a se tornar uma clara chama? Silêncio, silêncio e nenhuma palavra! Nenhuma palavra! De bom grado teria caminhado por um longo tempo no vento pelas ruazinhas crepusculares, oniricamente familiares. Mas tudo era tão estreito e tão próximo. Logo ele chegaria ao seu destino.

Na parte alta da cidade havia luminárias em arco que acabavam de ser acesas. Lá estava o hotel, e diante dele os dois leões negros dos quais tinha tanto medo quando criança. Ainda se entreolhavam com cara de quem vai espirrar; mas pareciam ter diminuído muito de tamanho desde então. Tonio Kröger passou pelo meio deles.

Como chegara a pé, foi recebido sem muita solenidade. O porteiro e um senhor muito fino vestido de negro, que fazia as honras da casa e a toda hora empurrava com seus dedos pequenos os punhos para dentro das mangas do paletó, encararam-no com um olhar inquiridor, avaliando-o do alto da cabeça até as botas, visivelmente desejosos de classificá-lo quanto a sua posição social, de situá-lo na hierarquia burguesa, a fim de definir-lhe um lugar na escala de sua consideração, sem contudo chegar a um resultado satisfatório, razão pela qual se decidiram por uma moderada cortesia. Um camareiro, homem afável de suíças louro-pão, fraque luzidio pela idade e rosetas nos sapatos silenciosos, conduziu-o escada acima para um quarto limpo e mobiliado à moda antiga, através de cujas janelas se descortinava ao crepúsculo uma pitoresca vista medieval, com pátios, frontões elevados e o bizarro vulto da igreja, em cujas vizinhanças o hotel estava localizado. Tonio Kröger se postou por algum tempo diante daquela janela; depois sentou-se de braços cruzados sobre o enorme sofá, contraiu as sobrancelhas e assobiou baixinho.

Trouxeram-lhe uma lâmpada e sua bagagem foi entregue. Ao mesmo tempo, o afável camareiro depositou sobre a mesa a ficha de entrada, e Tonio, com a cabeça um pouco inclinada para um lado, rabiscou nela algo parecido com nome, estado civil e procedência. Depois pediu uma pequena refeição e continuou a olhar de um canto do sofá para o vazio. Quando lhe serviram a comida, ele a deixou intocada ainda por um bom tempo, depois comeu um bocadinho e ficou por uma hora a andar de um lado para o outro do quarto, parando de vez em quando e fechando os olhos. Então se despiu com movimentos lentos e foi para a cama. Dormiu um longo sono entremeado de sonhos confusos e cheios de estranhos anseios.

Quando despertou, viu seu quarto inundado pela luz do dia. Confusa e rapidamente recordou-se de onde estava e apressou-se em abrir as cortinas. O céu azul-pálido do final de verão estava cortado de farrapos de nuvens desfiados pelo vento; mas o sol brilhava sobre sua cidade natal.

Dedicou um cuidado ainda maior que o de costume à sua toalete, banhou-se e barbeou-se com todo o esmero e se pôs fresco e asseado como quem vai visitar uma casa distinta e respeitável, onde é preciso causar uma impressão de impecável elegância; e enquanto estava ocupado em se vestir ouvia o temeroso pulsar de seu coração.

Como estava claro lá fora! Ele teria se sentido melhor se, como no dia anterior, o crepúsculo encobrisse as ruas; mas agora tinha de andar sob a luz clara do sol, sob os olhares das pessoas. Encontraria conhecidos, eles o deteriam e fariam perguntas, ele teria de relatar como passara aqueles treze anos? Não, graças a Deus ninguém mais o conhecia, e quem se recordava dele não o reconheceria, pois havia de fato mudado um pouco durante aquele tempo. Examinou-se cuidadosamente no espelho e de repente sentiu-se mais seguro por trás de sua máscara, por trás de seu rosto precocemente vincado, mais velho que seus anos... Mandou trazerem o desjejum e então saiu, atravessou o vestíbulo diante dos olhares desdenhosos do porteiro e do senhor fino vestido de preto, passou entre os dois leões e saiu para o ar livre.

Para onde ia? Não sabia ao certo. Era como ontem. Mal se viu de novo rodeado pelo conhecidíssimo e singularmente digno ajuntamento de frontões, torrezinhas, arcadas, chafarizes, mal sentiu novamente no rosto a pressão do vento, do forte vento que trazia consigo um aroma suave e acre de sonhos distantes, como que um véu e uma teia de névoa lhe desceram sobre os sentidos... Os músculos de seu rosto se distenderam; e com um olhar subitamente tranquilo ele observou as pessoas e as coisas. Quem sabe, porém, se lá, naquela esquina, ele não despertaria...

Para onde ia? Parecia-lhe que a direção que tomava estava em conexão com seus sonhos tristes e estranhamente contritos da noite anterior... Foi para o mercado, sob as arcadas abobadadas da prefeitura, onde açougueiros de mãos sangrentas pesavam sua mercadoria, para a Praça do Mercado, onde ficava o chafariz barroco, alto, pontiagudo e rebuscado. Lá se deteve diante de uma casa estreita e simples, igual a muitas outras, com um frontão arqueado e lavrado, e mergulhou em sua contemplação. Leu o nome na placa junto da porta e pousou por instantes seus olhos sobre cada uma das janelas. Então, lentamente, se voltou para ir embora.

Para onde ia? Para casa. Mas tomou um desvio, fez um passeio até para fora do portão da cidade, pois tinha tempo. Passeou pelo Mühlenwall e pelo Holstenwall, segurando firme o chapéu contra o vento que fazia murmurar e ranger as árvores. Então deixou o caminho dos muros próximo à estação, viu um trem passar bufando com brutal velocidade, divertiu-se contando os vagões e acompanhou com o olhar o homem sentado no lugar mais alto do último deles. Mas na Lindenplatz ele se deteve diante de uma das belas vilas que se erguiam ali, ficou um bom tempo a espreitar o jardim e as janelas lá no alto e, por fim, não resistiu a fazer o portão de ferro oscilar para cá e para lá nas dobradiças produzindo guinchos. Então examinou por uns momentos sua mão que ficara fria e cheia de ferrugem e seguiu adiante, através do portão velho, baixo e maciço da cidade, ao longo do porto, e subiu a íngreme ruazinha ventosa que levava à casa de seus pais.

Confinada entre as casas vizinhas, com seu alto frontão que sobrepujava o das outras, lá estava ela, cinzenta e sisuda como trezentos anos antes, e Tonio Kröger leu o piedoso versículo inscrito em letras já meio apagadas sobre a porta da frente. Depois respirou fundo e entrou.

Seu coração batia temeroso, pois sentia que de uma daquelas portas do térreo, diante das quais tinha de passar, seu pai poderia surgir em traje de trabalho, com uma pena atrás da orelha, e fazê-lo parar para repreendê-lo duramente por sua vida extravagante, o que ele acharia perfeitamente em ordem. Mas passou incólume por elas. A porta do vestíbulo não estava fechada, apenas encostada, o que ele achou reprovável, ao mesmo tempo, porém, que se sentia como num desses sonhos leves nos quais os obstáculos saem por si mesmos de nosso caminho e, favorecidos por uma sorte maravilhosa, avançamos livremente... O amplo vestíbulo com o piso recoberto de grandes quadrados de pedra ressoava aos seus passos. Defronte da cozinha mergulhada em silêncio, a uma considerável altura, destacavam-se da parede, como desde tempos imemoriais, os tabiques de madeira bizarros, rústicos, mas acuradamente envernizados, que serviam de quartos às empregadas, aos quais só se tinha acesso pelo vestíbulo por uma espécie de escadinha de mão. Mas os grandes armários e as arcas entalhadas de outrora não estavam mais lá... O filho da casa subiu a imponente escadaria apoiando-se ao corrimão de madeira lavrado e laqueado de branco, a cada passo levantando a mão para tornar a pousá-la suavemente ao próximo, como que verificando timidamente se era possível restabelecer a antiga intimidade com aquele velho e sólido corrimão... Mas no patamar deteve-se diante da entrada para o primeiro andar. Ao lado da porta fora afixada uma placa branca sobre a qual se podia ler em letras negras: Biblioteca Pública.

"Biblioteca Pública?", pensou Tonio Kröger, pois lhe parecia que ali nem o público nem a literatura tinham nada que ir buscar. Bateu à porta... Ouviu-se um "entre!" e ele obedeceu. Tenso e soturno, observou uma inconveniente transformação no interior.

O andar era dividido em três cômodos, cujas portas estavam abertas. As paredes estavam em quase toda a sua altura encobertas por livros de encadernação uniforme, dispostos em longas fileiras sobre estantes escuras. Em cada um dos cômodos havia uma pobre criatura sentada por trás de uma espécie de balcão, ocupada em escrever. Duas delas apenas voltaram a cabeça para Tonio Kröger, mas a primeira se levantou de pronto e se apoiou com ambas as mãos sobre o tampo do balcão, avançou a cabeça, esticou os lábios, levantou as sobrancelhas e olhou para o visitante piscando nervosamente...

— Perdão — disse Tonio Kröger, sem tirar os olhos das fileiras de livros. — Sou estranho aqui, estou visitando a cidade. Então esta é a biblioteca pública? O senhor me permitiria dar uma olhada no acervo?

— Naturalmente — disse o funcionário, piscando com vivacidade ainda maior... — Claro, está aberta para qualquer pessoa. O senhor quer apenas dar uma olhada... Gostaria de consultar um catálogo?

— Obrigado — respondeu Tonio Kröger. — Eu me oriento com facilidade. — Então se pôs a percorrer lentamente as estantes, dando a impressão de estudar os títulos nas lombadas dos livros. Por fim, retirou um volume, abriu-o e foi colocar-se com ele junto da janela.

Esta era a sala onde tomavam o café da manhã. Era aqui, e não lá na grande sala de jantar, com as paredes revestidas de um papel azul sobre o qual se destacavam brancas estátuas de divindades, que faziam a refeição matinal... Aquele ali era um quarto de dormir. Nele morrera a mãe de seu pai, resistindo bravamente apesar de sua idade avançada, pois era uma senhora mundana, amante dos prazeres e muito apegada à vida. E mais tarde também seu pai dera ali seu último suspiro, aquele senhor comprido, correto, um pouco melancólico e pensativo, com a flor silvestre na lapela... Tonio se sentara aos pés de sua cama, os olhos quentes, sinceramente entregue com todo o seu ser a um mudo e intenso sentimento, ao amor e à dor. E também sua mãe se ajoelhara ao lado do leito, sua bela e fogosa mãe, inteiramente desfeita em lágrimas candentes; depois do que ela se fora para as lonjuras azuis com o artista sulino... Mas aquele quarto ali atrás, o terceiro e o menor deles, agora também atopetado de livros guardados por uma pobre criatura, fora durante muitos anos o seu próprio. Para ali ele retornava quando a escola terminava, depois de ter dado um passeio, como acabara de fazer, junto daquela parede ficava sua mesa, em cujas gavetas ele guardava seus primeiros versos íntimos e bisonhos... A nogueira... Sentiu-se atravessado por uma aguda melancolia. Olhou de lado através da janela. O jardim estava devastado, mas a velha nogueira ainda estava em seu lugar, rangendo pesadamente e rumorejando ao vento. E Tonio Kröger voltou a correr os olhos sobre o livro que tinha nas mãos, uma notável obra de poesia bem conhecida sua. Olhou para aquelas linhas negras e para os agrupamentos de frases, acompanhou um trecho do fluxo narrativo artisticamente elaborado, observando como se intensificava com paixão configuradora até atingir um clímax, um efeito para então chegar com grande eficácia ao desfecho...

— Sim, está bem-feito — disse ele, pondo de parte a obra do poeta e se voltando. Então viu que o funcionário continuava em pé, piscando os olhos com uma expressão mista de solicitude e meditativa desconfiança.

— Um excelente acervo, pelo que estou vendo — disse Tonio Kröger. — Já pude formar uma ideia. Fico-lhe muito grato. Até breve.

E com isso encaminhou-se para a porta; mas foi uma saída suspeita e ele sentia claramente que o funcionário, muito inquieto com aquela visita, ainda ficaria em pé e piscando por vários minutos.

Não sentiu nenhuma vontade de continuar. Estivera em casa. No andar de cima, os quartos mais espaçosos atrás do salão decorado com colunas estavam habitados por estranhos, como ele podia ver, pois o topo da escada estava fechado por uma porta de vidro que antigamente não existia, e nela estava afixada uma placa com o nome de alguém. Ele se foi, desceu as escadas, passou pelo ressoante vestíbulo e deixou a casa paterna. Sentado num canto de um restaurante, absorto em seus pensamentos, comeu uma refeição pesada e gordurosa e depois retornou para o hotel.

— Já terminei — disse para o senhor fino vestido de preto. — Parto hoje à tarde. — Então pediu a conta e uma carruagem que o levasse até o porto, onde tomaria um vapor para Copenhague. Feito isso, foi para seu quarto e sentou-se à mesa, permanecendo em silêncio e em postura ereta, o rosto apoiado na mão, fixando o olhar vazio no tampo da mesa. Mais tarde pagou a conta e fez as malas. No horário combinado anunciaram-lhe a carruagem, e Tonio Kröger desceu, pronto para prosseguir viagem.

Lá embaixo, no pé da escada, o senhor fino de roupas negras estava à sua espera.

— Perdão! — disse ele, empurrando com os dedos pequenos o punho para dentro da manga... — Desculpe-nos, meu senhor, por retê-lo ainda por mais alguns minutos. O sr. Seehaase, proprietário do hotel, pede para trocar duas palavras com o senhor. Uma formalidade... Ele está lá nos fundos... Queira ter a bondade de me acompanhar... É *apenas* o sr. Seehaase, proprietário do hotel.

E conduziu Tonio Kröger com gestos convidativos para o fundo do vestíbulo. Lá, de fato, estava o sr. Seehaase. Tonio Kröger o conhecia de vista dos velhos tempos. Era baixinho e gordo e tinha as pernas tortas. Suas suíças bem aparadas haviam embranquecido; mas, como sempre, vestia um fraque de corte folgado e um boné de veludo bordado em verde. Aliás, não estava sozinho. Ao lado dele, junto a uma pequena mesa fixada na parede, havia um policial de capacete na cabeça, com a mão direita enluvada repousando sobre uma folha de papel toda rabiscada que tinha diante de si sobre a mesinha, e encarando Tonio Kröger com seu honesto semblante de soldado como se esperasse que seu olhar o fizesse afundar no chão.

Tonio Kröger olhava de um para o outro e dispôs-se a esperar.

— O senhor vem de Munique? — perguntou, por fim, o policial com uma voz bondosa e arrastada.

Tonio Kröger respondeu afirmativamente.
— Está de partida para Copenhague?
— Sim, estou indo para um balneário dinamarquês.
— Balneário? Bem, o senhor deve apresentar seus documentos — disse o policial, pronunciando a última palavra com especial satisfação.
— Documentos... — Ele não tinha documentos. Abriu sua bolsa e examinou-lhe o conteúdo; mas além de algumas cédulas de dinheiro não havia nada nela a não ser as provas de uma novela que ele pensava corrigir quando chegasse ao seu destino. Não gostava de tratar com funcionários públicos e por isso jamais tirara um passaporte...
— Lamento — disse ele —, mas não tenho nenhum documento comigo.
— Como? — disse o policial. — Nenhum? Como o senhor se chama?
Tonio Kröger respondeu.
— Está dizendo a verdade?! — perguntou o policial, empertigando-se, e de repente abriu as narinas o quanto podia...
— A mais pura verdade — respondeu Tonio Kröger.
— E qual é sua profissão?
Tonio Kröger engoliu em seco e, com voz firme, declarou seu ofício. O sr. Seehaase levantou a cabeça e encarou-o cheio de curiosidade.
— Hum! — disse o policial. — E o senhor declara não ter nada em comum com um indivíduo chamado... — Ele disse "indivíduo" e em seguida, olhando para a folha de papel toda rabiscada, soletrou um nome extremamente complicado e romântico que soava como uma fabulosa mescla do som de diversas raças, e que Tonio Kröger esqueceu no minuto seguinte — indivíduo esse — prosseguiu o policial — filho de pais desconhecidos e de procedência indefinida, procurado pela polícia de Munique por conta de diversas fraudes e outros delitos, e que possivelmente se encontra em fuga para a Dinamarca?
— Eu não só declaro — disse Tonio Kröger com um movimento nervoso dos ombros. Isso produziu certa impressão.
— Como? Ah, sim, claro, certamente! — disse o policial. — Mas o senhor não tem nenhum documento para apresentar!
O sr. Seehaase, por sua vez, interveio com palavras conciliadoras.
— Isso tudo é mera formalidade — disse ele — e nada mais! O senhor deve levar em conta que o policial está apenas cumprindo seu dever. Se o senhor puder de algum modo provar sua identidade... Um documento...
Todos se calaram. Não deveria talvez pôr um fim naquela situação, simplesmente dando-se a conhecer, dizendo ao sr. Seehaase que ele não era nenhum vigarista de procedência indefinida, que por sua origem ele

não era um cigano numa carroça verde, e sim o filho do cônsul Kröger, da família dos Kröger? Não, não tinha nenhuma vontade de fazê-lo. E, no fundo, aqueles representantes da ordem burguesa não tinham alguma razão? Em certa medida ele estava de pleno acordo com eles... Deu de ombros e ficou calado.

— O que é isso que tem aí? — perguntou o policial. — Aí nessa bolsa?

— Aqui? Nada. São provas tipográficas — respondeu Tonio Kröger.

— Provas tipográficas? Como assim? Deixe-me ver.

E Tonio entregou-lhe sua obra. O policial a espalhou sobre a mesa e começou a ler. Também o sr. Seehaase se aproximou e tomou parte na leitura. Tonio Kröger olhava por cima dos ombros deles e tentava ver que passagem estavam lendo. Era um bom momento, um clímax e um efeito que ele havia finalizado de modo excelente. Estava satisfeito consigo mesmo.

— Vejam! — disse ele. — Aqui está meu nome. Fui eu que escrevi este livro, e agora ele vai ser publicado, compreendem?

— Bem, isso basta! — disse resolutamente o sr. Seehaase, juntou as folhas, dobrou-as e as devolveu a ele. — Isso deve bastar, Petersen! — repetiu ele de maneira brusca, fechando os olhos furtivamente e balançando negativamente a cabeça. — Não podemos reter o cavalheiro aqui por mais tempo. A carruagem está à espera. Peço mil desculpas pelo pequeno incômodo, senhor. O policial apenas cumpriu seu dever, mas eu já lhe tinha dito que ele seguia uma pista falsa...

"Será mesmo?", pensou Tonio Kröger.

O policial não parecia inteiramente de acordo; ainda mencionou alguma coisa a respeito do "indivíduo" e de "apresentar". Mas o sr. Seehaase reconduziu o hóspede através do vestíbulo entre repetidas expressões de pesar, guiou-o por entre os dois leões até a carruagem e fechou ele próprio a portinhola atrás dele, reiterando seus protestos de alta estima e consideração. E então a carruagem ridiculamente alta e larga começou a descer pela ruazinha íngreme rumo ao porto, chacoalhando, rangendo e com estrépito...

Essa foi a singular estada de Tonio Kröger em sua cidade natal.

VII.

A noite vinha caindo e o flutuante brilho prateado da lua já ia subindo quando o barco de Tonio Kröger ganhou o mar aberto. Estava postado junto ao gurupés, embrulhado em seu capote para se proteger do vento cada vez mais forte, e observava lá embaixo o incessante vaivém dos rolos possantes e lisos das ondas que oscilavam lado a lado, encontravam-se com um marulhar, empurravam-se uns aos outros em direções inesperadas e de repente se dissolviam em cintilante espuma...

Estava cheio de um ânimo balouçante e silenciosamente encantado. Ficara um pouco abatido por terem-no tentado prender como a um vigarista em sua cidade natal — embora, em certa medida, ele achasse que aquilo estava em ordem. Mas então, depois de embarcar, como às vezes fazia quando era menino em companhia de seu pai, se pusera a observar o carregamento das mercadorias que enchiam o profundo ventre do vapor, entre gritos que eram uma mescla de dinamarquês e baixo-alemão, vira como, além dos fardos e caixas, também embarcavam um urso-polar e um tigre de Bengala em jaulas de barras reforçadas, provavelmente procedentes de Hamburgo e destinados a algum zoológico dinamarquês; e isso tudo o distraiu. Então, enquanto o navio deslizava entre as margens baixas do rio, ele se esqueceu completamente do interrogatório do policial Petersen, e tudo o que ocorrera antes dele, seus sonhos doces, tristes e contritos da noite, o passeio que fizera, a vista da nogueira, reviveu com toda a força em sua alma. E agora que o mar se abria ele via de longe a praia na qual, quando menino, durante as férias, lhe era dado ouvir em segredo os sonhos estivais do mar, via a chama do farol e as luzes da casa de banhos onde se hospedava com seus pais... O Báltico! Baixou a cabeça de encontro ao forte vento salgado que soprava livremente, sem obstáculos, envolvia os ouvidos e provocava uma doce vertigem, um surdo entorpecimento no qual submergia em preguiçosa bem-aventurança toda recordação do mal, dos tormentos, dos erros, dos desejos e das fadigas. E nesse zunir, marulhar, espumejar e gemer ao redor de si parecia-lhe ouvir o murmurar e o ranger da velha nogueira, o guinchar de um portão de ferro... E a noite se fazia mais e mais escura.

— As estrelas, meu Deus, olhe só as estrelas — disse de repente com uma entonação cantante e arrastada uma voz que parecia brotar do fundo de um tonel. Ele já a conhecia. Pertencia a um homem ruivo vestido com simplicidade, de pálpebras avermelhadas e uma aparência úmida e fria, como se acabasse de sair do banho. Durante o jantar no camarote, fora vizinho de mesa de Tonio Kröger e consumira com movimentos hesitantes e modestos quantidades espantosas de omelete de lagosta. Agora o homem se apoiara ao lado dele na amurada e olhava para o céu, segurando o queixo entre o polegar e o indicador. Sem dúvida encontrava-se num daqueles estados de ânimo extraordinários e solenemente contemplativos graças aos quais as barreiras entre as pessoas desabam, o coração se abre até para estranhos e a boca diz coisas para as quais em geral se manteria pudicamente fechada...

— Olhe só para as estrelas lá em cima, meu senhor. Lá estão elas a brilhar, meu Deus, todo o céu está cheio delas. E agora diga-me uma coisa: quando olhamos para elas e nos lembramos de que muitas são cem vezes maiores do que a Terra inteira, o que devemos pensar? Nós, homens, inventamos o telégrafo e o telefone e todas as maravilhas da modernidade, sim, nós o fizemos mesmo. Mas, quando olhamos para cima, temos de reconhecer e compreender que no fundo não passamos de uns vermes, uns vermes miseráveis e nada mais; tenho razão ou não tenho? Sim, somos uns vermes! — respondeu para si mesmo e acenou com a cabeça para o firmamento, humilde e compungido.

"Ai... não, esse não tem nenhuma literatura no corpo!", pensou Tonio Kröger. E imediatamente lhe ocorreu algo que lera havia pouco, o ensaio de um famoso escritor francês sobre a visão de mundo cosmológica e a psicológica; tinha sido um finíssimo palavrório.

Disse qualquer coisa que poderia ser tomada como uma resposta à observação profundamente vívida do jovem, e então os dois continuaram a conversar enquanto, apoiados na amurada, contemplavam a noite movimentada, iluminada por luzes inquietas. Revelou-se que seu companheiro de viagem era um jovem comerciante de Hamburgo, que aproveitava suas férias para fazer essa viagem de entretenimento...

— Você devia — ele disse — fazer uma viagenzinha de vapor até Copenhague; foi o que eu pensei cá comigo, e agora estou aqui e é tudo muito bonito. Mas aquela história da omelete de lagosta, meu senhor, não foi nada boa; o senhor vai ver, teremos tempestade esta noite, foi o que o capitão disse, e com uma comida tão indigesta no estômago não será nenhuma brincadeira...

Tonio Kröger ouvia toda aquela simpática bobagem com um sentimento familiar e amigável.

— Sim, é verdade — disse ele —, aqui em cima a comida é muito pesada. Isso nos deixa preguiçosos e melancólicos.

— Melancólicos — repetiu o jovem, olhando perplexo... — O senhor não deve ser daqui, não é? — perguntou de repente.

— Oh, não, eu venho de longe! — respondeu Tonio Kröger, fazendo com o braço um movimento vago e defensivo.

— Mas o senhor tem razão — disse o jovem —, por Deus, o senhor tem razão quando fala em melancolia! Eu me sinto quase sempre melancólico; mas sobretudo em noites como esta, quando há muitas estrelas no céu. — E prendeu de novo seu queixo entre o polegar e o indicador.

"Ele com certeza escreve versos", pensou Tonio Kröger, "versos de comerciante, profunda e sinceramente sentidos..."

A noite avançava e o vento agora se tornara tão forte que impedia a conversação. Assim, eles decidiram dormir um pouco e desejaram boa noite um ao outro.

Tonio Kröger estirou-se sobre a estreita cama de sua cabine, mas não encontrou sossego. O vento rígido e seu acre aroma lhe haviam causado uma estranha excitação, e seu coração estava inquieto, como que na angustiosa expectativa de algo doce. Também lhe causava um grande mal-estar o abalo produzido quando o navio deslizava do topo de uma onda muito alta e a hélice girava convulsivamente acima da linha da água. Tornou a se vestir completamente e subiu para o ar livre.

Nuvens corriam sobre a face da lua. O mar dançava. As vagas não vinham de logo ali, redondas e uniformes em ordenadas fileiras, mas à luz pálida e tremulante o mar inteiro, a perder de vista, era rasgado, surrado, revirado, lambia, lançava ao alto gigantescas línguas pontudas, chamejantes, arremessava à beira de abismos espumantes silhuetas espinhentas e improváveis e, num jogo enlouquecido, parecia atirar pelos ares a espuma com a força de braços monstruosos. O barco fazia uma viagem difícil; arfando, oscilando e gemendo, abria caminho através do tumulto, e de vez em quando se ouviam o urso-polar e o tigre, que sofriam com a viagem marítima, rugirem em seu ventre. Um homem vestindo um capote de lona, o capuz na cabeça e uma lanterna afivelada ao corpo, andava de um lado para o outro do convés com as pernas abertas e se equilibrando com dificuldade. Mas, atrás dele, lá estava o jovem de Hamburgo, debruçado sobre a amurada, num estado lastimável.

— Deus do céu — disse ele com uma voz cava e vacilante ao ver Tonio Kröger —, veja só a rebelião dos elementos, meu senhor! — Mas não pôde continuar e voltou a se debruçar apressadamente.

Tonio Kröger se segurava em uma corda esticada e ficou contemplando por sobre a amurada toda aquela intratável insolência. Um grito de júbilo saltou-lhe do peito e pareceu-lhe poderoso a ponto de sobrepujar a tempestade e as ondas. Um cântico ao mar, arrebatado de amor, soou dentro dele. Oh, indomável amigo de minha infância, mais uma vez estamos unidos... Mas o poema não foi adiante. Não foi concluído, nem polido nem trabalhado com calma até formar um todo. O coração de Tonio vivia...

Permaneceu assim por um longo tempo; depois se estirou num banco junto dos camarotes e ficou a contemplar o céu cintilante de estrelas. Chegou mesmo a dormitar um pouco. E quando a espuma gelada salpicava seu rosto, em sua sonolência ele a sentia como uma carícia.

Falésias abruptas de calcário, fantasmagóricas ao luar, entraram em seu campo de visão e se aproximavam; era a ilha de Moen. E novamente a sonolência tomou conta dele, interrompida pelos respingos de espuma salgada que lhe mordiscavam o rosto e faziam os traços enrijecerem... Quando despertou de todo já era dia, um fresco dia cinza-pálido, e o mar verdejante serenara. Ao tomar o café da manhã viu o jovem comerciante, que enrubesceu violentamente, provavelmente envergonhado de ter dito no escuro coisas tão poéticas e comprometedoras; ele alisou com os cinco dedos seu bigodinho ruivo e proferiu uma saudação matinal áspera e marcial, para depois evitá-lo temerosamente.

E Tonio Kröger chegou à Dinamarca. Desembarcou em Copenhague, deu gorjetas a qualquer um que fizesse cara de ter direito a elas e durante três dias, partindo do seu quarto de hotel, percorreu a cidade, levando aberto diante de si o guia de viagens e comportando-se o tempo todo como um estrangeiro exemplar desejoso de enriquecer seus conhecimentos. Esteve no Novo Mercado Real com o "cavalo" ao centro, contemplou respeitosamente as colunas da catedral de Nossa Senhora, postou-se demoradamente diante das nobres e graciosas estátuas de

Thorvaldsen, subiu a Torre Redonda, visitou castelos e passou duas noites alegres no Tivoli. Mas não foi tudo isso que ele verdadeiramente viu.

Nas fachadas das casas, que frequentemente tinham a aparência das velhas casas de sua cidade natal, com seus frontões arqueados e lavrados, ele viu nomes que lhe eram conhecidos dos velhos dias, que lhe pareciam designar algo delicado e precioso e, apesar disso, encerravam em si algo como censura, queixa e anseio pelo que se perdera. E aonde quer que fosse, respirando em sorvos demorados e meditativos o ar marinho úmido, via olhos tão azuis, cabelos tão louros e rostos do mesmo tipo e forma dos que vira nos sonhos estranhamente dolorosos e contritos daquela noite que passara em sua cidade natal. Podia acontecer de, em plena rua, um olhar, uma palavra sonora, um riso o ferirem no mais fundo de seu ser...

Não suportou ficar muito tempo naquela alegre cidade. Agitava-o uma inquietude doce e insensata, meio recordação, meio expectativa, combinada à vontade de poder se estender tranquilamente em uma praia qualquer e não ter de representar o papel do turista empenhado em conhecer tudo a fundo. Assim, tornou a embarcar e num dia nublado (o mar estava negro) partiu em direção ao norte, margeando a costa da Zelândia até Elsinor. De lá prosseguiu pela estrada, de carruagem, viajando ainda mais três quartos de hora, sempre um pouco acima do nível do mar, até parar diante de seu verdadeiro e definitivo destino, o pequeno hotel balneário branco com venezianas verdes que avultava em meio a um vilarejo de casinhas baixas e, com sua torre coberta de madeira, olhava para o estreito e para a costa sueca. Aqui ele desceu, tomou posse do quarto arejado que lhe haviam preparado, encheu a cômoda e o armário com seus pertences e dispôs-se a viver nesse local por algum tempo.

VIII.

Setembro já ia adiantado: não havia mais muitos hóspedes em Aalsgaard. As refeições no grande refeitório do térreo com teto de vigas aparentes, cujas janelas altas se abriam para a varanda envidraçada e o mar, eram presididas pela dona do hotel, uma solteirona de cabelos brancos, olhos incolores, bochechas delicadamente rosadas e uma voz fraca chilreante, sempre preocupada em colocar suas mãos avermelhadas numa posição vantajosa sobre a toalha da mesa. Havia ali um velho de pescoço curto, barba grisalha de marujo e rosto arroxeado, um mercador de peixes da capital que falava alemão. Parecia estar constipado e ter uma propensão para a apoplexia, pois tinha uma respiração curta e entrecortada, e de vez em quando levava o indicador enfeitado por um anel até uma das narinas, a fim de apertá-la e arejar a outra com uma forte fungada. Apesar disso, pagava constantemente tributo à garrafa de Aquavita sempre posta à sua frente, tanto no café da manhã quanto no almoço e no jantar. Além dele só havia mais dois adolescentes americanos de estatura elevada, acompanhados por um tutor ou preceptor que se mantinha o tempo todo em silêncio, ajeitando os óculos sobre o nariz, e o dia inteiro jogava futebol com seus pupilos. Usavam o cabelo louro-avermelhado repartido ao meio e tinham rosto comprido e impassível. *Please, give me the wurst-things there!*, dizia um. *That's not wurst, that's schinken!*, dizia outro, e isso era toda a contribuição dada à conversação tanto pelos rapazes quanto pelo preceptor; pois no resto do tempo eles ficavam sentados em silêncio bebendo água quente.

Tonio Kröger não poderia desejar outra espécie de comensais. Gozava de sua paz, ouvia os sons guturais, as vogais abertas e fechadas da língua dinamarquesa, na qual o mercador de peixes e a dona do hotel conversavam de quando em quando, vez por outra trocava com o primeiro alguma simples observação sobre a posição do barômetro e então se levantava a fim de atravessar a varanda e descer para a praia, onde já havia passado longas horas matinais.

Ali, às vezes, predominava uma atmosfera tranquila e estival. O mar repousava, liso e indolente, com estrias azuis, verde-garrafa e avermelhadas, que reverberavam reflexos de luz prateados e cintilantes; as algas secavam ao sol, tornando-se feno, e as medusas se espalhavam ao redor, fumegando. O ar recendia um pouco a podridão e também ao alcatrão do bote de pescador em que Tonio Kröger, sentado na areia, apoiava as costas, virado de modo a ter diante dos olhos não a costa sueca, e sim o horizonte aberto; mas o leve bafejo do mar passava puro e fresco através de tudo isso.

E vieram dias sombrios e tempestuosos. As ondas baixavam a cabeça como touros que posicionassem os chifres para o ataque, arremetiam furiosamente contra a praia, inundando uma larga faixa de areia e deixando-a coberta de algas molhadas e cintilantes, conchas e restos de madeira arrastados pelas águas. Sob o céu encoberto, entre as longas colinas de ondas, estendiam-se vales verde-azulados cheios de espuma; lá onde o sol penetrava através das nuvens, porém, as águas tinham um brilho veludoso e branquicento.

Tonio Kröger se quedava envolto em vento e bramido, mergulhado naquele fragor eterno, pesado e atordoante que tanto amava. Quando virava as costas e se afastava dali, tudo ao seu redor se tornava calmo e cálido. Mas sabia que atrás de si havia o mar, que clamava, atraía e saudava. E ele sorria.

Caminhava para o interior da região através da solidão dos prados e logo era acolhido por uma floresta de faias que se estendia até lá longe, ondeando sobre as colinas. Sentava-se no terreno musgoso, encostando-se em alguma árvore de modo a poder divisar uma nesga de mar por entre os troncos. De vez em quando o vento lhe trazia o ruído da arrebentação, que soava como tábuas longínquas caindo umas sobre as outras. Gritos de gralhas nas frondes, roucos, cavos e perdidos... Tinha um livro sobre os joelhos, mas não lia uma linha. Saboreava um profundo esquecimento, um boiar liberto acima de espaço e tempo, e só vez por outra sentia seu coração como que estremecer de dor, de um sentimento agudo e fugaz, anseio ou arrependimento, cujo nome e origem ele se sentia demasiadamente inerte ou absorto para perguntar.

Assim se passaram alguns dias; não poderia dizer quantos e não sentia nenhuma necessidade de sabê-lo. Mas então chegou um dia em que algo aconteceu; aconteceu enquanto o sol brilhava no céu e havia pessoas presentes, e Tonio Kröger não se sentiu tão extraordinariamente surpreso.

Já o começo daquele dia tivera um caráter solene e encantador. Tonio Kröger acordou bem cedo e de repente, emergindo do sono com um vago e indefinível susto, pensou ter diante dos olhos um prodígio, um feérico sortilégio de luz. Seu quarto, com a porta de vidro e o balcão voltados para o estreito, dividido em sala de estar e quarto de dormir por uma fina cortina de gaze, tinha papéis de parede de coloração pálida e móveis leves e claros, que lhe conferiam um aspecto luminoso e aprazível. Mas agora seus olhos sonolentos o viam etereamente iluminado, transfigurado, imerso num esplendor róseo indescritivelmente belo e vaporoso, que dourava as paredes, os móveis e banhava a cortina de gaze em uma branda e rubra incandescência... Por um bom tempo Tonio Kröger não entendeu o que se passava. Mas quando se pôs diante da porta de vidro e olhou para fora, viu que era o nascer do sol.

Durante muitos dias o tempo estivera nublado e chuvoso; mas agora o céu se desfraldava feito uma seda azul-pálida reluzindo clara sobre o mar e a terra, e o disco do sol se erguia, cortado e emoldurado de nuvens que filtravam uma luminosidade vermelha e dourada, sobre o mar fulgente e encrespado que parecia estremecer e inflamar-se à sua luz... Assim começou aquele dia, e Tonio Kröger, feliz e perplexo, meteu-se em suas roupas, tomou o café da manhã antes de todo mundo lá embaixo na varanda, em seguida nadou um trecho que ia das pequenas casinhas de banho feitas de madeira até o estreito e depois ficou algumas horas a passear pela praia. Quando retornou havia várias carruagens de aluguel paradas diante do hotel, e da sala de jantar ele observou que tanto no salão contíguo, onde ficava o piano, quanto na varanda e no terraço diante dela, havia um grande número de pessoas, um grupo vestido à moda pequeno-burguesa, todos sentados ao redor das mesas circulares, conversando animadamente enquanto bebiam cerveja e comiam pão com manteiga. Eram famílias inteiras, pessoas mais velhas e também jovens, e até mesmo algumas crianças.

Na hora da segunda refeição matinal (a mesa estava abarrotada de frios, defumados, salgados e assados), Tonio Kröger perguntou o que estava acontecendo.

— Hóspedes! — disse o mercador de peixes. — Excursionistas e pessoas que vieram de Elsinor para o baile! Deus nos guarde, não conseguiremos dormir esta noite! Haverá dança, dança e música, e é de temer que a coisa dure bastante tempo. É um encontro de família, uma excursão ao campo combinada com *réunion*, ou seja, uma subscrição ou coisa que o valha, e estão aproveitando o belo dia. Chegaram de barco e de carruagem e agora tomam o café da manhã. Mais tarde continuam a viagem pela região, mas à noite retornam e então haverá uma festa dançante aqui no salão. Sim, praga e maldição, não vamos pregar o olho...

— É bom para variar um pouco — disse Tonio Kröger.

Depois disso, ninguém disse mais nada por algum tempo. A dona do hotel colocava seus dedos vermelhos em ordem, o mercador de peixes fungava com a narina direita a fim de arejá-la e os americanos bebiam água quente com cara de enfado.

E então, de repente, aconteceu: *Hans Hansen e Ingeborg Holm atravessaram o salão...*

Tonio Kröger estava recostado em sua cadeira, presa de um agradável cansaço depois do banho de mar e do passeio em ritmo acelerado, comendo salmão defumado com torradas; estava virado para a varanda e o mar. Então, de repente, a porta se abriu e os dois entraram de mãos dadas, andando devagar, sem pressa. Ingeborg, a loura Inge, vestia roupas claras, como costumava fazer nas aulas de dança do sr. Knaak. O vestido leve, florido lhe chegava só até os tornozelos e ao redor dos ombros ela trazia um largo fichu de tule branco arrematado em pontas que deixava seu pescoço delicado e flexível descoberto. O chapéu lhe pendia de um dos braços pelas fitas atadas. Talvez estivesse um pouco mais crescida que outrora e agora usava sua maravilhosa trança presa ao redor da cabeça; mas Hans Hansen ainda era exatamente o mesmo de sempre. Trajava sua sobrecasaca de marujo com botões dourados e a larga gola azul a lhe cair sobre os ombros e o dorso; na mão que pendia livremente ele levava o boné de marinheiro com as fitas curtas, balouçando-o despreocupadamente de lá para cá. Ingeborg mantinha seus olhos de fenda estreita virados para um lado, talvez um pouco constrangida com as pessoas que comiam e olhavam para ela. Mas Hans Hansen, afrontando todo o mundo, mantinha a cabeça diretamente voltada para a mesa do desjejum e com seus olhos azul-ferrete encarava desafiadoramente e com certo desdém um hóspede depois do outro; deixara até mesmo cair a mão de Ingeborg e agitava de modo ainda mais brusco seu boné de um lado para o outro, a fim de mostrar que tipo de homem ele era. Assim, com o plácido mar azulado ao fundo, os dois passaram diante dos olhos de Tonio Kröger, atravessaram a sala de comprido e a porta situada no lado oposto, desaparecendo para dentro da sala do piano.

Isso foi às onze e meia da manhã, e, enquanto os hóspedes do balneário ainda estavam sentados à mesa, os excursionistas deixaram a sala contígua e a varanda do hotel pela porta lateral, sem passar pelo refeitório. Podia-se ouvir como, lá fora, eles embarcavam nas carruagens entre risos e gracejos, e como um a um os veículos se encaminhavam rangendo para a estrada e desapareciam...

— Eles ainda voltam? — perguntou Tonio Kröger...

— Voltam, sim! — disse o mercador de peixes. — Que Deus tenha piedade. Pois fique sabendo que contrataram uma orquestra, e meu quarto fica justamente em cima do salão...

— É bom para variar um pouco — repetiu Tonio Kröger. Depois levantou-se e saiu.

Passou o dia como passava todos os outros, na praia, na floresta, com um livro sobre os joelhos e pestanejando ao sol. Repisava um único pensamento: o de que eles voltariam e haveria um baile no salão, conforme prometera o mercador de peixes; e sentia uma alegria sem fim, uma alegria receosa e doce como desde muito tempo, durante todos aqueles anos mortos, não mais experimentara. Súbito, por conta de um encadeamento de ideias, lembrou-se fugidiamente de um conhecido distante, Adalbert, o novelista, que sabia o que queria e fora para o café a fim de fugir do ar primaveril. E, pensando nele, deu de ombros...

Almoçaram mais cedo que de costume, e o jantar também foi servido mais cedo, na sala do piano, pois no salão já se faziam os preparativos para o baile: assim, desse modo tão festivo, estabeleceu-se uma desordem geral. Então, quando já escurecera e Tonio Kröger se recolhera ao seu quarto, a animação voltou a tomar conta da estrada e do hotel. Os excursionistas retornavam; sim, e das bandas de Elsinor ainda chegaram novos hóspedes em carruagens e bicicletas, e lá no andar de baixo já se ouvia um violino sendo afinado e um clarinete se exercitar em algumas escalas fanhosas... O baile prometia ser esplêndido.

Então a pequena orquestra começou com uma marcha; lá de baixo vinham sons abafados e ritmados, a dança começava com uma *polonaise*. Tonio Kröger permaneceu sentado ainda por algum tempo, ouvindo em silêncio. Mas quando percebeu que do ritmo de marcha se passava a um compasso de valsa, levantou-se e esgueirou-se para fora do quarto sem fazer ruído.

No corredor onde ficavam seus aposentos havia uma escadinha secundária que dava acesso à entrada lateral do hotel, através da qual se podia chegar à varanda sem passar diante de nenhum dos quartos. Foi esse o caminho que ele tomou, andando às escondidas, em silêncio, como quem se arrisca por uma trilha proibida, avançando no escuro com cuidado, às apalpadelas, irresistivelmente atraído por aquela música estúpida e deliciosamente acalentadora, cujas notas já chegavam claras e nítidas aos seus ouvidos.

A varanda estava vazia e às escuras, mas a porta de vidro que dava para o salão, onde resplandeciam duas grandes luminárias de querosene providas de fortes refletores, estava aberta. Deslizou para dentro com passos silenciosos, e o prazer gatuno de ficar ali no escuro e ouvir em silêncio, sem ser percebido, aqueles que dançavam sob a luz, fazia sua pele formigar. Rápida e avidamente enviou seu olhar em busca dos dois...

A alegria da festa já parecia atingir seu auge, embora ainda não houvesse transcorrido meia hora desde o seu início; mas toda aquela gente já chegara aqui aquecida e excitada, depois de terem passado o dia todo juntos, despreocupados, unidos e felizes. Na sala do piano, que Tonio Kröger podia divisar se ousasse avançar um pouco, alguns senhores mais idosos haviam se reunido para jogar cartas, fumar e beber; outros, porém, estavam sentados com as esposas em cadeiras revestidas de pelúcia ao longo das paredes na parte posterior do aposento e observavam a dança. Pousavam as mãos sobre os joelhos afastados e estufavam as bochechas com uma expressão de gente abastada, enquanto as mães, de capuzinhos na cabeça, as mãos cruzadas sobre o peito e a cabeça inclinada para um lado, observavam o alvoroço dos jovens. Um tablado fora colocado junto a uma das paredes da sala e sobre ele os músicos davam o melhor de si. Havia até mesmo um trompete, que soprava com hesitante cuidado, como se temesse a própria voz que, no entanto, frequentemente soluçava e saltava notas... Ondulando e girando em círculos, os pares se moviam ao redor uns dos outros, enquanto outros passeavam pela sala de braços dados. Ninguém estava vestido para um baile, e sim como quem vai passar um domingo de verão ao ar livre: os cavalheiros trajavam ternos de corte provinciano, visivelmente poupados nos dias de semana, e as jovens senhoritas, vestidos simples e leves, com pequenos ramalhetes de flores silvestres no corpete. Havia ainda algumas crianças na sala que dançavam à sua maneira entre si, até mesmo quando a música parava. Um homem de pernas longas, vestindo uma casaquinha com cauda de andorinha, um leão da província de monóculo e cabelos frisados a ferro, auxiliar dos correios ou coisa parecida, a perfeita encarnação de uma personagem cômica de romance dinamarquês, parecia ser o mestre de cerimônias e diretor do baile. Pressuroso, transpirando e entregue de corpo e alma à causa, estava em toda parte ao mesmo tempo, saracoteava através da sala, caminhando artisticamente sobre a ponta dos dedos e trançando de modo complicado os pés metidos em lustrosas botinhas militares de bico fino, jogava os braços para o alto, dava ordens, pedia música, batia palmas e enquanto isso as fitas do grande laço colorido que ele trazia bem preso ao ombro em sinal de sua dignidade, e para o qual ele de vez em quando voltava amorosamente a cabeça, esvoaçavam atrás dele.

Sim, lá estavam eles, os dois que haviam passado hoje diante de Tonio Kröger à luz do sol, ele tornou a vê-los e sobressaltou-se de alegria ao avistá-los a ambos quase ao mesmo tempo. Ali estava Hans Hansen junto da porta, bem perto de Tonio; de pernas abertas, um pouco inclinado para a frente, saboreava cuidadosamente um grande pedaço de torta, mantendo a mão em concha embaixo do queixo para não deixar cair as migalhas. E lá, junto da parede, estava sentada Ingeborg Holm, a loura Inge, e naquele exato momento o auxiliar dos correios saracoteava em sua direção, a fim de tirá-la para dançar com uma estudada mesura, colocando uma das mãos nas costas e pousando graciosamente a outra sobre o peito; mas ela balançou a cabeça, alegou estar sem fôlego e necessitar de um momento de repouso, ao que, então, o auxiliar dos correios se sentou ao seu lado.

Tonio Kröger olhava para eles, para os dois por quem sofrera de amor tempos antes — Hans e Ingeborg. Eram eles, não tanto por sinais particulares ou pela semelhança das roupas, mas em virtude da identidade de raça e de tipo, aquela espécie clara, de olhos azul-ferrete e cabelos louros, que evocava uma ideia de pureza, desanuviamento, alegria e uma reserva ao mesmo tempo orgulhosa e simples, intocável... Ele olhou para eles, viu Hans Hansen tão atrevido e bem-proporcionado como sempre, de ombros largos e quadris estreitos, envergando seu terno de marinheiro, viu Ingeborg, rindo, com certa petulância jogar a cabeça para um lado e, com certo trejeito, levar a mão à nuca, mão de menina pequena, nem especialmente fina nem especialmente delicada, viu como a alva manga de gaze lhe desceu abaixo do cotovelo — e de repente a saudade sacudiu-lhe o peito com uma dor tão intensa que ele involuntariamente recuou no escuro para que ninguém lhe visse o tremor do rosto.

Eu os tinha esquecido?, perguntou. Não, jamais! Não a você, Hans, nem a você, loura Inge! Era para vocês que eu trabalhava, e quando era aplaudido eu olhava secretamente ao redor de mim para ver se vocês o compartilhavam... E então, Hans, você leu o *Don Carlos* como me prometeu no portão do jardim de sua casa? Não o leia! Eu não exijo mais isso de você. Que te importa o rei que chora por ser solitário? Você não deve anuviar seus olhos claros, embotá-los de tanto se fixarem em versos e melancolia... Ser como você! Recomeçar, crescer como você, honesto, alegre e simples, correto, ordeiro, em concordância com Deus e o mundo, ser amado pelos inofensivos e felizes, tomá-la como esposa, Ingeborg Holm, e ter um filho como você, Hans Hansen — viver livre da maldição do conhecimento e do tormento criador, amar e louvar em venturosa trivialidade!... Recomeçar? Mas de nada adiantaria. Tudo seria do mesmo modo. Tudo tornaria a se passar como se passou. Pois muitos necessariamente se perdem num descaminho porque para eles não existe em absoluto um caminho certo.

Então a música cessou; faziam um intervalo e serviram-se refrescos. O auxiliar dos correios em pessoa corria de um lado para o outro com uma bandeja cheia de salada de arenque e servia as damas; diante de Ingeborg Holm, porém, ele chegou ao ponto de se ajoelhar ao lhe estender a tigelinha, e ela enrubesceu de alegria.

Mas então os que estavam na sala começaram a reparar no espectador sob a soleira da porta de vidro, e rostos belos e afogueados voltaram para ele olhos espantados e perscrutadores; mas mesmo assim ele não arredou pé de seu posto. Também Ingeborg e Hans Hansen roçaram-no com seu olhar, quase ao mesmo tempo e com aquela completa indiferença que quase parecia desdém. Súbito, porém, ele teve consciência de que de algum ponto um olhar o buscava e pousava sobre ele... Voltou a cabeça e imediatamente seus olhos se encontraram com aqueles cujo toque ele sentira. Não muito longe dele havia uma jovem de rosto pálido, fino e delicado a quem já notara anteriormente. Ela não dançara muito, os cavalheiros não a haviam assediado especialmente e ele a vira sentada junto à parede com os lábios contraídos. Ainda agora estava sozinha. Trajava um vestido claro e vaporoso, como as outras, mas sob o tecido transparente de suas roupas entreviam-se seus ombros pontudos e esquálidos, e seu pescoço magro estava cravado tão profundamente entre aqueles pobres ombros que a jovem silenciosa quase parecia um pouco atrofiada. Mantinha suas mãos calçadas de finas meias-luvas diante do peito achatado, de modo que as pontas dos dedos se tocassem de leve. De cabeça inclinada, ela observava Tonio Kröger de baixo para cima com olhos negros lacrimosos. Ele se voltou para o outro lado...

Ali, bem perto dele, estavam sentados Hans e Ingeborg. O rapaz se acomodara ao lado da jovem, que talvez fosse sua irmã, e, rodeados por outras criaturas de faces rosadas, comiam e bebiam, tagarelavam e se divertiam, lançavam-se motejos uns aos outros com suas vozes sonoras e riam alto. Ele não poderia se aproximar um pouco? Dizer-lhes algum gracejo que lhe ocorresse e que eles respondessem ao menos com um sorriso? Isso o faria feliz, ele ansiava por isso; então voltaria contente para seu quarto, com a consciência de haver estabelecido uma pequena comunicação com ambos. Pensou cuidadosamente no que poderia dizer; mas não encontrou coragem para dizê-lo. E também tudo era como sempre fora: eles não o entenderiam, escutariam perplexos o que ele teria a dizer. Pois a língua deles não era a sua língua.

Agora a dança parecia que ia recomeçar. O auxiliar dos correios assumiu suas numerosas atribuições. Corria de um lado para o outro e instava todos para que se engajassem na dança, tirava cadeiras e copos do caminho com a ajuda do garçom, dava ordens aos músicos e empurrava pelos ombros diante de si alguns trapalhões desgarrados que não sabiam para onde ir. O que pretendiam fazer? De quatro em quatro os pares formavam *carrés*... Uma terrível recordação fez Tonio Kröger enrubescer. Iam dançar uma quadrilha.

A música recomeçou e os pares se misturavam, fazendo mesuras. O auxiliar dos correios comandava, por Deus!, em francês, e pronunciava as vogais nasais com incomparável distinção. Ingeborg Holm dançava bem ao lado de Tonio Kröger, no *carré* que se encontrava imediatamente próximo à porta de vidro. Ela se movimentava diante dele para um lado e para o outro, para a frente e para trás, andando e rodopiando, um perfume que emanava de seus cabelos ou do delicado tecido de suas vestes o bafejava de quando em quando, e ele fechou os olhos, com um sentimento que outrora lhe fora bem conhecido, cujo aroma e acre encanto ele sentira levemente em todos aqueles últimos dias e que agora o tomava novamente por inteiro em seu doce tormento. Que sentimento era? Anseio? Ternura? Inveja, desdém de si próprio?... *Moulinet des dames!* Você riu, loura Inge, riu de mim quando eu dancei *moulinet* e me expus tão lamentavelmente ao ridículo? E riria ainda hoje, quando me tornei algo assim como um homem famoso? Sim, riria e teria três vezes razão em fazê-lo! E mesmo que eu, sozinho, tivesse criado as nove sinfonias, *O mundo como vontade e representação* e o *Juízo final* — você teria eternamente razão para rir... Ele olhava para ela e veio-lhe à mente um verso do qual havia muito não se lembrava, e que, no entanto, lhe era tão conhecido e caro: "Eu queria dormir, mas tu tens de dançar". Ele o conhecia tão bem, esse sentimento de pesado embaraço nórdico-melancólico, íntimo-desajeitado, que se expressava através deles. Dormir... Ansiar por poder viver pura e simplesmente apenas para o sentimento que, sem a obrigação de se transformar em ação e dança, repousa doce e preguiçosamente em si mesmo — e, no entanto, dançar, ter de realizar com agilidade e presença de espírito a difícil, difícil e perigosa dança de facas da arte, sem jamais se esquecer completamente do humilhante contrassenso que há em ter de dançar quando se ama...

De repente, tudo entrou num movimento enlouquecido e desenfreado. Os *carrés* haviam se dissolvido e todos se dispersavam saltando e deslizando para todos os lados: terminavam a quadrilha num galope. Os pares passavam diante de Tonio Kröger esvoaçando ao ritmo furioso da música, correndo, perseguindo-se, ultrapassando-se uns aos outros, entre breves gargalhadas esbaforidas. Um deles veio, arrastado pela correria geral, rodopiando e avançando num turbilhão. A jovem tinha um rosto pálido, delicado e magro, ombros muito altos. E, de repente, bem na frente dele, houve um tropeço, um escorregão e um tombo... A jovem pálida caíra. Foi um tombo tão duro e violento que pareceu mesmo perigoso, e com ela caiu também o cavalheiro. A dor que sentia devia ser tão grande que ele até esqueceu em absoluto seu par, pois, ainda antes de se levantar por inteiro, começou a esfregar o joelho com as mãos, fazendo caretas; e a moça, ao que parecia muito atordoada pela queda, ainda estava caída no chão. Então Tonio Kröger se aproximou, pegou-a delicadamente pelo braço e levantou-a. Esgotada, confusa, infeliz, ela olhou para ele e, de repente, seu rosto se tingiu de um rosa descorado.

— *Tak! O, mange Tak!* — disse ela e olhou-o de baixo para cima com olhos escuros e lacrimosos.

— Não deveria continuar a dançar, senhorita — disse ele com suavidade. Então buscou mais uma vez *os dois* com os olhos, Hans e Ingeborg, e se foi, deixou a varanda e o baile e subiu para o seu quarto.

Estava embriagado pela festa da qual não tomara parte, e cansado de ciúme. Como outrora, fora exatamente como outrora! Ficara num lugar escuro com o rosto afogueado, sofrendo por vocês, oh, louros, vívidos, felizes, e então fora embora sozinho. Agora alguém tinha de vir! Ingeborg tinha de vir, tinha de notar que ele se fora, tinha de segui-lo em segredo, colocar-lhe a mão no ombro e dizer: "Venha, junte-se a nós! Alegre-se, eu o amo!"... Mas ela não vinha de modo algum. Coisas assim não aconteciam. Sim, era como naquele tempo, e ele estava feliz como naquele tempo. Pois seu coração vivia. Mas o que tinha acontecido durante todo aquele tempo em que ele se tornara o que era agora? Rigidez; vazio; gelo; e espírito! E arte!...

Despiu-se, deitou-se para descansar, apagou a luz. Sussurrou dois nomes para o travesseiro, essas poucas sílabas castas, nórdicas que lhe designavam sua própria e originária espécie de amor, dor e felicidade, a vida, o sentimento simples e íntimo, a pátria. Olhou para trás, para todos os anos desde aquela época até o dia de hoje. Pensou nas aventuras devastadoras dos sentidos, dos nervos e do pensamento que havia vivenciado, viu-se roído de ironia e espírito, vazio e paralisado pelo conhecimento, meio desgastado pela febre e pelo frio da criação, inconstante e sofrendo de crises de consciência, atirado para cá e para lá entre extremos crassos, entre santidade e cio, refinado, esgotado de exaltações frias e artificialmente escolhidas, perdido, devastado, martirizado, doente — e soluçou de arrependimento e saudade.

Ao seu redor reinavam o silêncio e a escuridão. Mas lá de baixo chegava aos seus ouvidos, abafado e acalentador, o doce e trivial compasso ternário da vida.

IX.

Tonio Kröger estava no norte e escrevia a Lisavieta Ivánovna, sua amiga, conforme lhe prometera.

Cara Lisavieta, aí embaixo na Arcádia, para onde logo retornarei — escrevia ele. — Eis aqui algo como uma carta, mas ela provavelmente a decepcionará, pois penso em ater-me apenas a generalidades. Não que não tivesse absolutamente nada para contar, que não tivesse, à minha maneira, vivido uma ou outra coisa. Em casa, na minha cidade natal, quiseram até me prender... mas isso você ouvirá pessoalmente. Por alguns dias, agora, tenho preferido dizer generalidades de uma maneira adequada a contar histórias.

Está lembrada, Lisavieta, de haver certa vez me chamado de burguês, um burguês desencaminhado? Você me chamou assim numa determinada hora em que, levado por outras confissões que deixara escapar, confessei-lhe meu amor por aquilo a que chamo de vida; e eu me pergunto se você tinha consciência de quanto estava dizendo a verdade, de quanto o meu caráter burguês e meu amor pela "vida" são uma e a mesma coisa. Esta viagem me deu a oportunidade de refletir a respeito...

Como você sabe, meu pai era de temperamento nórdico: compenetrado, metódico, correto por puritanismo e com um pendor para a melancolia; minha mãe tinha um indefinido sangue exótico, era bonita, sensual, ingênua, ao mesmo tempo indolente e apaixonada, e de uma licenciosidade impulsiva. Sem sombra de dúvida, essa era uma mistura que encerrava em si possibilidades extraordinárias — e perigos extraordinários. O resultado foi este: um burguês que se desencaminhou na arte, um *bohémien* com saudade do berço, um artista com má consciência. Pois não é senão minha consciência burguesa que me faz ver em toda atividade artística, em tudo o que é extraordinário e em todo gênio algo profundamente ambíguo, profundamente suspeito, profundamente duvidoso, que me enche dessa fraqueza apaixonada pelo que é simples, sincero, cômodo e normal, não genial e decente.

Estou entre dois mundos, em nenhum dos dois estou em casa e, por conta disso, tenho uma vida um tanto difícil. Vocês, artistas, me chamam de burguês, e os burgueses se sentem tentados a me levar para a prisão... não sei qual dessas duas coisas me mortifica mais amargamente. Os burgueses são estúpidos; mas vocês, adoradores da beleza, que me acusam de ser fleumático e incapaz de qualquer anseio, deveriam pensar que existe uma vocação artística tão profunda, tão imposta pela origem e pelo destino, que nenhum anseio lhe parece mais doce e digno do que aquele que sentimos pelo êxtase da trivialidade.

Eu admiro os orgulhosos e frios que se aventuram pelas trilhas da grande beleza, da beleza demoníaca, e desprezam os "seres humanos" — mas não os invejo. Pois se há algo capaz de fazer de um literato um poeta, é este meu amor de burguês pelo que é humano, vivo e comum. Todo calor, todo bem, todo humor vem dele, e estou quase para dizer que esse é o próprio amor do qual está escrito que alguém pode falar a língua dos homens e dos anjos, mas, sem ele, não passa de bronze que soa e címbalo que tine.

O que eu fiz não é nada, não é muito, quase nada. Farei melhor, Lisavieta — é uma promessa. Enquanto escrevo chega até mim o murmúrio do mar e eu fecho os olhos. Olho para um mundo não nascido e espectral que pede que o ordenem e lhe deem forma, vejo um formigueiro de sombras de figuras humanas que me acenam para que eu as conjure e liberte; umas trágicas, outras ridículas e outras ainda que são as duas coisas ao mesmo tempo — e por estas eu tenho especial afeição. Mas meu mais profundo e recôndito amor pertence aos louros de olhos azuis, aos de vida radiosa, aos felizes, amáveis e triviais.

Não condene esse amor, Lisavieta; ele é bom e fecundo. Nele existem anseio e inveja melancólica e um pouquinho de desprezo e uma bem aventurança toda casta.

Ensaios*

Anatol Rosenfeld

* Reproduzidos de: Anatol Rosenfeld, *Thomas Mann* (São Paulo: Perspectiva, 1994. Coleção Debates). O segundo ensaio, escrito originalmente em alemão, foi traduzido por Jacó Guinsburg e Erika Elisabeth Patsch. Os textos foram redigidos entre 1943 e 1966. (N. E.)

THOMAS MANN

A festiva entronização, num lar brasileiro, do retrato de um autor da longínqua Alemanha não representa em si motivo de surpresa. O espírito, nas suas mais altas manifestações, transcende as fronteiras nacionais. E a receptividade para essas manifestações não é necessariamente uma função de zonas geográficas e culturais.

Não teria sido necessário outro motivo, portanto, que a simpatia de um intelectual brasileiro por essa expressão espiritual para que se entendesse o seu desejo de ter presente a imagem daquele que é o autor e a origem de uma obra admirada, fonte de um conhecimento mais profundo do homem e da sua situação no nosso tempo.

Todavia, há ainda um motivo peculiar, que dá um significado singular à presença de um retrato de Thomas Mann num lar brasileiro. Todos nós sabemos que Thomas Mann descende do lado materno em parte de brasileiros, estes por sua vez descendentes, em parte, de índios. Seria naturalmente ridículo tentar averiguar, ao modo dos racistas, quais os elementos na obra de Mann que decorrem do índio e quais os elementos que decorrem do alemão. Isso pouco ou nada significa. O que importa aqui é que o próprio Thomas, filho da bela e querida sra. Silva Bruhns Mann, teve uma noção muito viva da sua ascendência um pouco estranha na loira e nórdica cidade de Lübeck, onde todo mundo se chama Hans e Fritz. Essa ligeira variação da média, visível na cabeleira escura e no tipo um tanto latino, não representa grande coisa na Alemanha, há milênios ponto de encontro de raças mediterrâneas, nórdicas e mongólicas. Mas o jovem se impressionou muito com esse fenômeno e o exagerou com um ligeiro toque de narcisismo e *coquetterie*. A noção aguda dessa interessante diversidade de imediato se ligou à consciência da sua eleição espiritual. Ambas as coisas se entrelaçavam, cada uma dando maior ênfase à outra.

Ora, é fato corriqueiro que qualquer personalidade portadora de uma missão não puramente secular, quer se trate de um profeta, de um artista ou de um intelectual, se torna, por força da sua missão, até certo ponto estranho dentro da vida secular. Somente por não se identificarem inteiramente com o ambiente, com os "outros", os profetas bíblicos puderam conceber a sua mensagem revolucionária. A separação parece ser a condição do homem que tem uma missão espiritual a cumprir, embora não seja necessário levar isso ao ponto de ir ao deserto ou ao convento, como faziam os profetas e fazem os monges. E essa ideia da separação já está contida no Velho Testamento, pois o povo de Israel, ao firmar o pacto com Deus, se torna *am segula*, isto é, um povo colocado à parte, um povo anormal, não integrado na vida secular. Muito cedo Thomas Mann se convenceu da sua missão de escritor e artista. Tendo a clara intuição da sua situação anormal de artista dentro da sociedade burguesa, teve a sua sensibilidade para esse fato enormemente aguçada pela anormalidade da sua ascendência entre as famílias tradicionais da sua cidade natal. Assim, o mero fato anedótico da sua ascendência parcial de brasileiro influenciou poderosamente toda a sua obra — e a apresentação do seu retrato aqui se reveste de um valor muito mais profundo do que de início poderia parecer — pois aquele incidente biográfico, sem grande importância intrínseca na realidade, é o tema fundamental de sua obra, toda ela dedicada, em essência, à análise constante e infinitamente variada daquilo que nós poderíamos chamar com uma expressão de Hegel, mais tarde também empregada por Marx, de "alienação", conquanto a acepção do termo neste nosso caso seja um tanto modificada. Separação, anormalidade, isolamento, marginalidade, alienação da média secular — eis a experiência pungente do jovem Mann, experiência que encontra cedo expressão em pequenos contos e novelas e no romance *Os Buddenbrook*. Nessa obra, narra a alienação, crescendo de geração em geração, de uma família burguesa. A alienação é inextricavelmente ligada à crescente espiritualização da família e leva os seus membros, pouco a pouco, à completa incapacidade de se adaptarem à vida em sociedade e, finalmente, à dissolução biológica na doença.

Thomas Mann é descendente de uma família da alta burguesia e sempre gostava de salientar esse fato. Ao falar dessa classe, não se refere à burguesia atual, à burguesia capitalista, mas à burguesia da Idade Média, a homens como Dürer e Hans Sachs, velhos mestres e artistas da cidade de Nuremberg. É essa antiga tradição de que se sente profundamente imbuído, tradição de trabalho leal e minucioso, visando à perfeição absoluta nos detalhes e no todo, tradição de artesanato e de dedicação à cuidadosa e esmerada atividade cotidiana. Esse páthos do trabalho regular e do esforço diário — que se tornou a alavanca de uma grande obra criada num incessante labor, nunca interrompido — tem uma profunda significação moral para Thomas Mann. Ocasionalmente ele fala do imperativo moral da atividade regular, do *Aktivitätskommando* da civilização ocidental.

Todavia, mercê da sua posição crítica dentro dessa mesma classe, situação que decorre da sua eleição espiritual e da sua ascendência diversa, Thomas Mann sente-se suficientemente afastado do seu ambiente para ver-lhe as falhas e analisar seu desenvolvimento perigoso e nefasto. Já nos *Buddenbrook* analisa a ascensão de uma burguesia de novos-ricos e especuladores, brutais na competição, totalmente isentos das antigas tradições e do páthos moral do trabalho sólido e dedicado. "Distância — isto é ironia", disse Thomas Mann certa vez. Distante da sua sociedade, como artista e marginal, ele vê a sociedade, que para ele se confunde com a burguesia, através do prisma da ironia. Distante, ao mesmo tempo, do puro intelectualismo por sentir-se demasiadamente burguês e artesão, ele ironiza também a posição do artista e do alienado. O incidente biográfico do qual partimos e que lhe aguçou a sensibilidade e a faculdade de observação, tão típica do outsider, torna-se sumamente capaz e dá-lhe uma tremenda sagacidade para analisar e ironizar, com fria isenção de ânimo e simultaneamente com profunda participação, os valores em choque. Com isenção de ânimo por sentir-se distanciado deles; com participação e simpatia por sentir-se suficientemente ligado a eles para saber-se identificado com a sua essência.

Quais são esses valores? De um lado a sociedade, o senso comum, o páthos da atividade e do empenho cotidianos, com uma palavra, o imperativo do dia, para citar o lema de Goethe, tantas vezes repetido por Thomas Mann. Esse é o valor da "vida", termo ao qual o discípulo de Nietzsche tira os acentos bárbaros da virtude renascentista para atribuir-lhes os predicados da normalidade, da integração no século e da simplicidade de todos aqueles que não "divergem" da média.

De outro lado: a alienação, o individualismo extremo, o escapismo romântico, a divagação ao excesso, a entrega a uma meditação sem eira nem beira, o jogo estético sem responsabilidade, o desligamento do tempo ocidental em que cada minuto tem sessenta segundos.

Representativo para essa atitude parece-lhe um vício muito alemão, muito caro também a ele mesmo: a embriaguez da música e a dissolução no doce nirvana do comércio puramente espiritual e estético. É, com uma palavra, um mundo espiritual afastado do século e da *praktische Vernunft*, isto é, da razão prática ou da razão moral, no sentido de Kant. Os grandes símbolos para esse mundo do excesso, da irresponsabilidade e do quietismo teorético ou estético são a doença e a morte.

É a esse segundo valor que Thomas Mann se sente ligado por natureza e, por assim dizer, pela biografia, mercê da qual se supõe diverso dos normais e dos "outros". Toda a vida de Thomas Mann, no seu sentido mais profundo, é um constante esforço de superar a sua natureza, impregnado do romantismo musical da Alemanha, a sua vida é uma vida exemplar no seu aspecto de superação moral e de vitória sobre as suas mais profundas inclinações. E toda a sua obra nada é senão a expressão estética desse esforço constante de contrapor os dois valores, de pô-los em xeque, de referi-los num jogo de dialética altamente ambígua, de ironizar-lhes a unilateralidade, de salientar a necessidade de sua síntese final num humanismo em que espírito e vida se interpenetrem e em que o indivíduo isolado se integre de novo na sociedade, enriquecido pela experiência da "doença", da "morte" e da alienação.

Vemos, portanto, como o inocente tema inicial, nascido de uma fortuita circunstância biográfica, vai se enchendo de significados inesperados e nunca sonhados. O motivo modesto e pobre agiganta-se e ganha um relevo extraordinário. Constantemente variado e enriquecido, aparece em orquestração cada vez mais ousada, projetada contra fundos múltiplos em perspectivas históricas, míticas, metafísicas. O que de início parecia uma canoazinha frágil carregando apenas o destino do autor, Thomas Mann, transforma-se aos poucos em enorme barco pesadamente carregado de significações, lotado com o destino da humanidade. O drama que de início só foi o de um artista e intelectual de ascendência estranha em determinada região da Alemanha, revela-se, de repente, o destino de todos nós, da nossa época, da nossa sociedade e, no fundo, da humanidade *tout court*.

Os leitores de Thomas Mann descobriram isso muito cedo; de outra maneira não se entenderia o tremendo êxito de uma pequena novela como *Tonio Kröger*, a história de um escritor moreno que se sente melancolicamente isolado entre os outros, os loiros, e que anseia pela vida simples dos normais, mas que ao mesmo tempo se sente eleito e não pode esconder o seu ligeiro desdém pela normalidade confortável da multidão. O próprio autor pensava ter narrado apenas o seu caso pessoal e talvez o de alguns intelectuais. Só aos poucos foi verificando que contara um caso de muito maior relevância e generalidade. Na pequena novela *Tristão*, é ainda o artista isolado que o interessa, contraposto ao representante da vida, ao negociante boçal, ambos vistos com uma ironia feroz. No romance *Sua alteza real* é um príncipe a personagem central, alienada devido à sua alta posição e à sua função meramente estética e representativa, quase teatral, função esvaziada de todo sentido real. Mas na novela *A morte em Veneza*, a personagem central, de novo um escritor, torna-se de súbito expoente de toda a elite europeia afastada da vida e do povo, uma elite que tateia à beira do abismo, fascinada pela irresponsabilidade da morte e pelas "vantagens do caos". É evidente que Thomas Mann se identifica até certo ponto com o autor de sua novela, analisando assim e dando-se conta da sua própria posição e da perigosa posição do intelectual na nossa sociedade, mas particularmente do intelectual alemão que vive enclausurado no laboratório real ou irreal das suas pesquisas e dos seus pensamentos, sem contato com a vida e sem possibilidade de influir nos destinos do seu país. Tipo de intelectual que, entregue às suas tarefas transcendentes, se esquece do século. O resultado é morte, morte de ambos os lados: morte em Veneza e morte no continente. Dissolução de um lado, na contemplação mística das ideias platônicas; de outro lado, dissolução de uma sociedade totalmente entregue à gravitação oca do poder, totalmente esvaziada de valores espirituais.

Mas é em *A montanha mágica* que o tema inicial se nos revela, pela primeira vez, em toda a sua amplitude. Até então, Thomas Mann se mantinha numa atitude de cisão diante dos dois valores opostos. Ironizava a ambos, da marginalidade da sua posição, ainda que se tratasse de uma ironia erótica, isto é, de uma ironia cheia de simpatia. Uma ironia que abala o soberbo e cego exclusivismo de ambos os valores para que Eros, o demônio platônico, possa com mais facilidade servir de mediador alado entre um espírito menos transcendente e uma vida menos arraigada no século. Todavia, ele se mantinha numa posição de equidistância estética, de cisão romântica. É com *A montanha mágica* que surge qualquer coisa como uma decisão, uma tomada de posição.

Já não se trata, nesse romance, de um indivíduo marginal, de um artista, mas de toda uma coletividade de marginais, de doentes vítimas da tuberculose, hospedados num sanatório da Suíça. Da alienação tornada coletiva participa Hans Castorp, jovem engenheiro de

Hamburgo que, abandonando a vida da planície e dos "outros", se perde nas aventuras espirituais e amorosas das alturas, esquecido dos seus deveres "lá embaixo".

A montanha mágica, imagem simbólica de uma sociedade europeia intimamente corroída, afundada num estado de sonolência e quietismo, do qual só despertaria com a irrupção da Primeira Guerra Mundial, *A montanha mágica* é a descrição genial de uma vida de irresponsabilidade, de doenças e de morte. Morte no sentido em que Aldous Huxley fala dela em *Sem olhos em Gaza*: "Como é fácil e agradável entregar-se ao trabalho ininterrupto da ciência e ao comércio das ideias; entrar nessa 'vida superior' que nada é senão a morte sem lágrimas. Paz, irresponsabilidade, todos os prazeres da morte ei-los aqui em plena vida". Hans Castorp perde-se nesse *dolce far niente* de uma morte sem lágrimas nas montanhas remotas. Thomas Mann reconhece o alto valor dessa morte no suave comércio das ideias e nas aventuras do espírito. Reconhece o alto valor da doença, considerando-a como Novalis um elevado princípio de educação que espiritualiza o doente.

Com efeito, *A montanha mágica* revela-se um alto princípio de "pedagogia hermética" que, tirando ao herói a simplicidade inicial da planície, o transforma em personalidade autônoma, sagaz, dono de um profundo lastro de sonhos, ideias e intuições, personalidade de ampla visão, amadurecida no contato com a doença, nos excessos românticos do sentimento e na exacerbação das meditações febris, das discussões exaltadas, da dialética diabólica dos seus interlocutores e na experiência trágica do tédio e da putrefação moral e biológica. A decisão de Thomas Mann, todavia, é a de que Hans Castorp, para realizar-se, para fechar o círculo da sua educação humanista, tem de voltar à planície. A vida revela-se o valor mais alto. Mas essa decisão, que repete apenas a do velho Goethe, cujo *Fausto* e *Wilhelm Meister* também se decidem pela vida, pela atividade a serviço da sociedade, pela obediência ao imperativo do dia, essa decisão se transforma em *A montanha mágica* em tremenda ironia. É verdade: ao voltar para a planície, Hans Castorp decidiu-se pela vida e nisso reside o ensinamento da obra. Trata-se de uma decisão existencialista muito antes de Jean-Paul Sartre. Mas a planície, para a qual volta, tornou-se um campo de batalha. A Primeira Guerra Mundial irrompeu. Ao descer da montanha fugindo da morte, não desce para a vida, mas para a morte. Assim, o *Wilhelm Meister* de Goethe encontra em *A montanha mágica* uma espécie de continuação irônica, uma resposta parodiante: se Goethe disse aos românticos alemães do seu tempo: "Não se afastem da sociedade; o lugar do intelectual não é em Pasárgada; integrem-se no coletivo", Thomas Mann parece perguntar, 120 anos mais tarde ao seu venerado mestre: integrar sim, mas em que sociedade? Nesta sociedade conflagrada por guerras, produtora em série de alienados? Nesta sociedade em decadência, fragmentada e anormal, que parece ser a pista de loucos?

Loucura — essa a palavra que, no fim, se lhe oferece para caracterizar o caos do nosso tempo. O termo "alienação", de início meramente de sentido social, na acepção de separação e distância da sociedade, adquire seu pleno sentido no penúltimo romance, no *Fausto*, transformando-se em alienação mental. O compositor genial, criador de uma música hermética e dodecafônica, enlouquece, mas, antes de sucumbir à loucura, exclama:

> A música [...], como qualquer arte, carece de redenção; redenção de um isolamento solene [...]; redenção de sua convivência exclusiva com uma elite refinada de "público", e que em breve cessará de existir, de modo que então ela ficará totalmente sozinha, mortalmente sozinha, a não ser que encontre o caminho que a conduza ao "povo", isto é, em termos nada românticos, o caminho aos homens.

Mas a trágica situação da arte e do artista — que representa na obra de Mann o homem essencialmente ameaçado — decorre do fato de que a própria sociedade enlouqueceu. São essas as palavras do compositor:

> [...] ao invés de cuidarem sabiamente de tudo quanto for necessário na terra, a fim de que nela as coisas melhorem, e de contribuírem sisudamente para que entre os homens nasça uma ordem suscetível de propiciar à bela obra novamente um solo onde possa florescer e ao qual queira se adaptar, os indivíduos frequentemente preferem faltar às aulas e se entregam à embriaguez infernal. Assim sacrificam então suas almas e terminam no podredouro.

Vemos, portanto, como o próprio autor só aos poucos descobre as implicações do magro tema inicial nascido de um incidente biográfico. Ao correr de uma longa vida de uma especulação profunda alimentada por muitos afluentes espirituais, Thomas Mann descobre que o seu tema pessoal, a experiência pungente da sua juventude, o seu isolamento, a sua marginalidade e alienação, é um processo que se repete através da história e se perde na sombra do mito. Esse mito é desenvolvido na tetralogia do bíblico José. Cada vez de novo o indivíduo se rebela, se isola, sobe a montanha mágica dos sonhos e da pedagogia hermética e cada vez de novo tem de voltar, amadurecido, à sociedade, quer como provedor oficial de pão no Egito, quer como artista que resolve, como Thomas Mann resolveu, descer da sua torre de marfim para agitar os problemas do dia e dirigir-se ao seu povo através de apelos, publicações em jornais e discursos no rádio. Em *José*, comenta o autor, "desemboca o 'Eu', renunciando ao atrevimento de se considerar absoluto, novamente no coletivo e na comunidade". O indivíduo, já o disse Hegel, é *todgeweiht*, é condenado à morte. Assim, Thomas Mann descobre que a sua obra e a sua vida nada são senão imitação mítica de um velho tema. E dessa imitação mítica cada vez mais consciente de um velho tema decorrem as marcas fortemente paródicas das suas últimas obras, a tendência decidida de abalar, pela ironia e pelo humor, os valores consagrados. Pois também Deus se modifica, disse ele certa vez com ligeira ironia. E religiosidade é observar as modificações divinas para adaptar a realidade aos novos mandamentos. Para tal é necessário abalar valores consagrados.

Ninguém mais do que Thomas Mann sofreu e viveu a sua obra e o seu pensamento. Pois ele mesmo passou por tudo quanto agora lhe parece pecaminoso e condenável. Ele mesmo era o artista alienado, marginal e estetizante, entretido no jogo brilhante das formas e ideias. Ele mesmo era, durante a Primeira Guerra Mundial, o típico alemão apolítico que opunha a música e metafísica alemãs à *raison* francesa e ao senso político dos ingleses. A sua emigração geográfica para os Estados Unidos afigura-se-lhe hoje uma consequência da sua emigração íntima e espiritual, que anteriormente o afastara, como a maioria dos intelectuais alemães, da presença do povo. E como emigrante teve a terrível experiência de ver esse mesmo povo "estourar numa embriaguez infernal", como dizia o compositor do seu romance. Ninguém mais do que Thomas Mann sabe que parte da culpa decorre da não participação dos intelectuais na vida política do país. Hoje, aos 77 anos, sabe que não existirá uma sociedade em que o intelectual alienado se possa integrar, se a elite intelectual não se tornar suficientemente politizada para colaborar na construção de uma sociedade em que valerá a pena integrar-se.

Caros ouvintes: ao homenagear o autor, cujo retrato hoje é entronizado nesta casa, rendo ao mesmo tempo homenagem àquele que teve a bela ideia de conviver com a imagem de quem tanto deve à sua ascendência brasileira. A simpatia de Clemente Segundo Pinho por Thomas Mann, se me permitem dizê-lo, não é só uma simpatia estética e intelectual. Ela tem raízes vitais. Pois Clemente é um dos raros intelectuais que não se alienam do imperativo do dia. Conhecendo embora e amando o suave comércio das ideias e a irresponsabilidade da especulação metafísica, ele vive, como professor, a serviço da sociedade e, como professor, se empenha na luta pela politização da classe a que pertence. Se a imagem de Thomas Mann, pela sua presença constante, presença na qual o mestre, que criou o retrato, magistralmente acentuou o traço de fria e crítica observação, se essa imagem contribuir para que Clemente prossiga na sua faina sem nunca esquecer a montanha mágica — neste caso, o retrato de Thomas Mann terá um valor que ultrapassa o seu valor estético —, o valor de materializar e tornar presente um grande exemplo e um grande modelo: o exemplo de um homem que conseguiu reconciliar em si espírito e vida.

UM ESTETA IMPLACÁVEL*

I

Em um estudo sobre Richard Wagner, Thomas Mann caracteriza o século XIX, ao qual o compositor com suas fraquezas e preferências estava intimamente ligado.

> Sofredora e grande, como o século XIX, do qual é a expressão mais rematada, ergue-se diante de meus olhos a figura espiritual de Richard Wagner. Com a fisionomia sulcada por todos os seus traços, sobrecarregada com todos os seus impulsos, assim a vejo, e mal sei diferenciar o amor pelo seu trabalho, um dos mais grandiosos fenômenos questionantes, polissêmicos e fascinantes do mundo criativo, de seu amor pelo século, cuja maior parte preenche sua vida, essa vida cheia de inquietação intrigante, atormentada, possessa e incompreendida, que desaguou no brilho da fama mundial. Nós, homens de hoje, [segue Thomas Mann] encolhemos os ombros ante sua crença (do século XIX), uma crença em ideias, tanto como ante sua descrença, isto é, o seu relativismo melancólico. Sua dependência liberal da razão e do progresso nos parece risível; seu materialismo, compacto demais; sua presunção monística em decifrar o mundo, extraordinariamente superficial. No entanto, seu orgulho científico foi compensado, até mesmo superado, por seu pessimismo, sua íntima união musical com a noite e a morte, que provavelmente se torna a sua característica mais forte do que tudo o mais. A isso, porém, ligam-se um impulso e uma vontade, juntos, dirigidos para o grande formato, a obra-padrão, o monumental e o grandioso massal — vinculadas, assaz estranhamente, a uma paixão ao

---

* O título original era apenas "Thomas Mann", mas em vista da repetição do mesmo título, resolveu-se designar o ensaio por uma das caracterizações que Rosenfeld faz do autor de *A montanha mágica*, na p. 186. (N. T.)

muito pequeno e ao minucioso, ao detalhe anímico. Sim, a grandeza, que sabe encontrar uma felicidade curta, isenta de crença, na embriaguez momentânea da beleza fundente, é seu ser e caráter...

Mais adiante, Thomas Mann fala da semelhança de família que aproxima peculiarmente os grandes homens daquele século.

> Zola e Wagner, por exemplo, os *Rougon-Macquart* e *Der Ring des Nibelungen*... o parentesco de espírito, de intenções, de meio, salta hoje aos olhos. O que os liga não é somente a ambição do formato, o gosto artístico pelo grandioso e massal, tampouco, no técnico, o leitmotiv homérico; é antes de tudo um naturalismo que se intensifica no simbólico e cresce ao nível do mítico, pois quem poderia não reconhecer, no épico de Zola, o simbolismo e a tendência mítica que eleva suas figuras ao sobrenatural? Aquela Astarté do Segundo Império, chamada Naná, não é um símbolo e um mito? De onde lhe veio o seu nome? É um som primigênio, um balbucio primitivo e sensual da humanidade; Naná, essa era a alcunha da Astarté babilônica. Zola sabia disso? Mas seria tanto mais estranho e marcante se ele não o soubesse.

Na sequência, Thomas Mann fala de Tolstói e de sua "extraordinária disposição para o tédio", sobre o parentesco entre Wagner e Ibsen e

> as obras de suas vidas a envelhecer no palidecente cerimonial-mítico... *Quando despertarmos de entre os mortos*, a horripilante e sussurrada confissão do trabalhador que se arrepende da tardia, mui tardia, declaração de amor à vida — e *Parsifal*, o oratório da redenção — quão acostumado estou a vê-las como uma só coisa, a senti-las como uma só coisa, essas duas peças de despedida e últimas palavras antes do eterno silêncio, as derradeiras obras da velhice em seu cansaço majestático-esclerótico, o já-tornado-mecânico-ser de todos os seus meios, o cunho tardio de resumo, retrospecto, autocitação, dissolução.

Uma citação tão longa no quadro de um pequeno trabalho só se desculpa pelo fato de que Thomas Mann, na medida em que caracterizou o século XIX e suas grandes figuras, esboçou a um só tempo a sua própria natureza e a sua criação com uma precisão que dificilmente poderia ser superada. Como o século XIX, Thomas Mann crê em ideias e não consegue negar sua fidelidade, certamente muito cética, à razão e ao progresso, ao mesmo tempo que lhe são infinitamente caros o pessimismo e a íntima união musical com a noite e a morte. Como a de Wagner, Tolstói,

Balzac e Zola, a sua obra também se presta ao impulso para o grande formato, unido a uma paixão pelo minucioso e pelo detalhe sutil, anímico. Como aqueles, lhe é peculiar o leitmotiv formalista, magicamente configurado, e um realismo que se intensifica no simbólico e cresce até o mítico: pois toda a sua obra tende, sempre em novas tentativas, para o mito. E por fim, sua criação, como a de Wagner, unifica no mais íntimo três elementos, que em parte parecem se contradizer: psicologia, música e mito, o "outrora" em seu duplo nexo de "como tudo era" e "como tudo será", segundo sua formulação no romance *José e seus irmãos*.

Ainda assim, não se poderia omitir que o fato de Thomas Mann ter conhecido de modo tão profundo o século XIX e ter se prendido a ele em tão forte escala e tão nostalgicamente mostra, e ao mesmo tempo prova, que ele consegue sobrepujá-lo. Pois só se conhece algo do qual se ganhou certa distância e a gente o compreende na medida em que, ao mesmo tempo, se sente ligado a isso. Como Goethe, que sobrepujou o século XVIII e suas imensas contradições. Ilustração, ardente pietismo, *Sturm und Drang* [tempestade e ímpeto] e, não obstante, dentro de si, o suspendeu e preservou, na medida em que atribuiu uma unidade dialética aos opostos e polares, Thomas Mann também se esforça em organizar as obras antagônicas do século XIX e transmiti-las ao século XX como uma unidade carregada de polaridade, que, às vezes, ele chama de humanismo terceiro ou pessimista e, outras vezes, de humanismo irônico ou estético.

De certo modo, portanto, a obra de Thomas Mann se nos revela como o triste canto do cisne do século passado e, com isso, da burguesia, cujos valores essenciais, os do humanismo, ele sem dúvida procura salvar, tanto mais quanto estes foram assumidos pela burguesia e traídos por sua forma desagregada, a *bourgeoisie*. Goethe encontrava-se no começo da ascensão burguesa ao poder. Ele jamais cessou de se debater com o problema da Revolução Francesa e, em face das monstruosas perspectivas que se abriam ao novo século, esclarecem-se determinadas guinadas utópicas de Fausto e seu mestre. Thomas Mann encontra-se no fim de uma época, e suas obras são, em essência, variações sinfônicas desse processo lento e trágico de deterioração. Goethe certamente não era um otimista progressista, mas Thomas Mann o é menos ainda. Sua obra carece de elementos utópicos e, quando estes por vezes se apresentam, surgem transvestidos de mito, como no romance de José, uma circunstância cujo propósito é significar que o processo e a autossuperação, a evolução humana, aparecem ao mesmo tempo como fase de um processo interminável, de tipo essencialmente cíclico. Por isso mesmo, os artistas e cidadãos ganham, em Thomas Mann, um valor simbólico e tornam-se representantes da humanidade.

II

Se a obra de Thomas Mann nasceu inteiramente de nossa época, de uma época de transição, um traço peculiar lhe empresta ademais, concomitantemente, um cunho moderno-contemporâneo e, no entanto, supratemporal. Refiro-me ao fato de que, nesta obra, uma única proto-vivência, um motivo biográfico, está distendida e desdobrada em múltiplas variações, e que essa experiência básica atribui uma validade típica à nossa época e, simultaneamente, ao ser humano, razão pela qual toma quase sem querer o caráter representativo.

O fato biográfico, na verdade insignificante, é que Thomas Mann descende, de um lado, de antigas estirpes patrícias alemãs e, de outro, porém, conta também com índios entre seus antepassados, graças à mediação de uma mãe "exótica", para utilizar a sua própria expressão, na verdade uma mãe brasileira. A essa circunstância cabe atribuir certa importância, em virtude eventualmente de uma bem-sucedida miscigenação daí advinda; seria de fato algo bastante desproposital tirar semelhantes conclusões. O essencial nisso é que Thomas Mann tinha consciência desse fato étnico e sentia-se marcado por ele; fundamentais, por conseguinte, não são as consequências biológicas, e sim, as psicológicas, fortalecidas pela circunstância de que logo ele passaria a sentir-se marcado também como artista e, portanto, duplamente marcado. Quão fortemente esse momento psicológico foi sentido de igual modo por seu irmão Heinrich comprova-o o romance *Zwischen den Rassen* [Entre as raças], a história de um alemão que tem mãe brasileira, enquanto, de outro lado, a principal figura feminina de Thomas Mann em *Sua alteza real* é uma mestiça, de índio, bastante afastada. Desde o começo, pois — e Thomas Mann exagera este fato com garridice irônica —, ele se sente um outsider (forâneo e marginal) e alguém não "de todo pertencente".

Nota-se imediatamente que tal valorização, que intensifica um detalhe biográfico em si insignificante através da situação marginal do intelectual, ao menos em nosso mundo, visa a um dos fenômenos mais essenciais de nossa época. A saber, a problematização e o crescente alheamento, a *alienatio*, *alienation*, alienação do indivíduo e de sua posição dentro da sociedade. O processo de isolamento não começou hoje ou ontem; em linhas gerais, pode-se dizer que se iniciou, por um lado, com a Renascença e, por outro, com a Reforma. O fenômeno pelo qual, no final da Idade Média, o indivíduo vai se destacando da relativa amarração ao coletivo e do relativo recolhimento na abarcadora unidade de uma concepção de mundo e de vida onipotentemente teocêntrica, instituinte de valores absolutos, não é um fenômeno singular; conhecemos outro parecido, na história grega; justamente por isso Platão delineou em suas obras políticas projetos altamente totalitários de gradação e vinculação hierárquicas. Todavia, tão somente a relativização de todos os valores através do positivismo no século XIX, o historicismo, o psicologismo e o sociologismo, ligados à insegurança e à desproteção crescentes do indivíduo, em consequência de conflitos econômicos, crises e catástrofes bélicas cada vez mais violentos, é que tornou todo esse complexo de questões particularmente agudo para a nossa época. O liberalismo malogrou porque lançou pela amurada os liames do direito natural que lhe serviam de base, formalizou-se e substituiu direitos por interesses.

Desde o fim do período medieval, o indivíduo se viu cada vez mais livre de todos os vínculos: primeiro, do hierárquico e do ideológico como consequência da Reforma, um processo que caminha lado a lado com a lenta dissolução das corporações, em virtude de formidáveis revoluções econômico-políticas; a esse quadro se alia, antes de tudo, a liberdade de mobilidade horizontal e ideológica como consequência da expansão geográfica da [do que era chamado] Terra e o sentimento cada vez mais forte de extravio, em decorrência da mudança copernicana que arranca o nosso planeta do centro do cosmos e o converte num diminuto grão de pó a descrever uma elipse; depois, a liberdade vertical de mobilidade, o movente ascenso e descenso sociais em decorrência da economia e do desenvolvimento do capitalismo; de acordo com tudo isso, a libertação dos valores e das leis de há muito secularizados, mas ainda com validade absoluta, que pareciam escapar à natureza humana, não poderia estar ausente. Tantas libertações, que aliás poderiam ser valorizadas de um modo positivo, se o homem comum estivesse adaptado e à altura delas, fizeram com que, no final, o indivíduo se sentisse não só livre, mas livre qual um passarinho. Já foi dito com bastante frequência que essa situação constitui a causa psicológica do poder de atração exercido sobre as massas pelas religiões totalitárias substitutivas e pelos mitos pré-fabricados.

Em uma palavra, o anormal tornou-se hoje normal; nossa sociedade compõe-se em certa medida somente de forâneos marginais a ela, que não mais "pertencem a ela". Um traço característico e muito singular da biografia de Thomas Mann fez-se, quase sem a sua intervenção, representativo de uma época de dissolução e decadência, o que tão precisamente o termo "desintegração" designa. Suas obras necessitariam ser apenas biográficas para, ao mesmo tempo, terem efeito de valor universal. Dessa forma, a sua primeira grande criação, *Os Buddenbrook*, descreve no fundamental nada mais do que a decadência de uma família de comerciantes burgueses. A essência do em si simples processo de decadência é que o declínio econômico-biológico da família vem acompanhado de um crescente refinamento, isolamento e alienação espirituais, ou, expresso de maneira mais exata: à elevação e ao enriquecimento internos e anímicos corresponde, para não dizer segue-se, a degeneração biológica e econômica, com a acentuação concomitante da "outsideridade" [*outsidertum*].* Um processo de ação recíproca, como se a vida e o espírito não pudessem coexistir. A vigorosa alegria de viver dos pais, sua disposição natural para o trabalho, sua força de resistência biológica, pronta para a luta contra os poderes estranhos e incompreensíveis da morte — em resumo, a herança vital de uma geração saudável se quebra e se exaure no curso das gerações, até que acaba em um mundo de cansaço, medo, enfermidade e volúpia da morte. Involuntariamente, vem à lembrança a palavra de Hegel, de que a coruja de Minerva somente levantaria voo quando a noite descesse sobre os povos.

O efetivo, o verdadeiro herói do livro é Thomas Buddenbrook, o representante de sua estirpe no qual as forças degenerativas e destrutivas já se haviam desenvolvido bastante, mas ainda não haviam vencido, e que, no fio de arame de uma posição desesperada, em elegante autocontrole, esconde aos olhos do mundo seu inferno interior, a degradação biológica, sua nostalgia da morte e seu anseio metafísico pela vida. Essa postura, a "resolução para a forma" (*Entschluss zur Form*), "vontade para a obra" ou "querer-operar" (*Wille zur Werk*) é um fato ético. E Thomas Mann diz a propósito: "Sua atitude ante o destino, seu garbo no tormento não significam apenas um [passivo] suportar; ela é

---

* Para transcrever a forma utilizada por Rosenfeld, um evidente anglicismo também em alemão, intraduzível em português, recorreu-se a esse barbarismo para expressar o conceito de foraneidade e marginalidade. (N. T.)

uma realização ativa, um triunfo positivo, e a personagem de Sebastian é o símbolo mais belo da arte erigida no discurso".

O crepúsculo, que envolve as duas últimas gerações, é clareado pela sublime metafísica da redenção de Schopenhauer, que contém um prenúncio nietzschiano e de repente floresce na flama escura da música — um poder ao qual o último rebento dos Buddenbrook, já sem forças para a "atitude", se entrega e que o amadurece para a morte prematura.

Se aqui é descrita a problematização do indivíduo que se sente isolado, que se redime e se desintegra, da mesma forma que em romances como o *Der kleine Herr Friedemann*, *Tobias Mindernickel*, *Tristão*, entre outros, tal posição marginal liga-se, direta e naturalmente, à sublimação e à estetização das figuras em questão. Ambos os fenômenos são correlatos. O antagonismo torna-se quase imediatamente uma polaridade de espírito e vida, arte e vida, isolamento extraburguês (*ausserbürgerlicher*)* e vida burguesa dos "outros".

Thomas Mann não seria alemão se em suas mãos semelhante série de antítese não se transformasse em um problema metafísico, transmitido a ele por Schopenhauer.

Na base de nosso mundo circundante e cotidiano de representação encontra-se, segundo Schopenhauer, um querer cego e absolutamente corriqueiro, uma vontade de vida, que se manifesta em nosso mundo humano, fenomenal, na vontade de viver de indivíduos conflitantes entre si. O verdadeiro pecado original, no entanto, é justamente essa assim chamada "individuação", isto é, o desenlaçar-se e vir a si mesmo do homem na sua figura de indivíduo egoísta, o seu sair da unidade e fragmentar-se na pluralidade multiforme, entrechocante do ser humano. Por outro lado, somente dessa maneira pode-se chegar a uma evolução do entendimento humano até uma fase em que o espírito, ultrapassando a si próprio e a sua servidão a uma vida antes de tudo habitual, torna-se quietivo,** isto é, um superador da vontade de viver, um destruidor do impulso de autoconservação individual e, com isso, um defensor de uma nova unidade mística, a saber, a do nirvana, em cujo silêncio oceânico se apaga todo o querer-viver. Um degrau prévio ao desse espírito que se fez sagrado e redentor é a arte, que ao menos por instantes liberta as pessoas presas à roda suplicante da vontade, na

---

* *Bürgerlich* tem, em alemão, o sentido não só de "burguês", mas também de "civil", do que diz respeito ao Burg. (N.T.)

** *Quietiv*, que dá calma e repouso à alma. Termo utilizado por Schopenhauer ao falar de um conhecimento, não vulgar, que espalha sobre a vontade sua virtude apaziguadora. (N.T.)

medida em que as leva a uma visão desinteressada, objetiva, isenta de vontade, a uma contemplação anímica das ideias.

Seria indispensável levar em conta essas pequenas digressões metafísicas, já que os pensamentos descritos são decisivos para as concepções de Thomas Mann. Salientemos mais uma vez alguns pontos essenciais: 1) o espírito e a arte, e principalmente a música, são para Schopenhauer forças libertadoras da morte, portanto forças altamente não burguesas, já que levam o indivíduo à sua autodissolução no nirvana; 2) o pecado original da individuação é ao mesmo tempo um fenômeno moral, pois somente através dele o processo de dissolução é introduzido e adquire sentido; 3) a meta de todo o vir a ser é a "suspensão" da vontade de viver, apaixonada e individual, na unidade do nirvana.

Se agora voltarmos a examinar mais uma vez *Os Buddenbrook*, notaremos que ele constitui, no essencial, uma variação artística do romance metafísico schopenhaueriano, na medida em que nessa obra é descrito um sofrimento crescente na individuação, na "outsideridade" isolada, até que tal sofrimento, no caso de Thomas, se manifeste como nostalgia da morte, e, no caso do pequeno Hanno, transtornado pela música, como extinção de toda vontade de viver.

Eu falei da nostalgia da morte no caso da personagem Thomas Buddenbrook. No entanto, justamente nesse ponto aparece na interpretação de Mann, pela primeira vez, suscitado pela influência simultânea de Nietzsche, uma transposição de acento, que na sequência viria conferir à sua obra todo um caráter dialético e cheio de contradições. Pois o anseio de morte de Thomas Buddenbrook não é apenas o anseio místico pela dissolução final e redenção do cárcere doloroso de seu eu solitário, mas ao mesmo tempo a esperança metafísica de uma continuação da vida em novas individuações como ser humano saudável e despreocupado — uma mudança, portanto, inteiramente não schopenhaueriana e altamente nietzschiana. Ao mesmo tempo, caracteriza-o aquilo que Thomas Mann, como já vimos, chama de sua "postura", sua luta teimosa e apaixonada contra a nostalgia da morte, em suma, sua vontade burguesa de vida, seu "querer-operar", sua heroica perseverança em sua individuação. Ele pertence, em uma palavra, ao "comando de atividade" ocidental. "Sua atitude ante o destino", eu repito a frase de Thomas Mann, seu "garbo no tormento não significam apenas um [passivo] suportar; ela é uma realização ativa, um triunfo positivo, e a personagem de Sebastian é o símbolo mais belo da arte erigida no discurso."

Thomas Buddenbrook é a personagem central do livro, porque ele está ao mesmo tempo no ponto de cruzamento de duas tendências, a que sobrevém de uma estirpe com competência de vida e a que passa a prevalecer daí por diante, a qual se poderia caracterizar como ebriedade musical de morte. Em Thomas Buddenbrook, as duas tendências se encontram e se afiam para o conflito; e por isso mesmo ele é a única figura moral da obra, pois a vontade de viver de seus antepassados é inocente, está aquém da culpa, pecado ou noção do dever, e o mesmo vale para a volúpia da morte em Hanno, seu filho. A questão moral só se torna relevante no caso de Thomas Buddenbrook, pois somente aqui, em seu caso, se pode falar de pecado, seja por se considerar sua vontade de viver ou sua vontade de redenção e de morte como pecados. Somente quando as forças da enfermidade e da morte lançam sua sombra, portanto quando o indivíduo aparece como consciente de si mesmo e se desenlaça anomalamente do nexo do todo, aí se coloca, no sentido de Thomas Mann, o problema moral, pois só então cometeu-se o pecado original, processou-se a libertação e seguiu-se a expulsão do paraíso — a razão pela qual ele sempre se denomina um moralista e não um esteta e fala do "ar ético", do pessimismo moral que aparecem em suas obras. "Para mim nunca se tratou da beleza... Nesta (minha) esfera, o ético sobrepõe-se ao estético... ou, melhor, ocorrem uma mistura e uma equiparação desses conceitos, que honram, amam e cultivam o feio. Pois o feio, a doença, o declínio, isto é o ético, e nunca me senti literalmente como um 'esteta', mas, ao contrário, sempre como um moralista." Vemos que o entrelaçamento entre Schopenhauer e Nietzsche é aqui indissolúvel.

Esse entendimento justamente determina também a posição singular e multívoca de Thomas Mann em relação a todas as formas de arte e principalmente em relação à música inarticulada. Para o Thomas Mann schopenhaueriano, ela é um fenômeno moral, quase religioso, devido ao seu poder libertador imanente, um poder que, encarado do ponto de vista burguês, é novamente de caráter altamente duvidoso; no entanto, para o Thomas Mann nietzschiano, também é, por outro lado, um fenômeno ao qual não se pode negar de maneira alguma tendências dionisíacas, vitalizantes, embora, mais uma vez, também sejam próprias do dionisíaco certas dissoluções místicas e propensões caóticas para a morte. Em todo caso, a arte é um fenômeno em alto grau suspeito, ele a chama, no sentido platônico, de duvidosa, e uma de suas personagens, que logicamente é vista com ironia, como todas as demais, diz a seu respeito que ela é "politicamente suspeita", lá onde Thomas Mann se refere especificamente à música.

A problemática oscilante, que tentei descrever até agora, se expressa de forma mais significativa no livro *Tonio Kröger*. Nesse singular romance de primeira fase, Thomas Mann descreve a tragédia melancólica do filho de uma casa da grande burguesia que, ensombrado e elevado pela nobreza ambígua da arte, se afasta de forma dolorosa de seu meio. Lutando veementemente contra tal coisa, ele se vê estigmatizado por sua "outridade"; ele é diferente de seu meio (o motivo biográfico) e seu destino é a torturante solidão. Ele sabe que seu estigma é ao mesmo tempo uma coroa e olha de cima para os outros, com certo desdém. Todavia, ao mesmo tempo, sente que seu eterno anseio será a vida simples e honesta do "grande número", dos "louros", a existência ruidosa, contente das pessoas medianas, que se calam, tímidas, quando ele adentra seu meio.

A sua verdadeira tragédia é, no entanto, a de que ele é um artista, mas que ainda assim, no íntimo, permanece um burguês, vivendo, portanto, exatamente como Thomas Buddenbrook, no ponto de intersecção de duas tendências. De modo que se acha, como aquele, "entre dois mundos" e "em nenhum dos dois está em casa", tendo "por conta disso uma vida um tanto difícil" — uma posição que, em seu estar no meio, constitui o ponto de partida exato de todo anseio e toda objetividade irônica. Pois, quem pertence de todo a um mundo, como que "de pele e pelo",* e não percebe nada de outros mundos, jamais pode sentir nostalgia de estar "sobre os dois".

Mesmo que de forma muito individual, pessoal, a vida aqui é posta como um valor autenticamente nietzschiano. Mas a diferença é que o espírito não lhe fica subordinado, porém se lhe aproxima numa relação amorosa encoberta de um modo irônico e travesso; ele está no mesmo nível que ela, até quando aparentemente, em seu anseio de vida, comete autotraição; está no mesmo nível em uma relação que, na verdade, como todos os amores e nostalgia, é desesperado. "Quando a vida", diz Thomas Mann, referindo-se a Platão, em seu modo sério e jocoso, "consegue sair-se bem, o espírito sai-se melhor ainda, pois ele é o amante, e Deus está no amante e não no amado, o que o espírito aqui com certeza também já sabia."

Mas a vida também não é mais compreendida totalmente em sua brutal, inquebrantável e nietzschiana pureza da Renascença; ela recebe

---

* Para transcrever a ênfase, a expressão alemã "mit Haut und Haaren" foi traduzida literalmente e não pelo habitual advérbio "inteiramente". (N. T.)

acentos mais baixos, mais suaves, de cunho mais goethiano; pois, para que o espírito possa amá-la, ela precisa ser amável, digna desse amor. Ela permanece "bonita", porém não mais ecoa a trompa da volúpia do poder. "É a felicidade, a força, o garbo, a normalidade agradável da ausência de espírito"; numa palavra, é o sadio mundo da compreensão humana.

Nessa e em outras obras do período inicial, salta à vista do leitor, como já foi indicado, a posição instável da arte — e do artista —, na medida em que ora pertencem preponderantemente ao reino do espírito (um espírito, vale dizer, igualmente instável e discutível) e partilham de sua miséria, fraqueza e alheamento mortal da vida, de seu êxtase frio e de sua ironia extra-humana (Kröger, Tristão, Buddenbrook), ora tomam o partido da vida epicúrio-sensual e desvairada em luta contra o espírito ascético do fanático religioso (Fiorenza) e ora estão no meio entre os dois princípios, como em *A morte em Veneza*, onde o embate ocorre na alma de um artista. Esta última obra, que, em termos de linguagem, pertence ao que de mais belo produziu a literatura alemã, me parece ter especial importância, já que nela a essência do artista (e em certo sentido também a do ser humano) não só é reconhecida e descrita em seu íntimo, como também dá lugar a uma certa transposição do problema através de uma elevação ao mesmo tempo moral e metafísica de ambos os princípios. A questão não é tanto de espírito e vida, onde a vida significa em geral a existência normal burguesa, à qual se contrapõe a existência mortalmente desgastante, extenuante e excepcional do artista; mas se trata dos problemas de educação e falta de educação, da dignidade espiritual e do descaramento sensual, da forma e caos, urbanidade e degeneração demoníaco-dionísica. Esse romance, no qual a multiformidade do mundo fenomenal, o florescer das cores, o cheiro e o gosto das coisas se ligam de maneira das mais estranhas a pensamentos elevados e ideias abstratas, é uma versão profunda da concepção platônica do amor e da arte, tratadas com o ceticismo e a ironia de uma época tardia.

Amor, doença e morte, os elementos noturnos da mística romântica, mitos gregos, culto fálico, efebolatria e nostalgia da beleza unem-se numa poesia de tétrico ânimo de decadência e sombrio reconhecimento do perigo teísta do espírito ocidental. Uma dialética empesgada, quase parodística, leva tudo o que parecia firme a vacilar. Ambíguo é o belo, a forma, ambíguos são todos os entendimentos, ambíguo é o amor, mas antes de tudo o ente humano. Enquanto o belo em Platão, manifestando-se sensivelmente, eleva o ser humano, na medida em que desperta Eros para o reino das ideias, ocorre que o ameaçado herói da obra, no oscilante fio de arame, procurando manter sua posição entre a nostalgia da morte e a vontade criativa, é misticamente seduzido pelo belo e afunda nas profundezas da imoralidade. "Que valor tinham para ele a arte e a virtude, em confronto com as vantagens que oferecia o caos?" Por espírito de aventura excentricamente embriagado com tudo o que é desalmado, anárquico, degenerado, ele se deixa cair e ser carregado na corrente da demência devassa—ele, Aschenbach, o bem-educado, o prudente, o digno, para quem a criação era um obstinado e apaixonadamente frio serviço à arte.

Por curta que seja a narração, nela se unem, como que numa pergunta desesperada, tradições espirituais milenares, sentidos antigos, pensamentos e sentimentos alemães clássicos e românticos. Não só o diálogo erótico de Sócrates, cuja voz travesso-significativa percebemos de forma não velada, mas também a aclaração moral de Kant, a luta fáustica de Goethe e a filosofia estética de Schiller, entrelaçados com artística plenitude de significação, erguem-se na alma do herói Aschenbach como arma de defesa, na verdade bastante duvidosa, do espírito europeu contra a irrupção demoníaca do "deus estranho", do deus da morte e do prazer, que é ao mesmo tempo o deus da vida irracional dos sentidos... a quem ele, no entanto, sucumbe. Pois com o artista ocorre o seguinte: "Como pode ter aptidão para educador quem tiver por índole uma propensão natural, incorrigível, para o abismo?", socavado como está pelas forças desagregadoras da distância da vida, no reino da existência lúdica do puramente intelectual e da mórbida perfeição das figuras estéticas. Essa "propensão", porém, pode ser chamada tanto de moral quanto de pecaminosa—lembro da discussão de Schopenhauer; pois quem nunca se perdeu, nunca se encontrará. E sem combater o mal—como na interpretação thomas-manniana do Evangelho—, Aschenbach clama, como Eichendorff e todos os românticos:

E eu não quero me livrar!
O vento me leva para longe de vocês.
[...]
Vá de encontro! Eu não quero perguntar,
Onde termina a viagem!

Bem mais otimista parece ser o romance de conto de fadas *Sua alteza real*, em que Thomas Mann descreve a existência apartada da vida, puramente formal, do príncipe Klaus Heinrich. Tronando muito acima do povo, vive sozinho sua existência morta, sem conteúdo, ocupado apenas com a representação estética, diante da qual a massa em adoração se entorpece — aquela massa, por cuja vida desordenada, multicor e baixa, ele, no íntimo, em sua solidão, anseia. Uma única tentativa de se misturar com o povo em uma festa termina de forma lamentável e absolutamente amorfa, e ele descobre que a vida só lhe pode sorrir de longe... Acontece então que um milionário americano se estabelece em seu pequeno país — um homem extraordinário e tão excepcional pelo dinheiro quanto Klaus Heinrich o é pelo nascimento, alguém que não se enquadra em nenhuma sociedade, não só pelo dinheiro, mas também porque em suas veias corre o sangue de uma avó índia, uma condição que não seria perdoável nem a um americano menos rico. Sua graciosa filha Imma encontra-se na mesma situação que Klaus; sim, ela é na verdade uma princesa e, mesmo se por outras razões, igualmente obrigada a levar uma existência tão formal quanto a do príncipe. Era inevitável que ambos se conhecessem e logo chegassem a se amar. E, em seu amor, florescem para os dois as maravilhas da vida: o amor profundo, que a ambos preenche, explode as grades de suas prisões e a forte torrente da vida os invade. Descobrem por fim o que é a felicidade, ainda que seja uma "felicidade severa", ou aquilo que Wagner chamou de "felicidade nobre", uma bem-aventurança que atravessou antes a infelicidade. Em resumo, trata-se de uma felicidade com "linha".

Naturalmente, a coisa não é assim tão simples, pois no happy end há muita ironia, mesmo quando Thomas Mann diz numa passagem que essa obra é a expressão de uma crise do individualismo e significa uma mudança para a democracia, o que, sob certo ponto de vista, é indubitável. Algum tempo após a publicação desse gracioso romance, Thomas Mann verifica com horror que, entrementes, o "amor" se tornara uma tendência de moda intelectual. No romance aparecem ainda alguns individualistas confessos, monstros aristocráticos, não pelo sangue, e sim pelo espírito — e para eles, essa seriedade de coração vale em grau bem mais elevado do que para o par de amantes.

> É verdade que Klaus Heinrich é feliz [diz o autor] e Raul Überbein, o individualista romântico, descamba da mais tendenciosa maneira, miseravelmente, para a ruína. Mas ninguém deve me considerar tão vil e tão político a ponto de eu ver na felicidade um argumento e na ruína um desmentido. Isso seria algo diferente do que é moral — seria virtuoso.

E ser virtuoso — assim acha Thomas Mann — é o fim. A passagem citada encontra-se nas *Betrachtungen eines Unpolitischen* [Considerações de um apolítico], o livro altamente conservador e apaixonadamente nacionalista que escreveu durante a Primeira Guerra Mundial. Mais tarde, Thomas Mann tomou distância dessa obra e de modo algum repetiria em ensaio ou palestra uma opinião como acima citada. No entanto, é inegável que, na qualidade de artista e romancista, tais monstros lhe interessam em alto grau e que continua a amá-los com toda a paixão, ao menos com uma de suas duas almas, a romântica, isto é, a unida intimamente à morte e à noite.

Se, contra Thomas Mann, pode ser feita a crítica de que facilitou um pouco as coisas no livro *Sua alteza real*, na medida em que encaminhou tudo, ao modo de contos de fada, ao porto de uma suave síntese, a mesma censura não pode ser levantada em relação a *A montanha mágica*. Esse romance gigantesco, fruto de muitos anos de luta com a forma e a ideia, apresenta-se como uma das mais maravilhosas criações da literatura mundial do século XX, inesgotável em sua multiplicidade e impenetrável em sua profundidade, comparável somente ao romance de Proust e de igual valor em significação, porém de maior valor artístico que o *Ulysses* de James Joyce. Cintilando em mil facetas de um espírito brilhante, perfeito em uma linguagem que em sua flexibilidade, ironia, em sua riqueza de subtons, de musicalidade, abundância de alusões e relações, se tornou um instrumento delicado e poderoso de um virtuosismo *benévolo* — mas no virtuosismo há muito demonismo —, a tal ponto que nada se sabe dizer desse assombroso produto, se ele ainda se inclui propriamente nos limites da forma romance ou se a rompe e a supera. Isso, no entanto, fica em suspenso.

Thomas Mann disse certa vez, em retrospecto, que o "espírito" do romance *Tonio Kröger* ainda não sabia que não apenas o espírito almejava pela vida, mas também esta ansiava por ele, e que a necessidade de redenção da vida e seu anseio fossem talvez mais sérios, talvez mais divinos, talvez menos altivos e travessos do que os do espírito. Se Mann caracterizou até esse ponto em essência o anseio do espírito pela vida, do artista pela existência normal do burguês, do outsider pelos elementos da mediania, em *A montanha mágica* descreve a aventura ansiosa de um jovem, vindo da "planície", da terra da vida, que quase se perde na montanha mágica e pecaminosa de um mundo perigosamente mortal, febrilmente enfermo e espiritualmente consumido.

Hans Castorp é o herói anti-herói desse romance do desenvolvimento da alma, o qual se perdeu para encontrar-se; um jovem e inofensivo rapaz, mas que tem "alguma coisa dentro da cabeça", pois se ele não tivesse alguma coisa "em si" e "dentro da cabeça", não lhe teria acontecido nenhuma daquelas problemáticas aventuras na montanha mágica e não teria sido impelido tão alto para aquela "região genial". O fato de seus pulmões parecerem apresentar uma pequena "mancha úmida" significa, na linguagem de Mann, que alguma outra coisa também não está em ordem com o jovem e que há nele possibilidades do tipo devasso. De modo que Hans parte então por três semanas para Davos, a fim de permitir o fortalecimento de seus pulmões agredidos pela vida na planície com o ar puro dos Alpes. Acontece, porém, que ele fica sete anos lá em cima, em vez de três semanas, sete anos completos, e teria ficado para sempre e abandonado qualquer contato com o mundo como um absorto vagabundo de Eichendorff, se a planície, com o seu "comando de atividade ocidental" e com a força de um trovão, não viesse chamá-lo de novo, para que ele, "como soldado e honradamente, cumprisse seu dever de cidadão".

Coisas estranhas acontecem ao indefeso Hans—quase que eu disse Michel—na atmosfera rarefeita dos tuberculosos, naquela montanha dos outsiders, onde Thomas Mann tem finalmente a oportunidade de mostrar a marginalidade imediatamente como grupo e como comunidade e projetar ao mesmo tempo a desagregação ao grande. Ele se entrega a grandiosas especulações sobre a subjetividade do tempo, sobre o tempo específico da montanha mágica, que não é o da planície, nem o do Ocidente, tampouco o tempo histórico, portanto o tempo relativamente objetivo, mas, sim, um tempo individual mágico e maia* fora do tempo, um tempo apolítico concomitantemente, que se passa em seu próprio espaço hermético. Tais pensamentos foram inspirados talvez por Bergson, talvez por Proust, porém com mais certeza por Goethe, que, no diário de Otília, em *As afinidades eletivas*, introduz frases altamente singulares: "Por que será que o ano é às vezes tão comprido e outras vezes tão curto, por que parece tão curto e tão longo na lembrança!". O curso de pensamento é estendido mais ainda e trata-se no todo de uma passagem bastante sinistra. A subjetividade do tempo, amiúde exagerada nos romances modernos—refiro-me ao *Orlando* de Virginia

---

* Aportuguesamento em forma adjetiva de Maya, isto é, na filosofia hinduísta, a ilusão da realidade da experiência sensível e das qualidades e atributos experimentados pelo próprio sujeito. O termo é usado como tal por Schopenhauer e outros filósofos. (N. T.)

Woolf, a Proust, a Joyce—, é um sinal da desagregação social, algo que foi apontado com engenho pelo historiador da literatura Georg Lukács. É o processo de sair-se do tempo histórico e fechar-se em um tempo pessoal—um fenômeno que se torna coletivo na montanha mágica. No entanto, coisas ainda mais notáveis acontecem ao indefeso Hans.

Experiências estranhas afluem sobre ele, e em estado febril de metabolismo fortemente aumentado se lhe afigura, por vezes, como se estivesse, indeciso, entre dois mundos. Lembra-se de um solitário passeio de barco, no lusco-fusco crepuscular, em um lago de Holstein, ao fim do verão...

> Eram sete horas, o sol já se havia posto, a lua cheia no leste que se aproximava sobre a margem repleta de moitas já havia se levantado. Durante dez minutos, enquanto Hans Castorp remava nas águas silenciosas, reinava uma constelação confusa e sonhadora. No oeste era dia claro, uma luz diurna sóbria e vítrea, mas se ele virasse a cabeça vislumbraria uma noite de luar igualmente pronta, altamente mágica, rodeada de névoa úmida...

É a noite de luar envolta em névoa que parece seduzi-lo, uma paisagem hessiana do tipo de *Sidarta*, convidativa a meditações orientais de ioga e, ao mesmo tempo, a orgias sensuais das *Mil e uma noites*, um budismo nietzschiano, para repetir a palavra que Spenlé aplicou a Hesse... A desagregadora informidade e irresponsabilidade ao leste e a morte o cativaram na figura de Clawdia, a doente russa, que, indolente, atacada por vermes e de olhos quirguizes, se apodera de seu ser. Verifica-se, porém, que ele, em sua situação duvidosa, parece ganhar um novo sentido, e que se lhe abre o mundo febril, luzidio e áureo de um espírito mórbido, um espírito romântico e patológico, cheio de leviandade dialética, propenso a uma devassidão suspeita e a um plurientendimento estrábico, um espírito lúdico-metafísico que, também ele, no final, não parece significar nada além da morte, já que ele de fato é estranho à vida e tem uma tendência mística para o quietismo e a folia tuberculosa e a informidade em vez da forma.

Obedecendo a inclinações secretas, empreende ao mesmo tempo aprofundadas pesquisas de cunho humanístico, na medida em que começa a estudar anatomia, fisiologia, patologia e biologia. O universo se lhe desvenda em forma de uma cosmogonia patológica, quando a trilha aventurosa do espírito universal, seguindo um oculto desejo de prazer, torna-se indigna e alegremente receptiva a uma infecção, uma infiltração desconhecida, que degenera em tumor irritável de seu tecido. Essa espécie de excrescência exuberante significa a origem do material—o primeiro pecado original. No entanto, sobrevém uma segunda geração espontânea, o partejamento do orgânico pelo inorgânico, a formação da vida a partir da matéria inanimada, a qual nada significa exceto uma ascensão malsã, doentia, da corporeidade ao ser consciente, à alma. Tudo isso, porém, é a trilha ferida do espírito rumo ao mal, ao prazer e à morte—pois o mundo individual das formas ocorre quando, por um lado, ele parece ser o mundo da vida e, por outro, concomitantemente, o local da morte. Estranha confusão espiritual!

Em outra passagem, especificamente no romance de José, Thomas Mann descreve o caminho de sofrimento e prazer da alma, que em tempos antigos ardia de anseio pela matéria informe, ávida por misturar-se com ela e suscitar formas a partir dela nas quais pudesse alcançar prazer corporal. Deus, assim parece, a apoiava em sua luta de amor com a matéria, de forma que ele, por assim dizer, no pecado original—que é ao mesmo tempo uma ação altamente moral—a sustenta. Certamente, porém, obedecendo a um elevado plano, envia ao mundo o espírito, para que este desperte a alma adormecida no abrigo das pessoas e lhe mostre, por ordem de seu pai, que este mundo não foi um pecado por causa de suas cidades e suas apaixonadas empresas sensíveis, cuja consequência deva ser considerada a criação do mundo das formas e da morte. Evidencia-se, porém, que o próprio enviado não é de todo invulnerável, pois em sua missão diplomática acontece-lhe a *malheur* de trair os interesses pátrios, já que com o tempo a dissolução do mundo da morte, que também é na verdade um mundo da vida, se lhe apresenta, de sua parte, como uma manobra mortal, e ele mesmo nessa missão parece ser o princípio da morte. "Esta", diz Mann, "é de fato uma questão de ponto de vista e de interpretação; pode-se julgá-la de um modo e depois de outro."

Assim o espírito se mostra em certa medida pervertido e fraco de caráter. Se a alma se apaixona pela matéria, ele volta a apaixonar-se, por seu turno, de uma maneira ilícita, pela alma e se torna, assim, traidor de sua missão. Não obstante, cabe esperar que ele próprio sirva a seus propósitos originais, especificamente à suspensão do mundo material através do resgate da alma, de seu poder. Todavia, mesmo isso é altamente discutível. Será desejável? Thomas Mann, o schopenhaueriano, diria: altamente desejável! Mas Thomas Mann, o nietzschiano, bradaria o contrário: indesejável no mais alto grau! No fim, onde está a vida e onde está a morte?

[...] pois ambas as partes, a alma entrelaçada na natureza e o espírito extramundano, pretendem, cada um segundo seu sentido, ser a água da vida, e cada um culpa o outro de tomar o partido da morte: nenhum dos dois deixa de ter razão, pois natureza sem espírito ou espírito sem natureza dificilmente podem ser chamados de vida. O segredo e a silente esperança de Deus residem talvez na união, isto é, no autêntico ingresso do espírito no mundo da alma, na interpenetração recíproca de ambos os princípios e na santificação de um através do outro para tornar presente uma humanidade que seja abençoada com as bênçãos dos céus no alto e das profundezas embaixo.

Vemos como Thomas Mann envolve seu humanismo de maneira irônico-pudica na roupagem da especulação gnóstica, pois ele quer simplesmente exprimir que um espírito alheado da vida nada mais é senão morte, e uma vida alheada do espírito também nada mais é senão morte. O lugar das pessoas, o foco moral é, por assim dizer, ali onde ambas as tendências se cruzam e se tocam em antagonismo dialético. E, sem dúvida, vivemos num tempo em que o abismo entre os dois princípios parece ser maior do que seria desejável.

Este ponto se afigura tão importante ao autor, que ele manda compô-lo com caracteres espaçados. Trata-se de uma profissão de fé com que Thomas Mann, o artista, com frequência honra da forma mais apaixonada a morte e à qual guarda fidelidade em seu coração, mas à qual Thomas Mann, o ensaísta, não dá mais lugar em seus pensamentos após a Primeira Guerra Mundial. Monstros individualistas escravos da morte continuam também a povoar suas obras de arte, ainda que agora estejam, a olhos vistos, da maneira mais tendenciosa, por assim dizer, indo miseravelmente para o inferno; mas os ensaios e palestras, nas quais ele próprio toma a palavra e não suas personagens, sustentam em tudo e por tudo a razão e a sociedade democrática.

Aqui se fecha o círculo. Vindo da vida, enlevado pela grandiosa vivência da morte e transformado pelo sonho do amor humanístico, Hans Castorp está maduro para retornar, mais uma vez, à vida. O fato em nada se altera por ser o estampido da Guerra Mundial que o chama de volta e por ele retornar a um mundo de morte e não de vida, pois sua vida se tornou mito; o que se passa com ele, sempre se passou no íntimo com a humanidade. O que Thomas Mann diz de sua personagem José vale em certo sentido também para Hans: e se se descesse tanto mais fundo no poço do tempo, não se tiraria dele nada de novo. Porquanto esse é o eterno-velho e o eterno-novo, o passado e o futuro; "Pois este é, sempre é, ainda que na linguagem do povo soe: ISTO FOI".

Eu disse que a coisa em nada se alterava pelo fato de Hans haver retornado a um mundo de mortos. Talvez seja exagero. Algo se altera, na medida em que se mostra que a vida burguesa da planície e do comando ocidental de atividade, colocada até agora nostalgicamente como valor, é percebida na decomposição. Hans Castorp desce das alturas à planície para trocar um mundo de mortos por outro. No entanto, o decisivo é que ele desce, dando ouvidos ao dever e não a uma propensão. Não posso deixar de chamar a atenção para a semelhança existente entre *A montanha mágica* e *O jogo das contas de vidro*, de Hesse, embora Thomas Mann tenha recentemente comparado esse trabalho com o seu *Fausto*. Em ambos os casos, os heróis baixam das alturas do jogo espiritual e da música para um mundo da vida, que os leva à morte. Eles abandonam igualmente a província pedagógica, [...], enriquecidos pela aventura do espírito.

Ao pessimismo de *A montanha mágica* se opõe o relativo otimismo do romance de José, mas, para ser otimista, Thomas Mann desceu alguns milhares de anos no fundo do poço do tempo, à procura do protofenômeno da humanidade, estimulado, aliás, pela palavra goethiana de *Poesia e verdade*, quanto à grande brevidade da narrativa bíblica de José, que convida a um relato mais minucioso. Pois bem, Thomas Mann fez disso quatro volumes, um romance místico e psicanalítico de grandioso formato wagneriano ou zolaniano. Permitam, pois, que eu passe diretamente ao *Fausto*, que é, de novo, uma obra pessimista, porque se desenrola no presente, e a seu propósito entremearei, ao mesmo tempo, algumas observações sobre *José e seus irmãos*.

O romance de Fausto é o último grande trabalho de Thomas Mann cujo motivo fundamental, que tentarei esboçar, mais uma vez nos invade em imponente variação sinfônica, tratada com todos os meios de uma arte virtuosa, em magnífica orquestração.

Como* todas as obras de Thomas Mann, o *Fausto* também pode ser interpretado em diferentes cortes de profundidade. Trata-se da tragédia da arte e do artista, da tragédia da Alemanha, da humanidade em nossa era e do descaminho do homem.

---

* Rosenfeld publicou o trecho subsequente como artigo independente no *Jornal de São Paulo* em 16 set. 1949. (N.T.)

O *Fausto* de Thomas Mann não poderia ser como o de Goethe, um Fausto salvador e libertador. Demasiado grande é o peso dos acontecimentos que se precipitaram nos mais de cem anos decorridos desde que Goethe concebeu em definitivo o seu Fausto. Goethe estava no começo e Thomas Mann está no fim de uma época. Entrementes viveu Nietzsche e transvalorou os valores; entrementes viveu Hitler e entendeu mal Nietzsche.

A biografia de Adrian Leverkühn, do novo *Fausto*, é escrita pela segunda figura principal da obra, seu amigo e "fâmulo" Serenus Zeitblom, um humanista e representante da Ilustração, de um século que Thomas Mann saudou em alto e bom som com um "viva!". Trata-se da história de um compositor alemão, um fazedor de música, a arte mais alemã e mais discutível. E de um gênio, um expoente daquela categoria de rara humanidade que o burguês não pode deixar de designar de outro modo senão de "duvidosa".

Que existe uma coisa totalmente suspeita no que concerne ao gênio, ao *ingenium*, já o sabiam Platão e Aristóteles. Até eles já pressentiam que o "divino", senão o "demoníaco", a loucura estavam em jogo. Sêneca achava que não há *magnum ingenium* sem *mistura dementiae*, e Cícero falou de "furor", na medida em que citou, por sua vez, Demócrito.

Lombroso, Moreau, Wilhelm Lange-Eichbaum e Kretschmer, em tempos mais recentes, tendem igualmente a entender que o gênio tem um pé de intimidade com a doença e a disposição natural "bionegativas", enquanto Lamartine exclama pura e simplesmente: "*Cette maladie mentale qu'on appelle génie...!*".

No entanto, o gênio não é no fundo nada mais do que uma expressão extrema do homem simplesmente. Ser homem significa superar de maneira permanente a natureza humana. A norma da humanidade é no cerne a de jamais ser totalmente normal.

Adrian, o gênio, é um Nietzsche transposto musicalmente. Ele morre, após um período de loucura de cerca de dez anos, em 25 de agosto de 1940, como Nietzsche, que faleceu em 25 de agosto de 1900, em iguais circunstâncias.

A demência, o alheamento, a "alienação" — uma palavra que liga exatamente o conceito de outsider com o de loucura e doença — é estimulada em ambos os casos pelo veneno insidioso da *Spirochaeta pallida*, organismo microscópico, segundo escreve Thomas Mann, que serve para trazer ao lerdo alemão um pouco do *esprit français*, um elogio, bastante mordaz, quando se pensa na doença dos franceses. Enquanto na obra de Goethe o eterno feminino se apresenta em parte como agente da libertação de Fausto, aqui o feminino aparece na figura da prostituição e da enfermidade, como agentes do demônio, do pecado, mas, precisamente por isso, de novo como possível agente do perdão. Pois, antes de tudo, é o pecador que necessita de perdão.

Esse é portanto o pacto de sangue com o diabo, ao qual já estava de antemão submetido o estudante de música e teologia, por causa de sua indiferença desumana, também interpretável como uma espécie de soberba, que desde Gregório, o Grande, causou como pecado mortal a queda de Lúcifer; além disso, Adrian está condenado em consequência da falta de toda simpatia interior — flui dele aquela frieza glacial de coração que Gretchen já sentira em Mefistófeles; e finalmente por causa de sua inteligência anormal e ironia, que destroem qualquer possibilidade de ligação calorosa, que transforma a relação Eu-Tu na relação Eu-Isso e que, em última análise, são do tipo niilístico.

Como vemos, o motivo básico fundamental é o mesmo, é o pequeno tema biográfico que nós agora, pouco a pouco, conhecemos bastante. O tema da solidão, da marginalidade do artista ou, por alguma causa qualquer, da pessoa extraordinária. O tema dos *Buddenbrook*, *Tonio Kröger*, *Mário e o mágico*, de Aschenbach de *A morte em Veneza*, do príncipe Klaus Heinrich e de Hans Castorp. O pobre motivo inicial, incessantemente enriquecido e variado, surge em orquestrações cada vez mais atrevidas, projetado contra múltiplos planos de fundo sonoros, em perspectivas históricas, míticas e metafísicas; reconhecemo-lo sempre de novo, mesmo naquela especulação gnóstica do espírito emigrado, extraterreno, que ameaça cometer traição contra sua pátria. Sentimos o elemento platônico dessa qualidade de emigrante,* que no caso de Thomas Mann também veio de fora e com isso assumiu mais uma vez formas inteiramente biográficas. Penso que José é o único de seus heróis, com exceção talvez de Klaus Heinrich, que ao fim consegue mais ou menos a integração humana e social, na medida em que se torna um planejador estatal e provedor do povo egípcio.

José talvez seja o mais saudável e abençoado representante humano moldado por Thomas Mann — uma imagem onírico-mítica da alta humanidade, a quem será outorgada a mercê de Deus. Como Goethe, Thomas Mann usou o Oriente antigo, o tempo primacial, porque esperava encontrar nele o protofenômeno em cuja sucessão mítica se

---

* *Emigrantentums*, no original, o que corresponderia a um "emigrantidade", em português. (N. T.)

plasmou como sequência a metamorfose multiforme da humanidade. José constitui o símbolo do ser humano que, do nexo do todo, ao qual estava ligado no começo de forma mítica, emerge como indivíduo consciente de si e cai em um individualismo desagregador. No entanto, amadurecendo, ele encontra o caminho que o levará de novo à vida dos outros, à vida a serviço da sociedade. Encapsulado de início em seu eu sonhador, consegue abrir uma brecha para o mundo. "Na figura de José", comenta o autor, "desemboca o eu, em sua presunção de se ver como absoluto, abnegando-se de novo dentro do coletivo e social." Parecido, embora mais ambíguo, foi, como vimos, o destino de Hans Castorp, que, verdadeira marmota dorminhoca, depois de passar sete anos na montanha mágica dos outsiders, volta e desce à pátria, para o mundo do tempo histórico-objetivo.

No caso de Adrian, porém, a condição é completamente diferente. Como Aschenbach, ele não só sucumbe, mas se dá à doença, à morte, ao diabo, à alienação. Ao mesmo tempo, porém — assim insinua Thomas Mann —, o povo alemão adere ao pacto com o demônio, na medida em que se entrega a um movimento demoníaco. Como Adrian, ele se isola do mundo, se entrega ao veneno da solidão, encarniçado e obstinado em seu provincianismo, sua soberba, sua alienação e sua marginalidade profunda.

Adrian estuda teologia e música, disse eu. A alusão ao espírito da Reforma é evidente. "A senhora música", escreveu Martinho Lutero, "sempre me foi cara ao coração. Ela é uma bênção divina, uma parente próxima da teologia." No entanto, como Nietzsche amava Wagner odiando, da mesma forma Thomas Mann amava a Reforma odiando; pois seu *Fausto* é, por exemplo, um protesto contra determinados aspectos do protestantismo e, no caso de Adrian, a música não é uma bênção divina, porém uma maldição. De novo, a música, talvez a mais alemã das artes, está sendo tremendamente questionada, como toda a arte. "Tenho a impressão de que a música, sem embargo todo o rigor lógico-moral que tente arvorar, pertence a um mundo místico cuja fidedignidade incondicional em matéria da razão e do valor humano eu não gostaria propriamente de garantir", diz o biógrafo iluminista Zeitblom, o qual, aliás, como Thomas Mann, também é fanático por música, e nós nos lembramos das palavras de Settembrini, de *A montanha mágica*, relativas à "música politicamente suspeita", pois, em certo sentido, ela é a esconjuradora do "tempo subjetivo".

Por ocasião de uma palestra realizada há alguns anos, Thomas Mann proferiu as seguintes palavras: "Os alemães deram ao Ocidente talvez não a música mais bonita e mais ligada ao social, mas certamente a mais profunda e significativa". Tal musicalidade da alma custou caro na esfera da política e das relações interpessoais. E na mesma alocução ele a vincula ao espírito da Reforma: "Lutero foi um herói libertador, mas ao estilo alemão. Ele não entendia nada de liberdade. Eu não me refiro à liberdade dos cristãos, porém à liberdade política, burguesa, que não só o deixava indiferente, mas cujas exigências lhe eram repugnantes".

Com uma violência fantástica, eu quase diria demoníaca, Thomas Mann consegue estabelecer uma vinculação entre a época de seu *Fausto* moderno com o *Fausto* histórico, com o século da Reforma portanto, com aquela Reforma religiosa composta de um modo tão singular por elementos atávicos e progressistas.

A renovação do protestantismo, intentada radicalmente por Kierkegaard, culmina em nossos dias na teologia dialética, que abre um abismo imenso entre Deus e o ser humano, um ensinamento que devia levar à destruição de todos os valores do mundo. O radicalismo de Barth — por sinal, uma das melhores cabeças de nosso tempo — não acarretou no fundo a relativização de todas as ideias atinentes a Deus, a desvalorização total do mundo e da cultura — um niilismo extremo, portanto, no tocante a toda existência humana? Friedrich Gogarten não pregava a necessidade do Estado totalitário em face da incurável depravação do ser humano?

Kierkegaard, a raiz do niilismo, é um dos temas do novo *Fausto*. O pensador dinamarquês considera o afastamento em face do mundo como necessário para que Deus possa irromper na pessoa. Mas esse afastamento e alheamento levam, no caso de Adrian, justamente à irrupção do diabo ou já representam em si o elemento diabólico.

A clausura, a alienação do indivíduo em relação à vida — a cena do escritório de Fausto, a atitude teórica para com a vida —, toda a obra de Nietzsche é um único brado de combate contra essa forma de ser, que, aliás, era justamente a sua.

A individuação, o insulamento no próprio "eu" — toda a obra de Schopenhauer tenta provar que o mal do mundo há que ser derivado dessa atitude que, de resto, era justamente a sua. Para expiar os pecados é preciso ultrapassar-se a si mesmo, eis o humanismo de Mann: a individuação, todavia, não faculta tanto a dissolução no nirvana, como o niilista Schopenhauer desejaria, porém, pela incorporação na sociedade, leva a romper passagem para o mundo; e a postura teórica não faculta a vontade de poder, a entrega a uma vida demoníaca, esvaziada de todos os valores morais, como ensina o niilismo de Nietzsche, mas, sim, a fidelidade à lei e à "exigência do dia" goethiana.

É claro que tais problemas estão saturados de uma virulência trágica no caso do gênio, do artista, do intelectual, que estão muito mais expostos e ameaçados do que o burguês. E como o artista, também sua obra e a arte se tornam problemáticas. A própria arte tem que ser libertada, diz Adrian, ela tem que ser redimida

> de um isolamento solene [...] de sua convivência exclusiva com uma elite refinada de "público", e que em breve cessará de existir, de modo que então ela ficará totalmente sozinha, mortalmente sozinha, a não ser que encontre o caminho que a conduza ao "povo", isto é, em termos nada românticos, o caminho aos homens.

Mas a situação trágica da arte e do artista decorre do fato de que a própria sociedade se tornou problemática e discutível. Pouco antes de sucumbir à demência, Adrian diz:

> [...] ao invés de cuidarem sabiamente de tudo quanto for necessário na terra, a fim de que nela as coisas melhorem, e de contribuírem sisudamente para que entre os homens nasça uma ordem suscetível de propiciar à bela obra novamente um solo onde possa florescer e ao qual queira adaptar-se, os indivíduos frequentemente preferem faltar às aulas e se entregam à embriaguez infernal. Assim sacrificam então suas almas e terminam no podredouro.

Vemos que a culpa não é apenas de Adrian e da Alemanha, mas da sociedade simplesmente, que ela vai tão mal quanto eles e seu sistema de doze tons, sistema aliás cujo invento é atribuído no romance a Adrian, motivo pelo qual também Arnold Schönberg, um judeu, se queixou a Thomas Mann, que lhe perguntou então se ele, por uma referência a um dado correspondente, gostaria de ser considerado uma alma vendida ao diabo. Mas o mal de nosso tempo tem como que sua erupção e irrupção em Adrian e na Alemanha, pois eles pertencem àquele tipo humano ou nacional que Francis W. Newman chamou de *twice-born*, nascido duas vezes, que é uma "vida de crianças-problema" e a quem as coisas da vida não são fáceis na Terra. A graça, que é concedida ao virtuoso, é uma graça? Ela não o é somente quando ilumina o pecador e o corrupto? E Adrian não teve a vantagem de ser frio, gélido, em vez de pertencer aos tíbios que devem ser expelidos? Pode-se falar de Deus sem falar do diabo, do bem sem presumir o mal? O pecado não é apenas um tema religioso, mas é em si religioso, e não é à toa que Adrian incorre, por prazer e no bordel, mas também antes de enlouquecer, no arcaico alemão luterano do tempo da Reforma. As ideias se entrelaçam de forma dialética, e se verifica que o pecado é quase uma graça, pois os povos e as pessoas "uma vez" nascidos, isto é, os que vivem inseridos de forma inofensiva e feliz e fresca e alegre no "mundo", os que nada rompem, os que não precisam dar a volta ao mundo por trás para chegar de novo ao paraíso (Kleist) — já que vivem efetivamente sem esforço em estado de inocência e no salão da vida —, estes são os medianos, permanecem à sombra de uma graça levemente repugnante e, de resto, "a mediania não leva de modo algum uma vida teológica".

A tragédia da arte, da humanidade, a tragédia do indivíduo na nossa sociedade — colocado como está, entre a robotização ou o isolamento total —, tudo isso não é só o tema da última obra de Thomas Mann, como se reflete também, com uma maestria levada até as derradeiras consequências, na própria forma do romance. Cada constatação que satisfaz o espírito transcende a si mesma e se dissolve, como um eco malicioso, que ricocheteia sem ressoar contra os espelhos seriados da ironia. A obra mesma é comentada através das teorias musicais de Adrian, e estas se concretizam, por seu lado, na estrutura do romance; a forma interpreta o conteúdo e a técnica alcança uma sofisticação tão extrema, que suscita a impressão paródica de "inocência artística".

As alusões, os leitmotiven simbolizados, o tecido sutil das relações reciprocamente cruzadas, os indícios camuflados, a típica mania de segredos goethiana, o jogo dos símbolos em diferentes camadas de profundidade — tudo isso prova tratar-se de uma obra finalizadora, em uma época que chega ao fim; de um romance encapsulado em seu "isolamento festivo", escrito para uma elite cultivada, uma extraordinária obra alemã, que é inteiramente intraduzível. A crítica americana mostra-se confusa na discussão desse livro e acusa a pobre tradutora, bem como o autor, que maliciosamente previu no próprio livro a má sorte da tradutora.

Em um capítulo genial, uma das personagens diz sobre o *Opus n. 11* de Beethoven que ele significa a despedida definitiva da sonata. Ao lermos essa obra, sentimos que um grande romancista começa a despedir-se de uma arte que chega ao seu final. Mas, ao reconhecermos isso, sentimos de pronto uma infinita saudade dessa arte.

O romance *Fausto** é, como todas as obras de Thomas Mann, eminentemente autobiográfico. Quase todas as figuras foram tomadas da realidade, e mesmo ocorrências íntimas de família, como o suicídio de uma irmã, são descritas em mínimos detalhes. Thomas Mann confessa dessa maneira o quanto ele se sente envolvido na ação, o quanto se identifica com Adrian e, ao mesmo tempo, com o amor que o biógrafo Zeitblom dedica ao gênio enfermo. Ele confessa que o espírito musical, essa "maldição" dos alemães, é o seu próprio eu. E enquanto o conteúdo da obra acusa e condena tal espírito, a própria forma desse romance, em sua incomum estrutura musical, é uma demência duradoura de conteúdo — pois essa estrutura é um hino único à música. "Passei por tudo isso", confessa Thomas Mann, aludindo visivelmente a suas considerações apolíticas. De fato, ele passou por tudo isso, mas por tê-lo ao mesmo tempo suspendido e transcendido. Por isso ele é Zeitblom, o humanista, e Adrian, o artista — ambos —, e lhe é dado "romper passagem", sem perder sua substância.

No entanto, Adrian, o símbolo da Alemanha, não conseguiu romper passagem para o mundo e para as pessoas; ele vive totalmente enclausurado em seu trabalho e em suas especulações cosmogônicas, minado pelo veneno da solidão. Quatro anos depois de selado o pacto com o diabo, morre o Fausto de Goethe; o diabo triunfou sobre seu corpo, mas sua alma é salva pela graça celeste. O Fausto de Thomas Mann sucumbe, todavia, à loucura; é a alma que o diabo vem buscar, enquanto o corpo prossegue em sua vida. É um símbolo horripilante não só de um país, mas de nosso tempo e de uma humanidade tresloucada.

A música de Adrian, bem como sua teologia, está longe de poder ser comparada à música e à teologia de Bach. É a música demoníaca de um tempo quase encerrado, uma música na qual se percebem as explosões de bombas atômicas e o lamento de crianças famintas. Uma música em que domina amiúde o glissando, esse retorno ao mais bárbaro primitivismo: dentro, o bramido do tema musical; dentro, o pandemônio das gargalhadas infernais que se convertem no motivo fundamental; uma música na qual o coro humano, na medida em que imita a orquestra, se presta à expressão do inanimado e do rebaixado à máquina, e o saxofone, o instrumento inanimado, na medida em que parodia a voz humana, transforma-se em ser humano. Em suma, uma música que é

---

* Nessa obra, Thomas Mann logrou descrever com perfeição a ambiguidade do ser humano, ambiguidade "que ultrapasse infinitamente as pessoas" e cuja norma é a de nunca ser normal. (N. A.)

um triste retrato de nosso tempo, um "hino à tristeza", em que o tema do inferno, nota por nota, somente transposto em ritmo, é cantado pelo coro angelical de meninos: mesmo a ideia da redenção, portanto, não é nada além de uma tentação do diabo, ou, quem sabe, o inferno é o vestíbulo do céu.

Para compor tal música, Adrian teria que se entregar ao vício e à loucura. Somente assim ele poderia expressar a demência da pátria. Mas a Alemanha, como que o ponto mais sensível do mundo, exprimia em uma trágica parábola nada mais do que a loucura do mundo e lançava uma terrível advertência no semblante da humanidade.

Estaremos nós, pergunta o autor, suficientemente despertos e atentos para captar as vozes de Adrian e da pátria, para que, graças à sua loucura, não sejamos obrigados a sucumbir igualmente à loucura?

III

Thomas Mann pertence aos relativamente raros escritores em que uma grande abundância de pensamentos liga-se a um grande poder artístico. Poucos autores, somente, escreveram uma prosa assim na Alemanha, e talvez, à exceção dele, apenas Goethe conseguiu, no mais exigente nível e em decidido modo alemão, romper passagem "para o mundo", a fim de entrar na literatura mundial. Parece-me que a prosa de Thomas Mann enriqueceu extraordinariamente a língua alemã; ela supera tudo o que até então existia em termos de agilidade, compreensão psicológica e um "olfato" interminável para milhares de subtons e nuances.

O que falta à sua linguagem é páthos e sentimentalidade — mas isso lhe falta de forma consciente. Sereno como o mar pacífico, que o "índio" em Thomas Mann tanto ama como expressão inarticulada do nirvana, sua épica caminha para lá em longos períodos, articulada pelo respirar rítmico das vagas, transparente até o fundo, que logicamente está sujeito a leis ópticas travessas, de conformidade com as quais os raios de luz irrompem, de modo que, enquanto reflexos irônicos se esgueiram sobre a superfície iluminada pelo sol, as profundezas reluzem de súbito em milhares de cores emaranhadas. Determinados usos de palavras repetem-se como leitmotiv através de todo um livro, mas cada vez que emergem apresentam novos traços, ganham significados surpreendentemente mais profundos, até que ficam tão carregadas de atmosfera, colorido específico e incontáveis associações, que se poderia escrever sua biografia. "Elas se tornam símbolos verbais de inteiros complexos anímicos. Parecem barcos que regressam do remoto interior de nossa própria alma carregados de mercadorias exóticas. No final, só nós dois, eu e tu, entendemos o que tal frase, ou palavra, na verdade significou."

Essa linguagem é a ferramenta poderosa e delicada de um artista refinado e intelectual "mundano", que, embora abençoado, nunca se fiou nessa bênção nem nos felizes acasos boêmios da inspiração e da disposição, e sim no trabalho, tendo criado o seu instrumento penosamente e no duro serviço do cumprimento do dever. Escrupulosidade é a lei superior de toda ousadia verdadeiramente artística, e no domínio da literatura nada vale o leviano arremessar de palavras vivas e garridas.

Aqui trabalha um esteta implacável dotado de mais fino sentido para o som [...]*

É nesse sentido que se deve entender o dito de Goethe: "A gente não se esquiva do mundo de forma mais segura do que através da arte, e não se liga a ele de forma mais segura do que através da arte". E acredito que se deva também aqui citar as palavras de Ernst Cassirer — palavras que abrangem de maneira tão precisa todo o complexo de ideias aqui representadas: "O ser humano deve recolher-se ao mundo irreal, ao mundo das imagens e do jogo, para que dentro dele e por meio dele possa tornar-se senhor do mundo real".

A obra toda de Thomas Mann é, de certo modo, como vimos, uma pesquisa sobre a forma de ser da arte e sobre a posição do artista no âmbito da sociedade, a qual simboliza a vida como burguesamente saudável. Em toda a sua obra, a arte e o artista se tornam o problema, a arte pensa sobre o seu próprio ser e se torna o seu próprio objeto. Tal atitude, que trai indubitavelmente a problematização do estético, se encontra já insinuada em Goethe, em obras como *Tasso* e o *Wilhelm Meister*, mas essa problematização de si próprio acentua-se primeiro com os românticos e faz-se flagrante na literatura do século xx, em que abundam romances de artistas.

Seguindo uma grande tradição humanística, Thomas Mann acreditava que a arte, apesar ou por causa mesmo de seu caráter irresponsável, sério e brincalhão, poderia ser a mediadora entre o espírito e a vida, entre a elite e o povo, qual uma encruzilhada, onde o "estar em solidão"

---

* Neste ponto, o texto datilografado em alemão apresenta uma lacuna de três páginas, que parece corresponder ao trecho que se inicia na linha 29 da página 130 de outro ensaio, "Thomas Mann, o configurador do duvidoso" [in *Thomas Mann*, op. cit.], mas cujo término não pode ser precisado. (N. T.)

(*Einsamkeit*) do criador e o "estar em multidão" (*Vielsamkeit*) dos "outros" podem se encontrar e se unir. Embora a arte só deva servir a si própria, e justamente quando mantém essa autonomia de forma legítima, ainda tenha uma função na sociedade, ela não é apenas *l'art pour l'art* ou não deveria sê-lo, mas, sim, deveria como outrora em circunstâncias de tempo mais saudáveis e em agrupamentos mais felizes, de povo, ser uma força de união social de extraordinária intensidade e poder.

Em um sentido geral, entretanto, a pesquisa de Thomas Mann avança através da situação do artista até a situação do ser humano pura e simplesmente, na medida em que se relaciona com a sua dupla posição humanística no cosmo e sobretudo na sociedade e no "mundo". Com isso, Thomas Mann segue as pegadas de uma grande tradição da literatura alemã, que remonta a Wolfram von Eschenbach.

De fato, no *Parsifal*, o maior poema épico alemão da Idade Média, é descrito o desenvolvimento espiritual de um louco, inocente e puro, que primeiro vive longe e afastado da sociedade, um verdadeiro outsider, e que, abrindo caminho em peleja com múltiplos envolvimentos pecaminosos na engrenagem do mundo, finalmente, por meio do amor e humildade, alcança o estado de uma segunda mais elevada inocência. Sem perder-se do mundo, consegue servir ao supremo. O homem isolado, firme e seguramente adaptado e profundamente ligado a uma sociedade, que é iluminada pela ideia de um destino sobrenatural — um destino, simbolizado pelo Santo Graal, tão ardentemente buscado pelo jovem herói: esse é, portanto, o entendimento do maior dos épicos alemães do Medievo, que logicamente não foi realizado na vida real daquele tempo.

O herói de Grimmelshausen, Simplicissimus, passa a infância, como Parsifal, em quase total isolamento da sociedade. Como ele, percorre posteriormente os caminhos pecaminosos do mundo. Sua atitude definitiva, no entanto, é muito diferente, o que não admira, já que ele vive em uma época desordenada e em uma sociedade caótica: profundamente desiludido, retira-se para longe da azáfama do mundo, torna-se um eremita e renuncia a toda inserção social. Bem ao contrário de Wolfram, que não considera a existência de eremita uma solução, Grimmelshausen rejeita o mundo em definitivo como lugar do demônio e da vã vaidade. Enquanto Parsifal se casa com sua encantadora Condwiramur e já dessa maneira evita perder-se do mundo, Simplicissimus acredita que só pode encontrar Deus na mais profunda solidão. Sua desconfiança em relação às mulheres é quase tão grande quanto a do Fausto de Thomas Mann, que liga o eterno feminino ao demônio.

Não é necessário referir-se à obra-prima de Goethe, *Fausto*, às obras geniais de Kleist, a uma comédia como *Anfitrião*, por exemplo, na qual o outsider Zeus se aproxima apaixonadamente do mundo, para gozar do amor humano, ou ao drama de Hebbel. Não é à toa que esse tema atrai sobremaneira os autores alemães. Vemos, portanto, que o motivo fundamental de Thomas Mann parece ser um motivo fundamental da literatura alemã. Se se pudesse modificar levemente um verso de Wolfram von Eschenbach, em que ele resume as suas concepções, se poderia delinear de modo absolutamente preciso a concepção fundamental de Thomas Mann, na qual, apenas com outro acento, se ligam o mundo e a religiosidade de Wolfram. O verso de Wolfram, na tradução de W. Hers, soa da seguinte forma:

Wes Leben so sich endet
dass er Gott nicht entwendet
die Seele durch des Leibes Schuld
und der daneben doch in Huld
der Welt mit Ehren sich erhält:
der hal sein Leben wohl bestellt.*

Acredito que Thomas Mann assentiria plenamente a um verso parecido. Mais ou menos assim:

Wes Leben so sich endet,
dass nicht für immer er der Welt entwendet
die Seele durch des Geistes Schuld
und der daneben doch die Huld
des Geistes sich erhält:
der hat sein Leben wohl bestellt.**

---

* "Aquele cuja vida terminou de tal modo/ que a Deus ele não subtraiu/ a alma pela culpa do corpo/ e ainda assim na boa graça/ do mundo com honra se mantém:/ este encomendou bem a sua vida." (N.T.)
** "Aquele cuja vida termina de tal modo/ que ele não subtraiu para sempre ao mundo/ a alma pela culpa do espírito/ e ainda assim a boa graça/ do espírito se preserva:/ este encomendou bem a sua vida." (N.T.)

CRONOLOGIA

6 DE JUNHO DE 1875
Paul Thomas Mann, segundo filho
de Thomas Johann Heinrich Mann
e sua esposa, Julia, em solteira
Da Silva-Bruhns, nasce em Lübeck.
Os irmãos são: Luiz Heinrich (1871),
Julia (1877), Carla (1881), Viktor (1890)

1889
Entra no Gymnasium Katharineum

1893
Termina o ginásio e muda-se
para Munique
Coordena o jornal escolar
Der Frühlingssturm [A tempestade
primaveril]

1894
Estágio na instituição Süddeutsche
Feuerversicherungsbank
Decaída, a primeira novela

1894-5
Aluno ouvinte na Technische
Hochschule de Munique. Frequenta
aulas de história da arte, história
da literatura e economia nacional

1895-8
Temporadas na Itália, em Roma
e Palestrina, com Heinrich Mann

1897
Começa a escrever *Os Buddenbrook*

1898
Primeiro volume de novelas,
O pequeno sr. Friedmann

1898-9
Redator na revista satírica
Simplicissimus

1901
Publica *Os Buddenbrook: Decadência
de uma família* em dois volumes

1903
Tristão, segunda coletânea
de novelas, entre as quais
"Tonio Kröger"

3 DE OUTUBRO DE 1904
Noivado com Katia Pringsheim,
nascida em 24 de julho de 1883

11 DE FEVEREIRO DE 1905
Casamento em Munique

9 DE NOVEMBRO DE 1905
Nasce a filha Erika Julia Hedwig

1906
Fiorenza, peça em três atos
Bilse und ich [Bilse e eu]

18 DE NOVEMBRO DE 1906
Nasce o filho Klaus Heinrich
Thomas

1907
Versuch über das Theater [Ensaio sobre o teatro]

1909
Sua alteza real

27 DE MARÇO DE 1909
Nasce o filho Angelus Gottfried Thomas (Golo)

7 DE JUNHO DE 1910
Nasce a filha Monika

1912
A morte em Veneza. Começa a trabalhar em *A montanha mágica*

JANEIRO DE 1914
Compra uma casa em Munique, situada na Poschingerstrasse, 1

1915
Friedrich und die grosse Koalition [Frederico e a grande coalizão]

1918
Betrachtungen eines Unpolitischen [Considerações de um apolítico]

24 DE ABRIL DE 1918
Nasce a filha Elisabeth Veronika

1919
Um homem e seu cão

21 DE ABRIL DE 1919
Nasce o filho Michael Thomas

1922
Goethe e Tolstói e *Von deutscher Republik* [Sobre a república alemã]

1924
A montanha mágica

1926
Unordnung und frühes Leid [Desordem e primeiro sofrimento]. Início da redação da tetralogia *José e seus irmãos*
Lübeck als geistige Lebensform [Lübeck como modo de vida espiritual]

10 DE DEZEMBRO DE 1929
Recebe o prêmio Nobel de literatura

1930
Mário e o mágico
Deutsche Ansprache: Ein Appell an die Vernunft [Elocução alemã: Um apelo à razão]

1932
Goethe como representante da era burguesa
Discursos no primeiro centenário da morte de Goethe

1933
Sofrimento e grandeza de Richard Wagner
José e seus irmãos: As histórias de Jacó

11 DE FEVEREIRO DE 1933
Parte para a Holanda. Início do exílio

OUTONO DE 1933
Estabelece-se em Küsnacht, no cantão suíço de Zurique

1934
José e seus irmãos: O jovem José

MAIO-JUNHO DE 1934
Primeira viagem aos Estados Unidos

1936
Perde a cidadania alemã e torna-se cidadão da antiga Tchecoslováquia
José e seus irmãos: José no Egito

1938
Bruder Hitler [Irmão Hitler]

SETEMBRO DE 1938
Muda-se para os Estados Unidos.
Trabalha como professor de
humanidades na Universidade
de Princeton

1939
Carlota em Weimar

ABRIL DE 1941
Passa a viver na Califórnia, em Pacific
Palisades

1940
As cabeças trocadas

1942
*Deutsche Hörer! 25 Radiosendungen
nach Deutschland* [Ouvintes alemães!
25 transmissões radiofônicas para
a Alemanha]

1943
José e seus irmãos: José, o Provedor

23 DE JUNHO DE 1944
Torna-se cidadão americano

1945
Deutschland und die Deutschen
[Alemanha e os alemães]
*Deutsche Hörer! 55 Radiosendungen
nach Deutschland* [Ouvintes alemães!
55 transmissões radiofônicas para
a Alemanha]
Dostoiévski, com moderação

1947
Doutor Fausto

ABRIL-SETEMBRO DE 1947
Primeira viagem à Europa depois
da guerra

1949
*A gênese do Doutor Fausto: Romance
sobre um romance*

21 DE ABRIL DE 1949
Morte do irmão Viktor

MAIO-AGOSTO DE 1949
Segunda viagem à Europa e primeira
visita à Alemanha do pós-guerra.
Faz conferências em Frankfurt am
Main e em Weimar sobre os duzentos
anos do nascimento de Goethe

21 DE MAIO DE 1949
Suicídio do filho Klaus

1950
Meine Zeit [Meu tempo]

12 DE MARÇO DE 1950
Morte do irmão Heinrich

1951
O eleito

JUNHO DE 1952
Retorna à Europa

DEZEMBRO DE 1952
Muda-se definitivamente para a Suíça
e se instala em Erlenbach, próximo
a Zurique

1953
A enganada

1954
Confissões do impostor Felix Krull

ABRIL DE 1954
Passa a viver em Kilchberg, Suíça,
na Alte Landstrasse, 39

1955
Versuch über Schiller [Ensaio sobre
Schiller]

8 e 14 DE MAIO DE 1955
Palestras sobre Schiller em Stuttgart
e em Weimar

12 DE AGOSTO DE 1955
Thomas Mann falece

SUGESTÕES DE LEITURA

BAUMGART, Reinhard. *Das Ironische und die Ironie in den Werken Thomas Manns*. Munique: Hanser, 1964.
BEAUCHAMP, Gorman. "Two Orders of Myth in *Death in Venice*". *Papers on Language & Literature*, v. 46, n. 4, 2011.
BRADBURY, Malcolm. "Thomas Mann". In: ____. *O mundo moderno: Dez grandes escritores*. São Paulo: Companhia das Letras, 1989, pp. 97-117.
CALDAS, Pedro Spinola Pereira. "Imagens da espera: Um ensaio sobre as representações da morte em Thomas Mann". *Matraga — Revista do Programa de Pós-Graduação em Letras*, Rio de Janeiro, v. 18, pp. 123-51, 2006.
CARPEAUX, Otto Maria. "O admirável Thomas Mann". In: ____. *A cinza do purgatório*. Balneário Camboriú, SC: Danúbio, 2015. Ensaios. (E-book)
CHACON, Vamireh. *Thomas Mann e o Brasil*. Rio de Janeiro: Tempo Brasileiro, 1975. (Temas de Todo Tempo, 18)
DIERKS, Manfred. "Der Wahn und die Träume im *Tod in Venedig*". *Psyche 44*, pp. 240-68, 1990.
GAY, Peter. *Represálias selvagens: Realidade e ficção na literatura de Charles Dickens, Gustave Flaubert e Thomas Mann*. São Paulo: Companhia das Letras, 2010.
HAMILTON, Nigel. *Os irmãos Mann: As vidas de Heinrich e Thomas Mann*. São Paulo: Paz e Terra, 1985. (Coleção Testemunhos)
HEISE, Eloá. "Thomas Mann: Um clássico da modernidade". *Revista de Letras*. Curitiba, UFPR, v. 39, pp. 239-46, 1990.
HOLANDA, Sérgio Buarque de. "Thomas Mann e o Brasil". In: ____. *O espírito e a letra: Estudos de crítica literária I e II*. Org., introd. e notas de Antônio Arnoni Prado. São Paulo: Companhia das Letras, 1996, pp. 251-6. v. 1.
MAYER, Hans. "Vida e obra de Thomas Mann". In: MANN, Thomas. *A morte em Veneza — Tristão — Gladius Dei*. Rio de Janeiro: Opera Mundi, 1970.
MIELIETINSKI, E. M. "A antítese: Joyce e Thomas Mann". In: ____. *A poética do mito*. Rio de Janeiro: Forense Universitária, 1987, pp. 354-404.
PRATER, Donald. *Thomas Mann: Uma biografia*. Rio de Janeiro: Nova Fronteira, 2000.

REED, T. J. (Org.). "Text, Materialen, Kommentar". In: MANN, Thomas. *Der Tod in Venedig*. Munique: Hanser, 1983.
ROSENFELD, Anatol. *Texto/contexto*. 3. ed. São Paulo: Perspectiva, 1976. (Debates, 76)
_____. *Thomas Mann*. São Paulo: Perspectiva/Edusp; Campinas: Ed. da Unicamp, 1994. (Debates, 259)
THEODOR, Erwin. *O universo fragmentário*. Trad. de Marion Fleischer. São Paulo: Companhia Editora Nacional; Edusp, 1975. (Letras e Linguística, 11)
VON WIESE, Benno. *Die deutsche Novelle von Goethe bis Kafka*. Düsseldorf: August Bagel, 1956, pp. 304-23.
WALSER, Martin. *Selbstbewusstsein und Ironie. Frankfurter Vorlesungen*. Frankfurt: Suhrkamp, 1981.